다윈영의
악의기원

3

박지리
장편소설

율로율로

차례

가까이 갈 수 없는 빛

　　　　　12월 둘째 주 토요일, 한 해의 마지
막 휴가를 맞아 집에 돌아온 다원은 현관 앞에 서 있는 아버
지를 마주하고 자기도 모르게 걸음을 멈추었다. 토요일이
지만 공무원들이 가장 바쁜 시기이니 아버지는 당연히 집에
없을 거라 생각했다.

　다원은 시선을 돌렸다. 아버지 얼굴을 똑바로 볼 수가 없
었다.

　"이리 주렴."

　"안 무거워요."

　다원은 자기 가방으로 향하는 아버지의 손길을 거부하고
곧장 2층으로 올라갔다. 벤이 크게 짖으며 계단으로 뒤따라
왔다. 다원은 아버지의 시선이 계속 자신을 좇고 있음을 느

끼고는 의도적으로 문을 세게 닫아 버렸다. 피해자인 양 상처받은 빛을 띠고 있는 아버지의 시선에도 손이 당한 것과 같은 굴욕감을 주고 싶었다.

빨라진 심장 박동이 진정될 때까지 문에 기대서 있던 다원은 잠시 후 천천히 창가로 걸어가 정원을 내려다보았다. 집에 올 때마다 일을 하고 있던 정원사가 오늘은 보이지 않았다. 확실히 여름보다는 정원 일이 줄어들었을 테니. 다원은 정원사가 1년 내내 가꾼 나무들로 눈길을 돌렸다. 잎을 다 잃고 앙상한 가지를 드러낸 나무들이 고통스러워 보였다. 정원사가 정성 들여 감싸 매 준 볏짚은 아무 쓸모도 없어 보였다. 봄이 오기 전에 나무들은 모두 죽어 버릴 것 같았다. 추위와 강풍 때문이 아니라 이 집에 깃들어 있는 거짓과 위선 때문에. 창밖에서도 창 안에서도 예전과 같은 아늑하고 안정된 위로는 전혀 받을 수 없었다. 집이 낯설었다.

어젯밤, 집으로 돌아가지 않고 이대로 기숙사에서 주말을 보내길 얼마나 바랐던가. 집에 못 가는 벌을 받으려면 어떤 큰 잘못을 저질러야 하는 걸까 따위의 생각으로 밤새 뒤척였을 정도로. 언제나 설레는 마음으로 기다렸던 둘째 주 주말이 이제는 가장 건너뛰고 싶은 날이 되어 버렸다. 가기 싫은 집으로 돌아가느니 차라리 집 없는 고아가 되고 싶었다.

집에 와서 이틀 동안 무엇을 해야 할지 알 수 없었다. 아버지가 있는 집에서는 잠을 잘 수도, 밥을 먹을 수도, 앉아 있을 수도 없을 것 같았다. 그러고 싶지 않았다. 그렇게 해선 안 되었다. 스스로의 생각에 감시라도 당하는 것처럼 다원은 창가에 서서 꼼짝도 하지 않았다.

그때 노크 소리가 들렸다. 다원은 아무 대답도 하지 않았다. 잠시 뒤 문이 열렸다.

"얘기 좀 할까?"

아버지의 목소리, 아버지의 발걸음, 아버지의 죄. 등 뒤에서 느껴지는 아버지의 존재감에 다원은 숨을 죽였다. 가장 피하고 싶은 시간이 오고야 말았다.

아버지가 침대 한쪽에 걸터앉으며 말했다.

"여기 좀 앉아 보렴."

다원은 시선도 돌리지 않은 채 그대로 창가에 서서 말했다.

"서 있는 게 좋아요."

아버지의 낮은 한숨 소리가 들려왔다. 다원은 아버지가 내뱉은 숨만큼 자신이 들이마실 수 있는 공기가 줄어드는 느낌이었다.

"시험 때문에 다른 데 신경 쓸 여유가 없다는 거 알아서 그냥 기다렸는데, 설마 한 달 동안 전화 한 통 안 할 줄은 몰랐다. 덕분에 내 아들한테 이렇게 냉정한 면이 있는지 처음 알았단다."

다원은 조금 전 벤을 방으로 못 들어오게 한 것을 후회했다. 이제라도 벤을 방으로 들여 이 끔찍한 대면을 엉망으로 만들고 싶었다. 벤이 짖는 소리에 '내 아들'이라는 말이 움

츠러들고, 그대로 겁에 질려 도망가게 하고 싶었다. 그러나 벤은 어디로 갔는지 아무 소리도 들리지 않았다.

"지난번엔……. 그래, 그땐 내가 심했지? 루미에 대해서 그렇게 말하는 게 아니었는데. 나도 왜 그런 말이 내 입에서 나왔는지 모르겠구나. 아마 국정감사 때문에 신경이 예민해졌던 모양이야."

다원은 아버지의 시선이 닿지 않는 내면에서 할 수 있는 만큼 아버지를 비웃어 주었다. 아버지 같은 사람이 한 달 전의 언쟁을 아직까지 신경 쓰고 있다니. 아들이 전화하지 않은 이유가 단지 아들의 여자 친구를 험담했기 때문이라고 믿고 있다니. 그날 아버지 입에서 무슨 말이 나왔지? 되바라진 계집애? 되바라진 계집애라고 했던가?

다원은 아예 겉으로 드러내 놓고 조소했다. 과연 그 정도 말이 아버지 인생에서 티끌만 한 죄라도 될 수 있나. 그 작은 실언이 얼룩으로 남을 깨끗한 공간이 아버지에게 남아 있기라도 한가. 아버지의 내면은 발 디딜 수 없을 정도로 온통 진창일 텐데. 다원은 아버지가 자신의 잘못을 뒤돌아보지 않길 바랐다. 아버지가 반성할 줄 모르는 야만인이길 바랐다. 진짜 죄를 감춘 고해성사를 듣느니 차라리 지난번보다 더 심한 비난과 욕설을 듣는 게 나았다.

그런데 아버지는 자신의 위선에 조금의 갈등도 느끼지 않는지 더 진지하게 말을 이었다.

"아니, 더 솔직히 말하면…… 좀 두려웠던 것 같기도 하다. 네가 처음 사귀는 여자 친구인데 자칫 관계가 일방적으로 흘러 네가 상처라도 받진 않을까 하고 말이야. 말해 놓고 보니 우습구나. 설령 그런 일이 생긴다 해도 내가 개입할 문제는 아닌데. 아들 여자 친구 일에 간섭하는 아버지라니. 최악이지. 인정하마. 완전히 판단 착오였어. 이제부터 루미와 만나는 일은 너에게 전적으로 맡기마. 나는 다원 네가 스스로 잘 판단할 수 있다고……."

"그만하세요."

다원은 아버지의 말을 끊었다. 더는 아버지를 위해 너그러운 신부님 역할을 하고 있을 수가 없었다.

"루미에게 신경 쓰실 것 없어요. 이제 그 애랑은 만나지 않을 생각이니까. 연락 안 한 지도 벌써 꽤 됐어요. 앞으로도 안 할 거고요."

아버지가 놀란 얼굴로 물었다.

"무슨 일 있었니?"

다원은 대답하지 않았다. 그러자 아버지가 대신 그 이유를 찾듯 말했다.

"아카이브 일 때문이라면 그럴 것 없단다. 아카이브 측과 잘 협의가 돼서 이번 한 번은 조용히 넘어가기로 했으니까. 너희들이 잘못한 건 사실이지만, 아이들은 누구나 잘못을 하지."

"그거랑은 상관없어요."

"그럼 왜?"

"그냥……. 질렸어요."

"질리다니, 그게 무슨 말이니?"

"지난번에 조이 아저씨가 그러셨다고 했죠. 루미 그 애는 허황된 면이 많다고. 그걸 이제 깨달았어요. 루미의 허황된 생각에 질렸어요."

아버지가 굳은 목소리로 말했다.

"다원 너답지 않은 말이구나. 네 입에서 사람한테 질렸다는 말을 듣게 될 줄은 몰랐다."

다원은 새어나오는 비웃음을 참지 못하고 집에 와 처음으로 아버지 얼굴을 정면으로 바라보았다.

"왜 실망한 것처럼 말씀하세요?"

"뭐?"

"기뻐하셔야 하는 거 아니에요? 전 아버지가 당연히 기뻐하실 줄 알았어요."

아버지는 당황한 얼굴이 되었다.

"무슨 말을 하는지 모르겠구나."

"아버지한테 루미 헌터는 반갑지 않은 존재잖아요."

"……어떤 뜻으로 하는 말이니?"

다원은 다시 창밖으로 시선을 피하며 말했다.

"루미가 아버지 마음에 드는 애가 아니라는 뜻이에요……. 그 애는 전형적인 프리메라 여학생은 아니니까."

"네가 뭔가 오해하고 있는 것 같구나. 나는 너와 루미 성향이 맞지 않을까 봐 걱정했던 거지, 루미 자체를 마음에 안 들어 했던 게 아니란다."

"알아요. 아버진 이유도 없이 누군가를 싫어할 분이 아니시잖아요."

"······어쩐지 말에서 가시가 느껴지는구나."

"아버지 예상이 맞았다는 말씀을 드리려던 것뿐이에요."

아버지가 다시 얕게 한숨을 쉬는 소리가 들렸다.

"그래, 알겠다. 네 마음이 그렇다는데 내가 왈가왈부할 순 없지. 그런데 루미는 그렇다 쳐도 프라임스쿨 다른 친구들에게는 그러지 않았으면 좋겠구나. 인생을 살면서 친구만큼 소중한 존재도 없는데, 갑자기 질렸다는 이유로 끊어내 버리는 건 너무 경솔한 생각인 것 같다. 시간이 흘러 친구를 사귀기 어려운 어른이 되고 나면, 그렇게 잃어버린 한 명 한 명이 무척 그리워질 거야."

다원은 온몸의 피가 차갑게 식는 것 같았다. 아버지는 자신이 무슨 말을 하고 있는지 알기나 하는 걸까.

다원은 다시 아버지를 향해 정면으로 시선을 돌렸다.

"아버지는 한 번도 그런 선택에 맞닥뜨린 적이 없으셨어요?"

"그런 선택이라니?"

"자기 인생에서 친구를 내몰지 말지 결정해야 하는 선택 말이에요."

다원은 입을 다문 채 자신을 바라보고 있는 아버지를 향해 다시 물었다.

"한 번도 그런 선택을 하신 적 없으세요?"

척결, 척결, 척결.

확성기 소리가 집 안으로까지 파고들어 사방 벽이 척결이라고 외쳐 댔다. 나는 화장실로 뛰어 들어가 토를 했다. 며칠간 계속된 구토로 목이 타 버릴 것 같았다. 나는 이대로 계속 당하고 있을 수만은 없어 항의를 하려고 창문을 열었다. 그 순간 집 앞에서 유세 중이던 1지구 의원 후보가 나를 발견하고 반갑게 손을 흔들었다. 나는 방금 전까지의 분노를 숨기고 열렬히 손을 흔들었다. 손을 흔들지 않으면 척결 대상자와 같은 편으로 보일 것 같았다.

척결을 부르짖는 정치인들의 인기는 식을 줄 몰랐다. 폭동은 30년 전에 끝났지만 정치인들은 여전히 사람들의 분노와 두려움을 이용해 표를 얻고 있었다. 그들은 선거 기간만 되면 매일 밤 뉴스에 나와 폭동의 죄에서 유일하게 자유로운 상위 지구, 특히 1지구가 사회 도처에 남아 있는 폭동의 잔재들을 척결하고 정화하는 데 앞장서야 한다고 주장했다. 아버지는 말없이 뉴스를 보고만 있었다.

제이가 '세상에서 유일한 모양의 점을 가진 남자'를 목격한 이후, 나는 아버지가 어서 다시 외국으로 나가기만을 기다렸다. 헌터 아저씨도 해외 촬영을 마치고 귀국해 있을 때라 더 불안했다. 그러나 사업 파트너 측에서 제기한 소송으로 아버지는 국내에 발목이 잡혀 법원만 오가고 있었다. 아버지가 조정을 위해 법원에 가는 날은 하루 온종일 불안에 떨었다. 만약 검사가 아버지의 과거를 조사하면 어떡하지? 판사가 해리 아저씨의 사진을 본 사람이면 어떡하지? 경찰들이 집으로 들이닥쳐서 아무 죄도 없는 어머니를 잡아가면 어떡하지?

아버지가 무사히 법원에서 돌아오고 나면, 아버지에 대한 사랑과 증오로 밤새 울었다.

그러던 중 아버지가 외국에서 돌아왔다는 얘기를 들은 제이가 아버지에게 인사를 하고 싶다고 했다. 나는 이런저런 핑계를 대며 매번 약속을 미루었지만, 더는 피할 수 없는 순간이 왔다. 한 번 더 거부했다간 제이의 눈빛이 변할 것 같았다.

왜 너는 네 아버지를 당당히 소개시켜 주지 않는 거지? 응? 말해 봐, 니스 영. 나에게 뭘 숨기는 거야?

나는 아버지에게 넌지시 "그 점은 없애는 게 좋지 않아요?"라고 몇 번이나 제안했지만 아버지는 내 말엔 전혀 귀 기울이지 않았다. 아버지는 오히려 그 점에 자부심까지 갖고 있었다.

"네 할머니가 얼마나 좋아하셨는데. 내 얼굴에 높은음자리표가 있다면서 날 볼 때마다 노래를 부르셨지."

제이와 약속한 날이 점점 다가오고 있었다. 나는 완전히 절망해서 자포자기 상태에 빠졌다. 이대로 제이가 내릴 처분을 순순히 받아들일 수밖에 없을 것 같았다. 그렇게 불안감이 극에 다다라 가던 어느 날, 과학 선생님이 자유롭게 실험 주제를 정해서 보고서를 써 오라는 숙제를 내 주었다. 그순간 머리가 번뜩였다. 나를 구원해 줄 목소리를 들은 것 같았다.

제이가 집에 오기로 한 전날 밤, 나는 아버지를 지하실로 불렀다. 자전거 공기 펌프를 찾다가 우연찮게 아버지의 과거와 맞닥뜨린 그곳에서 나는 아버지 얼굴에 남아 있는 과거의 흔적을 아예 없애기로 결심했다. 나는 아버지에게 '산의 부식'을 알아보는 과학 실험 숙제를 도와 달라고 부탁했다. 아버지는 아무런 의심 없이 내가 바닥에 늘어놓은 각종 실험 도구들을 살펴보았다.

잠시 뒤, 모든 준비를 마친 나는 "아버지." 하고 불렀다. 아버지가 내 쪽으로 고개를 들어 올렸다. 그 순간 나는 재빨리 유리병에 담아 두었던 강산을 아버지의 왼쪽 뺨 위에 떨어뜨렸다. 아버지가 비명을 질렀다. 조금만 잘못 겨냥했다간 실명할 수도 있었다. 나는 그 모든 위험을 감수하고 일을 저지른 것이다. 척결을 당하는 것보다는 눈이 머는 게 나았다.

강산이 흐른 아버지의 얼굴 피부는 녹아내렸고, 그와 함께 점도 사라졌다. 아버지는 나에게 무척 화가 났지만 실험을 하던 중에 일어난 사고라고만 생각해 금방 용서해 주었다.

다음 날, 약속했던 대로 제이가 우리 집에 찾아왔다. 아버지는 얼굴에 반창고를 붙이고 있었다. 점이 사라지자 역시 제이는 아버지를 알아보지 못했다. 드디어 척결의 공포에서 해방된 것이다.

그날 밤, 나는 잠자리를 살피러 온 어머니를 끌어안으며 "이젠 다 괜찮아졌어요."라고 말했다. 아버지가 9지구 후디 출신일 거라고는 감히 상상도 못 한 채 사랑과 신뢰를 준 불쌍한 어머니. 이젠 어머니가 아버지 때문에 척결 대상자로 몰리는 걱정을 하지 않아도 됐다. 어머니는 따뜻한 손길로 내 등을 쓰다듬었다. 그동안의 불안이 한순간에 녹아내려 나는 오랜만에 구토를 하지 않고 깊은 잠을 잘 수 있었다. 창 너머에서 평생 벗어날 수 없는 불안이 나를 지켜보며 웃고 있다는 것도 모르는 채.

아버지의 날. 누가 맨 처음 아버지의 날 같은 것을 만들 생각을 했을까. 얼마나 결점 없는 훌륭한 아버지를 둔 사람이기에…….

아버지의 날이면 1지구 학교들에서는 학교로 아버지를 초청해 아버지가 무슨 일을 하는지 자녀가 발표하는 행사를 가졌다. 선생님들은 떳떳하게 신분을 밝히기 어려운 남자를 아버지로 둔 학생이 있을 수 있다는 가능성은 전혀 고려하지 않았다. 당연했다. 1지구는 세상에서 가장 훌륭한 아버지들이 모인 곳이니까.

발표회 하루 전날, 나와 버즈는 학교가 끝난 뒤 여느 때처럼 제이의 집으로 갔다. 버즈가 먼저 "그런 발표는 정말 질색이야. 난 하지 않을 거야. 애초에 신청서도 안 냈고."라고 했다. 나도 같은 생각이었지만 아무 말도 하지 않았다. 정말로 아버지를 감추고 싶은 사람은 절대 아버지를 감추고 싶다고 말할 수 없는 법이었다.

제이가 말했다.

"질색이라니? 넌 사람들에게 너희 아버지를 소개하는 게 싫어?"

버즈가 말했다.

"어머니의 날에 어머니를 소개하는 거라면 훨씬 잘할 수 있을 것 같거든."

그러고는 나를 보고 "니스, 너도 그렇지? 너희 어머니는 성모마리아 같으시잖아."라고 말했다. 어머니 얘기엔 나도 자신 있게 대답할 수 있었다.

"동감이야. 인류학적으로도 아버지보다 어머니가 더 훌륭한 존재인 것으로 밝혀졌으니까. 아마 과학적으로도 입증된 사실일걸?"

나는 인류학이라는 말이 정확히 무얼 뜻하는지 몰랐고, 과학적으로 그런 사실이 입증됐다는 것 역시 지어낸 얘기였지만, 어머니를 치켜세우고 싶은 마음에 제이에게 동의를 구했다.

"제이, 내 말이 맞지?"

제이는 아무 대답도 하지 않았다. 제이에게 어머니냐 아버지냐 하는 것은 하늘과 땅 중에서 고르라는 것만큼이나 힘든 선택이었을 것이다. 그때 조이가 간식을 들고 방으로 들어왔는데 갑자기 제이가 조이가 들고 있던 접시를 내팽개쳐 버렸다. 조이는 울면서 방을 나갔고, 버즈도 웬일인지 그 자리에서 가방을 들고 먼저 집에 가 버렸다.

이해가 안 되는 상황에 내가 제이를 붙잡고 물었다.

"제이, 왜 그러는 거야?"

한참 뒤, 제이가 말했다.

"인류학적으로 어머니가 아버지보다 훌륭하다는 말은 사실일지도 몰라. 이 세상 모든 전쟁과 폭동은 아버지들이 일으켰으니까."

그러더니 갑자기 책장에 꽂혀 있는 사진 앨범을 들고 와서 나에게 물었다.

"니스, 내일 발표회에 누가 오는지 알아?"

순간 냉혹하게 느껴질 정도로 표정 없는 제이의 얼굴을 보자 나는 두려운 마음이 들었다. 그러나 그럴 이유가 뭐가 있겠나 싶어 태연히 "누가 오는데?"라고 물었다.

제이가 대답했다.

"리암의 아버지, 특수부 윌슨 로이드 검사."

나는 아무 말도 하지 않았다. 제이가 말을 이었다.

"생각해 보니까 단순히 아버지가 하는 일을 얘기하는 건 아무 의미가 없을 것 같아. 우리 학교 애들은 우리 아버지에 대해서는 이미 지겨울 정도로 들어 봤잖아. 그래서 난 내일 발표회에서 우리 아버지가 찍은 이 사진을 이용해 자격 없는 아버지 노릇을 하고 있는 한 남자를 고발하기로 마음을 바꿨어. 1지구를 파괴하려고 했던 폭동에 가담했으면서 지금은 버젓이 1지구에서 아버지 노릇을 하고 있는 그 점잖은 남자 말이야. 리암의 아버지는 검사니까 분명 내 발표에 관심을 가지실 거야. 검사님 정보력 정도면 그 남자를 찾아내는 건 시간문제겠지. 진실의 순간을 포착한 아버지와 자기 과거를 위장하고 있는 아버지, 그리고 척결에 나설 아버지까지, 아버지들이 하는 일을 이보다 더 한꺼번에 잘 보여 줄 수 있는 방법이 뭐가 있겠어? 니스, 내일을 기대해."

앨범을 펼친 제이의 손은 정확히 아버지의 얼굴을 가리키고 있었다.

집으로 돌아온 나는 어머니 아버지와 저녁을 먹으면서 속으로 '이게 우리 가족의 마지막 저녁이에요.'라고 말했다. 아버지는 태평한 얼굴로 신문을 보면서 "후디들이 1지구까지 와서 강도 짓을 벌이는군." 하고 걱정했다. 나는 울음과 함께 웃음이 나왔다. 아버지야말로 수많은 가정을 파괴했고, 이제는 어머니와 나의 인생까지 파멸시킬 진짜 강도 아닌가요.

제이의 재판에서 벗어날 방법은 없었다. 로이드 검사님은 사진 속 후디를 1지구에서 목격했다는 제이의 증언을 신뢰할 것이다. 해리 헌터의 아들이자 프라임스쿨 시험에 합격한 수재의 말을 의심할 사람은 아무도 없다.

아무도 모를 거라고 생각한 자신의 과거와 맞닥뜨린 순간, 아버지는 어떻게 반응할까? 부정할 틈이라도 있을까? 한 장도 없는 자신의 어린 시절 사진을 보게 된 것이 반가워서 그게 어떤 사진인지도 모른 채, 본인의 입으로 먼저 '저건 나잖아.'라고 외치는 건 아닐까? 겨우 점 하나 없앴다고 아버지의 과거를 모두 지운 것처럼 안심하고 있었다니. 점이 있었을 때의 아버지 얼굴을 기억하고 있는 사람이 한둘이 아닐 텐데⋯⋯.

자정이 가까워진 밤, 나는 도무지 잠을 잘 수 없어 방에서 내려와 거실을 서성였다. 아침까지 남은 고작 몇 시간이 내 인생에 남은 마지막 시간으로 여겨졌다. 그런 절망감으로 집 안을 배회하는데 문득 탁자 위에 놓여 있는 신문이 눈에 띄었다. '9지구 후디'라는 활자가 유난히 도드라져 보이는 순간, 괘종시계가 12시를 가리키며 종을 울렸다. 나는 갑작스러운 소리에 깜짝 놀라 걸음을 멈췄다. 어둠 속에서 시계추가 좌우로 왔다 갔다 움직이고 있었다. 그 모습을 계속 보고 있으니, 마치 내가 오늘도 아니고 내일도 아닌 시간 사이로 붕 뜨는 기분이 들었다. 저녁 식사 때 아버지가 했던 말이 귓가에 울렸다.

"후디들이 1지구까지 와서 강도 짓을 벌이는군."

나는 계단을 밟는다는 느낌도 없이 최면에 걸린 것처럼 지하실로 내려갔다. 그리고 구석에 있는 상자 속에서 아버지의 후드를 꺼내 입고 집을 나섰다. 거리에는 아무도 없었다. 1지구인들은 모두 평온히 잠들어 있을 시각이었다. 만약 누가 날 본대도 그건 내가 아닌 9지구 후디일 것이다.

제이의 집에 도착한 나는 비상계단으로 제이의 방까지 들어갔다. 제이는 자지 않고 책상에 앉아 라디오를 듣고 있었다. 날 보고 잠깐 놀라긴 했지만, 비명을 지르거나 하지는 않았다. 짧은 말을 주고받았지만 정확히 어떤 대화였는지는 기억나지 않는다. 억지로라도 그날의 모든 걸 잊기 위해 노력해 온 덕분일까……. 그러나 노랫소리가 귀에 거슬려서 내가 라디오를 끄라고 했던 것만은 생생하다. 정말로 음악이 싫어서 그랬던 건 아니었다. 다만 나에게는 이런 고통을 준 채 자기는 1지구 도련님이라고 태평하게 음악을 듣고 있는 모습에 화가 치밀었던 것 같다. 제이가 투덜대며 라디오를 껐다. 주위가 고요해졌다.

"한 번도 그런 선택을 하신 적 없으세요?"

……그때 나는 '선택'을 한 걸까? 제이를 내 인생에서 몰아내기로?

후드를 입고 집을 나설 때만 해도 나는 내가 이 깜깜한 새벽에 제이를 찾아가서 무엇을 할지 정확히 알지 못했다. 그러나 정신을 차려 보니 후드 끈으로 제이의 목을 조르고 있었고, 제이의 목에서 신음 소리가 새어 나오는 것을 듣고는 더 세게 끈을 당기기까지 했다. 발버둥 치던 제이는 곧 숨이 끊어져 천천히 내 품 안으로 쓰러졌다. 손바닥이 너무 아파

나는 울었다. 끈을 당긴 내가 이렇게 아픈데 목이 졸린 제이는 얼마나 아팠을까……. 나는 정신없이 앨범에서 아버지 얼굴이 클로즈업된 사진을 떼어 가지고 도망쳤다.

그런데 그것을 다원 말대로 '선택'이라고 부른다면, 나는 내 의도에 가장 위배되는 선택을 한 것이 된다. 제이는 물러나기는커녕 내 인생 전부를 장악해 버렸으니까.

"네? 없으세요?"

……다원, 그 대답 전에 다른 우스운 얘기를 하나 해 줄까?

제이가 죽고 얼마 뒤 학교 숙제 때문에 아카이브에 견학을 갔는데, 그곳에서 완전히 사멸시켰다고 생각했던 그 사진과 다시 조우했단다. 숙제를 끝낸 뒤 혹시나 싶어 12월의 폭동을 기록한 사진 필름 열람을 따로 신청해 봤는데, 확대경 아래로 아버지의 점 난 얼굴이 그대로 드러났지……. 하룻밤 동안 쉬지 않고 울고 난 다음 날, 나는 공부를 열심히 해 오직 아카이브 관장이 되는 데 인생을 걸기로 했단다. 아버지의 점도 사라지고, 제이도 사라지고, 아카이브에 저장된 사진 한 장에 관심을 기울이는 사람은 아무도 없었지만, 경험을 통해 티끌 하나가 언제 어떤 형태로 다시 인생을 위협할지 모른다는 걸 배웠거든. 그렇게 목표를 향해 달려가던 중 아카이브가 문교부 소속으로 편입되자 다시 방향을 바꿔 문교부 직원이 되기 위해 행정 고시를 치르고, 아카이브를 통솔하는 직위에 오르기 위해 또 십여 년을 노력했지. 조금만 용기를 냈다면 그 사이에 필름을 없앨 수도 있었을 텐데 워낙 겁쟁이라 어느 누구에게도 추궁 당하지 않을 지위에 오르기까지 기다린 거야. 그러다 아카이브에서 디지털 작업이 시행됐을 때 기회라 여기며 관료들을 설득해 12월의 폭동 자료를 국가 기밀 자료로 전환하고, 드디어 기밀 자료에 접근할 수 있는 자리에 오른 첫째 날, 가장 먼저 그 사진을 삭제했단다. 제이 앨범에서 훔쳐 간 사진 말고 그 옆 사진에도 작지만 아버지 얼굴이 있다는 것을 알았을 땐 내 인생이 얼마나 장난으로 여겨졌는지……. 티끌 하나를 없애려고 애쓰다 우습게도 내가 알지 못하는 다른 티끌이 도처에 존재한다는 것만 배운 셈이지. 그래, 여기에 이르기까지 정말 많은 선택을 하고 또 했지……. 그런데 단 한 번이라도 그게 진정한 '선택'이었던 적이 있었을까.

아버지는 아무 대답이 없었다. 다윈은 더는 묻지 않았다. 애초에 아버지에게서 대답을 기대한 것이 아니었다. 괴로움을 주고 싶었을 뿐이었다. 다윈은 그만 대화를 끝내겠다는 뜻으로 방 한쪽에 던져 두었던 가방을 풀었다.

한참을 아무 말 않고 있던 아버지가 입을 열었다.

"내가 내몰았는지 아닌지는 모르겠지만, 어쨌건 지금 주위를 둘러보니 어린 시절 친구는 하나도 남아 있지 않더구나. 나는 이런 상태를 되돌릴 방법이 없지만 다윈 넌 아직 기회가 많으니 부디 나처럼은 되지 않았으면 좋겠다. 루미와 만나지 않겠다는 결정은 존중하지만, 그래도 친구를 인생에서 내몬다는 표현은 쓰지 않았으면 싶고."

다원은 아무 대답도 하지 않았다. 아버지는 "그럼 난 이만 출근해야겠구나."라며 자리에서 일어났다. 역시 아버지는 일부러 출근을 미루고 있었던 것이다. 예전 같았으면 국정감사 기간처럼 바쁜 때에 일보다 자신을 우선하는 아버지에게 감사와 사랑을 느꼈을 것이다. 그러나 이제는 받아들일 수 없고 받아들여서도 안 되는 사랑이었다. 다원은 아버지 쪽으로 눈길도 주지 않은 채 가방 정리를 계속했다.

아버지가 방을 나가면서 말했다.

"푹 쉬렴. 그리고 다시 한 번 사과하마. 지난번엔 미안했다."

문을 닫고 나가는 소리가 들리고 나서야 다원은 의미 없이 뒤적이기만 하던 책 정리를 멈추었다. 잠시 뒤, 아버지가 현관문을 나서는 모습이 창가 언저리에서 언뜻 보였다. 아버지는 잠시 걸음을 멈추고 서서 방을 올려다보았다. 눈이 마주칠 것 같아 다원은 슬그머니 뒤로 물러섰다.

아버지는 나갔지만, 아버지가 남기고 간 향기는 방 안에 계속 머물러 있었다. 숨을 쉬기가 힘들었다. 아버지의 이중적인 향기에 자신마저 감염돼 버릴 것 같았다. 지금껏 가장 편안함을 느끼고 동경해 온 향기가 이제는 푸른 독이 되어 자신을 병들게 하고 있었다.

다원은 방을 나왔다. 그러나 방을 나와도 집의 모든 곳이,

바닥에 놓인 모든 것과 벽에 걸린 모든 것이 아버지의 유산이었다. 벤이 곁으로 달려들었다. 다원은 벤을 끌어안았다. 자신이 그렇듯 벤도 아버지가 이름을 지어 준 아버지의 자식이었다. 유일하게 벤이 이 집에서 자신과 함께 아버지의 죄를 짊어지고 있다는 생각이 들었다. 운 좋게도 벤은 그것을 자각하고 괴로움을 느끼는 일에서 면제되었지만.

아버지가 집에 돌아올 늦은 오후 무렵 다원은 벤을 데리고 집을 나섰다. "이제 곧 아버지가 오실 텐데 어디 가니?"라고 묻는 마리 아주머니에게는 공원으로 산책을 나간다고 둘러댔다. 그러나 집을 나와서는 공원 대신 네온강 쪽으로 걸어갔다. 벌써 옅은 어둠이 깔리기 시작한 네온강은 1지구 집들이 내뿜는 불빛을 자기 내면의 빛인 양 수면 위로 흡수하고 있었다.

다원은 강물이 흘러오는 방향을 바라보았다. 루미의 집이 있는 쪽이었다. 루미 때문인지 그쪽은 유달리 빛이 더 밝고 강한 것 같았다. 겉면만 비추고 마는 게 아니라 속에 감추어 둔 것들까지 모두 끄집어내는 빛이었다. 두 눈을 똑바로 뜨고 있기가 힘에 부쳐서 다원은 난간에 머리를 기대고 눈을 감았다.

아버지에게 루미를 험담한 사실이 계속 심장을 할퀴었다. 루미에 대해 그런 식으로 얘기하고 싶지 않았다. 루미가 잘못한 건 아무것도 없었다. 아카이브 사건도 결코 비난받을 일이 아니었다. 루미는 진실을 밝히는 길로 이끄는 빛을

충실히 따라갔을 뿐이었다. 자신의 이름에 담긴 운명적인
빛을…….

감은 두 눈에서 강한 통증이 일었다. 루미가 내뿜는 빛이
날카로운 검이 되어 눈을 찌르는 것 같았다. 진실의 편에 선
루미를 나쁘게 말한 것은 아버지가 저지른 죄 못지않게 큰
죄인지도 몰랐다. 아버지를 원망하고 비난하면서도 실질적
으로는 루미의 길이 아니라 아버지의 길을 선택한 것 같았
다. 아버지의 동조자가 된 것 같았다.

다원은 그 생각을 물리치기 위해 눈을 떴다. 한순간 환한
섬광이 온 시야를 점령했다. 방금 전과 달리 바로 마주 봐도
고통스럽지 않은 부드러운 빛이었다. 다원은 그 빛에 이끌
리듯 난간에서 비켜나 강의 상류를 향해 걸어갔다. 한 달 만
에 처음으로 근육과 뼈에서 힘이 느껴졌다. 옳은 길로 가고
있다는 확신이 몸을 예전 상태로 회복시켜 주고 있었다. 그
런데 얼마 못 가 몸에서 나는 힘만큼 두 발 밑에서 실제로 강
물을 거슬러 올라가고 있는 것 같은 거센 저항이 느껴지기
시작했다. 등대처럼 길을 밝혀 주던 빛도 점차 조각조각 부
서지더니 어느 쪽으로 가라는지 알 수 없게 희미해졌다. 한
번도 가 본 적 없는 낯선 길이어서인지 옆에서 벤이 시끄럽
게 짖어 댔다.

다원은 그만 걸음을 멈추었다. 루미를 찾아가서 무엇을
말하겠다는 것인지 알 수가 없었다. 아버지의 죄를 안 이상
루미 헌터는 이제 가까이 다가가서는 안 되는 세계였다. 다

원은 거센 바람을 맞고 있다가 잠시 뒤 방향을 돌렸다. 아버지의 동조자가 된 처참한 기분이 다시 한 번 몰려왔다.

집에 닿기도 전에 벌써부터 아버지와 함께할 저녁 식사 시간이 걱정되었다. 억지로 음식을 먹고 또 구토를 하느니 애초에 자리를 피하는 것이 현명했다. 대충 밖에서 사 먹고 왔다고 핑계를 대면 될 것이다. 다원은 집으로 걸어가면서 아버지가 자세하게 물을 때를 대비해 센트럴 공원 안에 있는 매점에서 사 먹었다고 둘러댈 알리바이까지 미리 생각해 두었다. 공원 안에 상업 시설을 금지시킨 당사자이니 단번에 거짓말이라는 것을 알아챌 테지만 상관없었다. 아니, 오히려 자신이 거짓말하고 있음을 아버지가 알기를 바랐다. 믿어 왔던 사람이 자신의 눈앞에서 태연히 거짓말하는 것을 듣고 있는 것만큼 괴로운 일도 없으니까. 그리고 애초에 아버지 본인이 바로 그 거짓 자체니까.

대립

네온강 가를 지나던 중 니스는 운전기사에게 급히 차를 세우게 했다. 길이 익숙하다 싶었는데 어렸을 때 살던 동네 부근이었다. 니스는 보좌관에게 잠깐만 걷겠다고 하고는 무턱대고 차에서 내렸다. 보좌관이 뒤늦게 "차관님, 잠시만요." 외쳤지만, 니스는 못 들은 척 강변으로 이어지는 계단을 내려갔다.

주말이지만 추운 날씨 탓에 강바람을 쐬려는 나들이객들은 많지 않았다. 네온강 물결을 휘저은 장난기 많은 바람이 코트 속으로 파고들었다. 한기가 들었지만 니스는 풀어져 있는 옷깃을 여밀 생각도 않고 주머니에 손만 집어넣은 채 강변을 따라 계속 걸어갔다.

문교부 원로 의원들과의 점심 식사는 최악이었다. 여섯

명의 노인들에게 둘러싸여 원탁에 앉아 있는 내내 징계위원회에 회부된 학생 같은 기분이 들었다. 느리게 씹는 데다 말까지 많은 노인네들 때문에 식사는 예상 시간을 넘겨 한없이 늘어졌다. 니스는 토요일 오후, 그것도 하필이면 아들이 오는 둘째 주 토요일로 식사 약속을 정한 의원들에게 귀찮음을 넘어 적대감을 느꼈다. 겉으로는 온갖 위엄을 부리지만, 알고 보면 다들 주말에 자식들 집에도 초대받지 못할 만큼 가족에게 외면받은, 게다가 그 심술로 자기마저 집에 못 가게 만들 심산인 고약한 노인네들 같았다. 니스는 원로들이 이야기를 나누는 동안 포크를 드는 척하면서 은근슬쩍 계속 손목시계를 확인했다. 다원은 뭘 하고 있을까.

그때 지루해하는 낌새를 눈치챘는지 원로 한 명이 "무슨 바쁜 일 있나?"라고 물었다. 니스는 당황해 얼른 "아닙니다."라고 답했다. 꼭 커닝을 하다가 들킨 학생이 된 것 같았다. 그는 못마땅한 듯 흠흠 소리를 내며 목을 가다듬더니 "영 차관이 올해 나이가 몇이지?"라고 물었다. 니스는 "마흔여섯입니다."라고 대답했다. 그 짧은 한마디를 가지고 여럿이 한꺼번에 떠들어 댔다.

"마흔여섯이라……. 10년 후에도 쉰여섯밖에 안 되다니, 부럽군."

"우리나라도 이제 젊은 대통령을 맞을 때가 됐지."

"그때까지 우리 문교부에서 계속 주도권을 잡고 있어야 해요."

아무 의미 없이 울리는 목소리들을 공허한 메아리처럼 흘려보내고만 있던 니스는 잠시 후 드디어 자신을 주제로 한 대화가 끝났음을 느끼고는 고개를 들었다. 그 순간 자신도 모르게 단말마 같은 탄식이 나왔다. 원로들은 사라지고 열여섯, 스물여섯, 서른여섯 살의 자신과 쉰여섯, 예순여섯, 일흔여섯 살의 자신이 원탁 양쪽으로 빙 둘러앉아 마흔여섯 살인 현재의 자신을 바라보고 있었다. 그들 중 누군가 "왜 그러지? 무슨 문제라도 있나?"라고 물었다. 니스는 아무 대답도 할 수가 없었다. 식은땀을 흘리며 우둔한 학생처럼 입만 뻥긋거렸다. 그것이야말로 변명할 길 없는 가장 혹독한 징계위원회였다.

매서운 강바람이 뜨겁게 엉켜 있던 머릿속 신경을 식혀 주었다. 니스는 괜히 원망하는 마음을 품고 원로들을 '가족에게 버림받은 귀찮은 노인네들'이라고 폄훼했던 것을 뉘우쳤다. 그들을 모욕한 건 진심이 아니었다. 다들 존경받기에 마땅한 훌륭한 인물들이었다. 다만 이렇게 우울한 토요일을 보내고 있는 것에 화살을 돌릴 사람이 필요했던 것뿐이었다. 친구와 다투고 나서 주말 계획이 어그러지자 괜히 부모님에게 화풀이하는 것과 비슷한 심정인지도 몰랐다.

니스는 강변 둘레에 쳐진 난간에 기대어 강물을 내려다보았다. 이해할 수 없는 깊고 아득한 세계가 자신을 올려다보고 있었다. 계속 보니 꼭 다윈 같다는 생각이 들었다. 차가운 수면은 다윈의 얼굴로 분했고, 물결의 마찰음은 다윈의 목소리를 대변했다. 니스는 자신의 손길을 거부한 다윈의 몸짓과 "왜 실망한 것처럼 말씀하세요?"라고 묻는 냉소적인 말투, 자신을 보고 창가에서 뒤로 물러나 버릴 때의 그 차가운 눈빛을 어떻게 해석해야 할지 알 수가 없었다.

그날 밤, 다윈에게 내가 그렇게 상처를 주었나? 진심으로 사과해도 관계를 회복할 수 없을 만큼? ……하긴 처음으로 다윈의 손을 뿌리치긴 했지. 그건 부모가 자식에게 절대 해서는 안 되는 너무나 큰 잘못이었어.

문득 청소년 심리에 관한 논문 하나가 기억났다. 지난 20여 년간 교육계에 있으면서 10대들의 성장 과정에 관한 수많은 논문과 보고서를 접해 왔지만, 유독 그 논문은 지금까지 마음 깊이 남아 있었다. 구체적인 문구까지 생생했다. 청소년들은 부모가 인지하지 못하는 한순간에 부모의 자질을 평가하고 부모를 자신의 적으로 삼는다는.

한 사례로 생일을 앞두고 함께 쇼핑을 갔다가 부모가 지나가는 본인 또래의 비만 아동을 보고 "심하네."라고 험담하는 한마디를 들은 뒤로 부모를 불신하게 되었다는 여학생의 일화가 소개되었다. 그 이야기를 읽으며 새삼 아이들의 감각이란 게 얼마나 예민하고 자의적인지를 깨닫고 놀랐다. 그리고 안이하게도 미리 그 위험성을 알게 된 것에 안도했다. 자신만 주의하고 조심한다면 다윈은 절대 그런 불신의 늪에 빠지지 않으리라 확신하면서. 그러나 오늘 보니 결국 자신도 다른 부모들과 똑같은 실수를 저지르고 말았다.

돌이켜 보면 얼마나 교만하고 단편적인 생각이었던지. 어쩌면 그 불신과 결별의 시기는 태어날 때부터 모든 아이들의 DNA에 심어져 있는 것인지도 몰랐다. 잠들어 있는 인자를 폭발시키는 계기만 다를 뿐, 이 세상 모든 자식들은 인생에서 꼭 한 번씩 자기 부모를 적으로 삼게 되는 시기를 겪는 것이다. 자신 역시 열여섯에 그랬던 것처럼……

열여섯, 그렇다면 다윈도 이제 막 그 시기에 접어든 걸까? 그러나 그 이론을 완전히 적용하기에는 앞으로 루미를 만나지 않겠다고 한 다윈의 결정이 지나치게 예외적이었다. 반항기의 일반적 추이대로라면 지금은 가장 격렬한 불길에 휩싸여 있을 때였다. 이미 세워져 있는 탑들은 모두 휘어져 보이고 자신을 제외한 나머지 사람들은 모두 잘못된 쪽으로 향하고 있다는 분노 어린 확신에 사로잡혀, 기존의 탑을 모두 부수고 올바른 세계에 적용할 올바른 법을 자신이 직접 제정하려고 해야 했다. 그런데 다윈은 싸워 보지도 않고 먼저 패전 선언문부터 낭독했다. 적에게 당신의 세계는 계속 안전할 것이니 안심하라는 위안까지 주면서.

니스는 머리를 내저었다. 아무리 생각해도 그 싸늘한 냉소를 위안으로 받아들일 수는 없었다. 아무리 생각해도 루미에게 질렸다는 말은 다윈의 진심이 아니었다. 다윈은 결코 그런 감정을 느낄 아이가 아니었다. 그런 건 미래가 없다고 생각하는 회의론자들이나 하는 사고방식이지 다윈은 아니었다.

니스는 다윈의 눈빛을 떠올렸다. 무엇보다도 다윈의 눈빛엔 굴복의 의사가 전혀 담겨 있지 않았다. 그렇다면 다윈은 무슨 생각인 걸까? 상대방이 원하는 바를 극단적으로 수용함으로써 오히려 더 큰 적의를 표출하려는 걸까. 아버지가 원하는 대로 하긴 하겠지만 결코 진심을 기대하진 말라는 식으로? 니스는 얼어붙은 대기 속으로 뜨거운 한숨을 내뱉었다. 결국 이렇게 나도 아들이 적으로 삼는 또 한 명의 아버지가 되고 마는 걸까.

　니스는 강가를 따라 계속 걸었다. 조금만 더 가면 어렸을 때 살던 마을이 보일 것이다. 기숙사가 있는 대학으로 진학한 뒤 어머니의 죽음으로 이사를 가고, 직장을 얻고 결혼해 집을 마련하고, 다시 지금의 호두나무 거리로 옮겨 오기까지 제이의 추도식 날만 제외하면 이쪽으로는 한 번도 발길을 들이지 않았다. 다니던 중·고등학교에서 졸업식 연사로 거듭 초청했을 때도 이런저런 일정을 이유로 거절해 왔다. 프라임스쿨이 아닌 일반학교 출신인 것에 자격지심을 갖고 있다는 세간의 소문쯤은 그 대가로 담담히 받아들였다.

　니스는 자신의 걸음과 역행해 흐르는 강물을 바라보았다. 사람들이 네온강을 두고 '1지구의 동맥'이라고 부르는 말이 귓가를 스쳐 지나갔다. 다른 사람들에게는 단순히 지형적인 형태만을 의미하는 것이겠지만, 자신에게는 어릴 때부터 지금까지 늘 그 말이, 생명력을 지닌 푸른 물이 눈에 보이지 않는 1지구의 내부를 관통한다는 얘기처럼 들렸다. 지금이 시간, 토요일을 맞아 이른 저녁 식사 준비를 하고 있을 어느 가정집의 부엌, 별것도 아닌 장난감 때문에 다투고 있는 아이들의 방, 누군가 숨죽이고 있을지 모를 지하실……. 수도 배관과 벽면 틈, 마룻바닥 밑을 타고 흐르며 네온강은 그 모든 것을 지켜보고 있는 것이다.

니스는 푸른 눈의 목격자에게 묻고 싶었다.

후드를 뒤집어쓴 채 칠흑 같은 어둠 속을 달렸던 아이가 나 하나였나? 당신 곁에서 울었던 사람이 나 하나였나? 이 세상에 있어서는 안 될 것을 당신 속에 영원히 사장해 버린 죄인이 나 하나였나?

멀리서부터 하늘이 어두워지고 있었다. 니스는 그만 걸음을 멈췄다. 강물을 거스르면서까지 계속 걸어야 할 이유가 없었다. 저곳은 이미 떠나온 세계였다. 니스는 방향을 돌려 왔던 길을 되돌아가며 시계를 확인했다. 토요일 다섯 시 반. 혼자만의 기분에 취해 시간을 너무 지체해서는 안 되었다. 운전기사도, 보좌관도, 다른 직원들도 어서 일을 끝내고 가족이 기다리는 집으로 돌아가야 했다.

토요일 저녁이지만 얼마 뒤 있을 예산 심의회 준비로 청사 건물은 대부분 환하게 불을 밝히고 있었다. 니스는 비서가 전해 주는 메모들을 받아 들고 집무실로 들어왔다. 강바람을 오래 쐬어서인지 감기 기운이 느껴졌다. 니스는 의자에 앉아 잠시 눈을 붙였다. 이대로 잠을 자고 싶다는 생각이 들었지만 금세 다시 정신을 차리고 책상 위에 쌓인 결재 서류들에 확인 사인을 했다. 토요일 밤까지 나머지 공부를 하며 이 답답한 사무실에 있고 싶지는 않았다.

결재를 마친 서류들을 비서에게 건네준 뒤, 들고 온 메모들을 한 장 한 장 넘기며 확인했다. 급한 일이 없는 이상 이쯤에서 직원들을 퇴근시키고 자신도 집으로 가고 싶었다. 그때 메모지들 중 하나에서 '버즈 미디어 대표가 연락 바람'이라는 글귀가 눈에 띄었다. 버즈였다. 그런데 굳이 이름 대신 버즈 미디어 대표라는 직함을 쓴 것은 공적인 용건이라는 뜻일까?

짚이는 데가 있긴 했다. 얼마 전 프라임스쿨 촬영이 끝났다는 소식을 보고받았으니 아마도 그와 관계된 일일 터였다. 국정감사와 예산 심의회 준비 등으로 뒷전으로 밀리긴 했지만, 버즈의 다큐멘터리 역시 프라임스쿨 위원장으로서 소홀히 할 수 없는 중요한 문제였다.

니스는 버즈에게 전화를 걸었다. 기다리고 있었는지 버즈가 바로 전화를 받았다.

"친구 버즈 마샬보다는 버즈 미디어 대표라고 남겨야 네가 전화를 줄 것 같아서 그렇게 했는데, 역시 내 전략이 먹혔네. 이럴 줄 알았으면 진즉에 이 방법을 써먹을걸. 난 그래도 일개 감독보다는 어릴 적 친구가 더 프리미엄이 있을 줄 알았지 뭐야."

버즈의 말투는 농담이었지만, 피로 때문인지 니스는 유

쾌하게 받아들여지지가 않았다. 마음을 완전히 읽힌 것 같은 데다 이전에 번번이 연락에 응답하지 않았던 일들까지 함께 책잡히는 것 같았다. 니스는 통화가 쓸데없이 길어지지 않도록 서둘러 본론으로 들어갔다.

"그래, 버즈 미디어 대표가 전화를 걸 만한 일이 뭐야? 다큐멘터리에 위원회에 보고해야 할 만한 새로운 내용이라도 생긴 거야?"

"니스, 그렇다고 진짜로 그렇게 사무적으로 나오니까 서운해지려고 해. 나는 너한테 아까 주차장에서 본 웃긴 얘기를 해 주려고 준비까지 하고 있었는데 말이야. 주차를 하려다가 다른 차 세 대를 연속으로 박아 버린 남자 얼굴을 너도 봤어야 해. 맹인도 그보단 주차를 잘할 텐데."

수화기 너머로 장난꾸러기 소년 같은 버즈의 웃음소리가 들려왔다. 니스는 '그건 웃긴 얘기가 아니라 위험한 일 아니야?'라고 묻고 싶었지만, 굳이 그 생각을 입 밖으로 내지는 않았다. 버즈와는 이미 오래전에 세계를 보는 눈이 달라졌다. 이제 와 계단에서 미끄러진 선생님을 보고 함께 정신없이 웃던 시절로 돌아갈 수는 없었다.

"미안. 이제 그만 집에 가려던 참이어서 나도 모르게 조급한 마음이 들었나 봐. 다원이 집에 혼자 있거든. 버즈 너도 레오와 저녁 식사라도 같이 하려면 그만 스튜디오를 나와야 하는 거 아니야?"

그 순간 버즈의 목소리가 커졌다.

"실은 내가 전화를 건 것도 다윈 때문이야. 아무래도 니스 너랑도 얘기를 하는 게 좋을 것 같아서."

니스는 무의식적으로 미간을 찌푸렸다. 자신은 모르는 아들의 소식을 버즈가 알고 있다는 것이 신경에 거슬렸다.

니스는 그 불쾌감을 들키지 않도록 최대한 평정심 어린 목소리로 물었다.

"다윈 때문이라니? 무슨 일인데?"

"내가 다윈한테 다큐 내레이션을 해 달라고 부탁했다는 말 못 들었어?"

"내레이션이라니……. 아니, 금시초문이야."

"나는 주말까지 확답을 받으려고 이렇게 목을 빼고 기다리는데 아직 얘기도 안 했다니, 김새네. 할 생각이 없어서 그러는 건가, 아니면 지난번에 말한 대로 진짜 네 허락 없이 자기 혼자 결정할 거라서 그러는 건가."

니스는 통증이 이는 머리 한쪽을 짓누르며 물었다.

"다윈이 그렇게 말했어? 내 허락 없이 자기 혼자 결정하겠다고?"

"그랬대두. 솔직히 나도 좀 이상하게 생각하긴 했어. 다윈이 그런 말을 할 아이가 아닌데 싶어서 말이야. 눈빛도 뭔가 예전과 다르게 수심이 있는 것 같고. 혹시 무슨 일 있었어?"

"……일은 무슨. 아무 일도 없어."

"그럼 역시 학년말 고사 때문인가 보네. 다섯 시가 되도록 마지막까지 대강당에 남아 있더니만, 그 시험을 한 번 치르고 나면 저절로 그런 눈빛을 갖게 되나 봐."

다윈이 마지막까지 남아서 시험을 치렀다니, 그것 역시 처음 듣는 얘기였다. 니스는 범위를 헤아릴 수 없게 공허한 기분이 들었다. 바로 얼마 전까지 자기 손에 둥지를 틀고 살던 소중한 새가 갑자기 손을 거부하고 멀리 날아가 버린 것 같았다.

"아무튼 말이야, 나는 다윈이 꼭 내레이션을 해 주었으면 좋겠어. 지난번 촬영 때 내가 쓴 걸 잠깐 읽었는데 아주 마음에 들었거든. 한번 다윈으로 정하고 나니 다른 대안은 눈에 들어오지도 않아. 그러니 혹시 다윈이 아직도 고민 중이거든 니스 네가 잘 좀 설득해 줘."

니스는 퉁명스럽게 대꾸했다.

"자식을 아무나 떠들어 대는 품평회에 내놓는 건, 부모로서는 피하고 싶은 일이야."

"품평회라니, 프라임스쿨의 목소리를 맡는 건 다윈한테도 영광스러운 일이야."

"그렇게 영광스런 일이라면 레오에게 맡기는 건 어때? 아버지가 만든 다큐에 아들이 내레이터라면 그림이 더 멋질 것 같은데."

그 순간 버즈의 목소리가 굳어졌다.

"니스, 난 다윈이 네 아들이라서가 아니라 그 애의 자질을 발견했기 때문에 이런 제안을 하는 거야. 내 일을 무슨 가족 비즈니스처럼 말하는 건 듣기 불쾌해."

니스는 그제야 자신이 버즈에게 화풀이하고 있다는 것을 깨달았다.

"미안. 그럴 의도는 아니었는데……."

"그럼 이제 진지하게 생각해 보는 거야?"

창밖으로 보이는 사무실들 불이 하나둘 꺼지고 있었다. 니스는 자신이 토요일 저녁 이 시간까지 사무실에 남아 있는 사람 중 하나라는 게 싫었다. 어렸을 때 보충 학습반에 남아 집으로 돌아가는 애들을 창 너머로 바라보면서 느꼈던 불안하고 쓸쓸한 감정이 몇십 년의 세월을 거슬러 다시 몰려왔다. 니스는 그만 집으로 돌아가고 싶은 마음에 긍정적으로 고려해 본 뒤 다시 연락을 주겠다고 말하며 전화를 끊었다.

집에 돌아오니 벌써 일곱 시가 지나 있었다. 현관에 들어서자마자 곧장 2층부터 올라가 보려 했는데, 마리가 다가와 다윈은 벤과 함께 공원으로 산책을 나갔다고 알려 주었다. 그 말을 들으니 강가에서 허비한 시간이 후회스러웠다. 쓸데없이 상념에 빠지는 대신 집에 조금 일찍 왔으면 다윈의 산책 길에 동행할 수 있었을 텐데. 그랬다면 어둠 속에서 퍼지는 하얀 입김과 벤의 엉뚱한 행동이 서먹한 감정을 지나간 일로 만들어 줄 수 있었을지도 모르는데…….

다윈은 여덟 시가 가까워져서야 돌아왔다. 니스는 저녁 식사도 미룬 채 다윈이 오기만을 기다렸지만, 다윈은 눈길도 주지 않은 채 바로 방으로 올라가려고 했다. 니스는 자신을 없는 사람처럼 대하는 아들에게 처참한 심정을 느끼며 "저녁 먹어야지?"라는 말로 불러 세웠다. 걸음을 멈춘 다윈은 등을 지고 선 채 "사 먹었어요."라고 대답했다. 다윈에게 심문당하는 기분을 주고 싶지는 않았지만, 묻지 않을 수 없었다.

"어디서?"

다윈이 생각할 시간을 버는 것처럼 잠깐 틈을 두고 대답했다.

"센트럴 공원 안에 있는 매점에서요."

처음부터 거짓말인 줄은 알았지만 역시 거짓말이었다. 올봄부터 공원 안에서는 모든 상업 행위가 금지되어 어떤 음식도 팔 수 없게 되었다. 그걸 모르는 다윈은 저녁 식사를 피하는 핑계로 프라임스쿨에 입학하기 전 공원으로 함께 놀러 가 간식을 사 먹었던 기억을 이용하려는 것이다. 니스는 태연하게 거짓말을 하는 다윈에게 화가 나면서도 한편으로는 용의주도하지 못한 아들의 알리바이에 안타까운 마음이 들었다. 누군가를 속이고 싶다면 지금보다는 훨씬 더 계략적이어야 할 텐데. 완벽하지 못한 거짓말은 서로에게 상처만 될 뿐이니까.

다윈은 이제 그만 올라가도 되겠느냐는 뜻으로 위층을 향해 몸을 돌렸다.

니스는 다시 다윈을 불러 세웠다.

"버즈에게 들었다. 너한테 내레이션을 부탁했다고."

다원은 대답 없이 듣고만 있었다.

"생각해 봤는데 아무래도 안 하는 게 좋겠구나."

긍정적으로 고려해 보겠다고 했던 말은 진심이었다. 버즈 말대로 프라임스쿨의 목소리를 대변할 기회를 가진다는 것은 영광스러운 일이었다. 자신의 직위 때문에 약간의 구설수에 오르내릴 순 있겠지만, 그렇다 해도 아무나 해 볼 수 없는 특별한 경험을 학창시절에 한 번쯤 해 보는 것은 위험을 감수할 가치가 있었다. 그래서 집으로 돌아오는 차 안에서, 다원을 보면 "그런 제안을 받다니 굉장하구나."라고 칭찬해 줄 말까지 생각하고 있었다.

그런데 막상 다원과 대면한 지금, 입에서는 전혀 다른 결정이 나오고 있었다. 이상한 일이었다. 그런데 더 이상한 건 자신의 생각에 완전히 위배돼서 나오는 그 말에 자신이 전혀 당혹감을 느끼지 않는다는 것이었다. 오히려 신중한 사고 끝에 나온 말을 할 때보다도 더 침착했다. 어쩌면 즉흥적인 변심이 아니라 아버지 허락 없이 자기 혼자 결정하겠다는 다원의 이야기를 전해 들은 순간 이미 머릿속에서 내린 결정이었는지도 몰랐다. 해설을 맡을지 말지는 중요하지 않았다. 이건 권위의 문제였다. 니스는 다원에게 미치는 자신의 영향력을 확인하고 싶었다.

"그럼 안 한다고 버즈에게 연락하마."

아무 말 없이 잠자코 있던 다원이 말했다.

"하고 싶어요. 할래요."

"……내가 허락하지 않는데도?"

"왜 허락하지 않으시는데요?"

니스는 스스로도 설득되지 않는 궁색한 이유를 늘어놓았다.

"학생 신분엔 맞지 않는 일이야. 무엇보다도 프라임스쿨 학생이 그런 외부 활동을 한다는 것도 적절치 않고."

"프라임스쿨 위원장으로서 하시는 얘기와는 완전히 반대되는 말이네요. 평소에는 공부 외에 여러 활동을 해 보라고 하시잖아요."

"학교 위원장이 아니라 네 아버지로서 하는 말이란다."

"그렇다면 더더욱 반대할 명분이 없으세요."

"어째서?"

"아버지도 제 나이 때 할아버지 허락 없이 여러 일들을 하셨을 거잖아요. 그중엔 내레이션 같은 거랑은 비교할 수 없는 일도 있지 않으셨어요?"

"무슨 말을 하는지 모르겠구나. 내가 할아버지 허락 없이 무슨 일을 했다는 거니?"

"저야 모르죠. 하지만 아버지는 아시잖아요. 아버지 본인이 하신 일이니까."

다원은 그렇게 말한 뒤 더는 대화의 여지를 남기지 않겠다는 듯 2층으로 올라가 버렸다. 니스도 다원을 불러 세우지 못했다. 그럴 만한 명분이 없었다.

영광을 위하여

둘째 주 일요일, 정오가 가까워진 시
각. 러너는 설레는 마음으로 창밖을 지켜보았다. 차가 들어
오는 모습이 보였으니 이제 곧 울타리 안으로 아들과 손자
가 들어설 것이다. 예상대로 곧 차에서 내리는 니스와 다윈
이 보였다. 언제나처럼 다윈이 조금 앞장서 울타리로 들어
섰다. 니스도 곧 그 뒤를 따랐다. 그러나 딱 거기까지만이었
다. 점점 거리가 벌어지더니 아예 모르는 사람들처럼 따로
떨어져 정원으로 들어서는 두 사람의 모습은 예상에서 완
전히 벗어난 새로운 그림이었다.

러너는 무슨 일인가 싶어 세찬 바람이 부는 밖으로 마중
을 나갔다. 각기 다른 나라에서 온 대사들처럼 적당한 거리
를 유지하며 걸어온 두 사람은 문 앞에서도 차례를 지켜 "할

아버지.", "잘 지내셨어요?"라는 인사만 짧게 하고는 서로를 외면한 채 안으로 들어갔다. 무엇 때문에 이런 묘한 분위기가 만들어졌는지는 모르지만, 저런 상태로 이 먼 곳까지 한차를 타고 왔다는 게 어떤 면에선 둘 다 참으로 용했다. 러너는 걱정 뒤로 약간은 우쭐한 기분을 맛보았다. 아들과 손자가 서로의 감정을 누르고 여기까지 온 것이 자기 때문이라고 생각하니, 정말로 대사들의 예우를 받는 왕이 된 것 같았다.

식탁에 앉아서도 활기는 돌지 않았다. 다윈의 학년말 고사가 끝난 것을 기념해 애나가 특별히 솜씨를 부린 음식도 아무 소용이 없었다. 러너는 조심스레 두 사람 사이에 흐르는 기류를 살폈다. 아들의 무뚝뚝한 태도야 새로울 것도 없다지만, 제 아버지와는 전혀 다른 부류라 생각했던 다윈까지 입을 꾹 다물고 있는 것엔 갈수록 의구심이 들었다. 무슨 깊은 생각을 하는 건지 다윈은 이따금 눈동자를 한곳에 고정한 채 미동도 않고 있었다. 지금껏 본 적 없는 낯선 모습이어서 늘 그러는 아들보다도 훨씬 더 차갑게 느껴졌다.

러너는 신중하게 상황을 살폈다. 한 달 전, 다윈에게 고열과 구토를 일으켰던 그 문제가 아직도 해결되지 않은 것일까. 만약 자신의 추측이 맞다면, 문제가 뭔지는 모르긴 해도 일차적으로는 니스를 탓할 수밖에 없을 것 같았다. 누구보다도 다정한 제 아들이 다른 사람이 된 것처럼 돌변했는데, 그 문제를 풀어 주지는 못할망정 똑같이 냉랭한 태도로 맞서고 있는 것은 전혀 아버지답지 못했다. 그렇다고 러너는 성급히 행동에 나서지는 않았다. 오래된 문제는 시간을 오래 들여 해결해야 하는 법이었다. 섣불리 나섰다간 문제에는 손도 못 대고 사람만 다치게 할 수도 있었다. 러너는 과연 어떻게 행동하는 게 늙기만 한 왕이 아닌 현명한 왕 노릇에 상응하는 것인지를 고민하면서, 일단은 니스와 다윈이 그러는 것처럼 말없이 식사를 계속했다.

애나가 후식으로 차와 단호박 파이를 가져왔다. 양편으로 갈라져 앉은 니스와 다윈은 애나의 성의에 답한다는 표시가 날 정도로만 파이에 손을 댔다. 가운데 자리에 앉아서 두 사람의 눈치를 살피던 러너는 퍼뜩 이 파이가 대화의 물꼬를 터 줄 수 있겠다는 생각이 들어 먼저 다윈에게 말을 걸었다.

"다윈, 지난번 약속대로 이번에도 이 파이에 넣은 단호박을 할아버지가 직접 껍질을 벗기고 잘랐단다."

다윈은 의례적인 미소로 "네."라고만 답했다. 러너는 곧 의도한 진짜 이야기로 대화를 이어 갔다.

"얼마 전에 루미가 왔을 때도 내가 손질한 단호박을 구워 스테이크와 함께 대접했지. 반응이 무척 좋았단다."

예상대로 다윈의 눈빛이 달라졌다. 게다가 기대하지 않았던 니스까지 내내 다른 데로 향하고 있던 시선을 이쪽으로 돌렸다.

다윈이 물었다.

"루미가 여기 왔었어요?"

오늘 이 집에 들어와 다원이 무언가에 관심을 표한 첫 순간이었다. 역시 다원의 반응을 이끌어 내는 데는 루미 소식만 한 것이 없었다. 러너는 자신의 판단이 맞았음에 의기양양해졌다.

"그래, 바로 며칠 전에 찾아왔단다."

"왜요?"

"왜긴, 시험도 끝났고 해서 겸사겸사 놀러 온 거지. 처음 봤을 때부터 알아봤지만 할아버지는 루미가 아주 마음에 드는구나. 얘기를 나누다 보면 뭐랄까, 에너지를 받는 기분이 들거든."

러너는 그러면서 자연스럽게 이야기의 본론을 꺼냈다.

"그런데 루미 말로는 다원 네가 그간 통 연락을 안 했다던데?"

다원에게 물은 것인데 어쩐지 다원은 입을 다물고 니스가 대신 말했다.

"학년말 고사 때문에 연락할 겨를이 있었겠어요?"

러너는 아들까지 자연스럽게 대화로 끌어들인 자신의 전술이 만족스러웠다.

"아무리 바빠도 전화 한 통 할 시간은 있지. 루미가 보통 학생도 아니지 않냐. 같이 시험을 치르는 동지로서 고민도 나누고 그러면 얼마나 좋아."

다원이 물었다.

"다른 얘긴 없었어요?"

"다른 얘기? 글쎄다, 뭐, 특별한 건 없었단다."

러너는 별생각 없이 그렇게 말했다가 탁자 주변으로 생긴 침묵의 공간을 감지하고는 곧 자신이 실수했음을 깨달았다. 어렵게 시작된 대화가 이런 식으로 끝나서는 안 되었다. 러너는 가장 중요한 부분을 빠뜨렸다는 듯 재빨리 이야기를 꺼냈다.

"아, 그러고 보니 있었구나. 그것도 엄청난 얘기였지. 아마 듣고 나면 너희 둘이 나보다 더 흥미를 느낄 거다."

러너는 두 사람의 시선이 일제히 자신에게 모아지는 것이 흐뭇했다.

"알고 보니 루미가 제이의 죽음에 대해 제 나름대로 조사하고 있는 모양이더구나. 제이의 죽음에서 발견한 의문과 그간 혼자서 밝혀낸 것들을 얘기해 주는데, 과연 프리메라 학생답게 총기가 대단하더라. 멍청한 경찰 세 명을 자르고 루미 한 명을 대신 채용하는 게 세금을 아끼는 길일 거다. 니스야, 어떠냐. 이건 한 명의 시민으로서 너한테 하는 청원이란다."

"경찰 채용은 제 권한이 아니에요."

장난삼아 한 말이었는데 니스는 지나치게 현실적으로 대답했다.

러너도 그에 맞게 현실적으로 맞대응했다.

"지금은 아니지만 머지않은 미래엔 네 권한일 수도 있지.

그땐 루미도 성인이 돼 있을 테니 그럼…….”

그 순간 다원이 차를 쏟았다. 러너는 놀라서 하던 말을 멈추고 얼른 티슈를 찾았다. 다행히 니스가 벌써 티슈를 뽑아 다원의 손에 묻은 차를 닦아 주려 하고 있었다. 그런데 그 찰나, 다원이 은근하지만 분명하게 그 손길을 물리치는 것이 눈에 들어왔다. 니스의 손은 갈 곳을 잃고 그대로 허공에 멈췄다. 도대체 둘 사이에 무슨 일이 있었기에 저러는 건지, 러너는 터져 나오는 한숨을 간신히 삼킨 뒤 니스를 대신해 다원에게 물었다.

“괜찮니? 데인 거 아니야?”

다원은 엎질러진 차에는 조금도 신경 쓰지 않은 채 “그래서 루미가 제이 아저씨 죽음에서 뭘 밝혀냈는데요?”라고 물었다. 내내 무심한 얼굴을 하고 있다가 여자 친구 이야기에는 저렇게 금세 흥미를 보이는 걸 보면 역시 사내아이는 사내아이였다. 러너는 다원의 손등에 별다른 화상 자국이 남지 않은 것에 안심하며 다시 이야기를 이어 나갔다.

“제이 앨범에서 사라진 사진 한 장이 있는데 그 사진의 행방을 근거로 제이를 죽인 진범이 현재 1지구의 고위직 공무원일지도 모른다고 하더구나. 이렇게 들으면 황당하겠지만 직접 들었을 땐 상당히 그럴듯한 얘기였단다. 내가 경찰청장이라면 반드시 재조사를 하게 할 정도로.”

러너는 그러면서 니스에게 다시 물었다.

“지금이라도 경찰에서 제이 사건을 공식적으로 재조사

할 순 없는 거냐? 시간이 많이 흘러서 뒷전으로 밀리긴 했지만, 네가 힘을 쓰면 그 정도는 일도 아니겠지."

물론 아들이 그렇게 하길 진심으로 바라는 것은 결코 아니었다. 차관이 되자마자 해리 헌터에게 훈장을 수여한 것도 자칫 권력을 사적으로 남용하는 것으로 보일까 봐 못마땅했는데, 또다시 헌터 가문 일에 아들의 권력이 행사되는 것은 보고 싶지 않았다. 다만 그만큼 아들이 가진 권력이 크다는 사실을 이런 기회에 스스로에게 으스대 보고 싶기도 하고, 또 자신이 다윈의 친구인 루미와 니스의 친구인 제이에게 관심이 많다는 것을 은근슬쩍 알림으로써 두 사람의 호감도 얻고 싶어 괜히 한번 해 본 말이었다.

니스가 손에 쥐고 있던 붉은 찻물이 번진 티슈를 탁자 한쪽으로 던져 두며 말했다.

"이미 30년 전에 수사가 끝난 사건이에요."

"누가 그걸 모르냐. 그래도 혹시 새로운 증거가 발견되면 재조사를 할 순 없는 건지 묻는 거다. 루미 말대로 진짜 범인이 따로 있다면 공소시효가 만료되기 전에 어서 잡아야 할 것 아니냐. 이제 공소시효가 얼마나 남았지? 한 1년 남았나?"

니스가 제 친구 일답게 정확하게 정정했다.

"4개월요."

러너는 자기도 모르게 비웃음이 나왔다.

"그러고 보면 법이란 것도 참 웃긴단 말이야. 30년 동안 죄였던 게 어느 날 갑자기 죄가 아닌 게 되다니."

"죄가 아닌 게 되는 게 아니라 법의 안정성 측면에서 처벌을 않는 거예요. 둘은 엄연히 달라요."

"그게 그거 아니냐. 처벌을 받지 않으면 누가 자기 죄가 죄인 줄 알겠냐."

"……본인 양심은 알겠죠. 오히려 그게 더 가혹한지도 모르고요. 처벌을 받은 사람은 자기 죗값을 치렀다고 생각하겠지만, 처벌을 받지 않은 사람은 평생 불안과 죄책감에 시달릴 테니."

"쳇, 기껏 양심이라니. 양심이 있는 놈이 살인 같은 걸 저지르겠냐."

그때 다원이 대화에 끼어들었다.

"할아버지, 앞으로 루미는 집에 초대하지 마세요. 따로 연락도 주고받지 마시고요."

러너는 깜짝 놀라 물었다.

"그게 무슨 말이니? 왜?"

"앞으론 루미를 만나지 않을 거예요."

러너는 이전보다 더 놀라 물었다.

"만나지 않을 거라니, 루미는 지난번에 만나기로 한 약속을 못 지킨 것 때문에 네가 연락을 안 하는 거라고 하던데, 정말 그 일 때문인 거야?"

다원이 되물었다.

"루미가 자기 삼촌 죽음을 밝히기 위해 저에게 아버지 아이디를 도용해 달라고 부탁했다는 얘기는 하던가요?"

"아이디 도용이라니? 그게 무슨 얘기냐? 그런 말은 전혀 못 들었는데."

"그랬겠죠. 자기한테 불리한 얘기는 안 했을 테니까요. 그런 범법 행위를 하면서까지 그 애를 만날 생각은 없어요. 그러니 할아버지도 루미와 더는 연락하지 않으셨으면 좋겠어요."

다원은 그러더니 피곤해서 자고 싶다며 2층으로 올라갔다. 러너는 어찌 된 영문인지 몰라 계단 위로 사라지는 다원의 뒷모습만 하염없이 좇았다.

그때, 말없이 앉아 있던 니스가 벌떡 일어나 부엌으로 들어갔다. 애나에게 하는 말을 들으니 위스키 한 잔을 달라는 모양이었다.

30분쯤 흐른 뒤 니스가 다시 거실로 돌아와 소파에 앉았다. 술 냄새가 옅게 풍겼다. 얼굴도 약간 붉어져 있었다. 러너는 낮부터 술을 마시는 아들이 마뜩잖았지만 다툼을 하나 더 늘리고 싶지 않아 아무 말 않고 다원에게로 화제를 돌렸다.

"둘 사이에 무슨 일이 있었던 거냐. 다원이 저렇게 생각하는 줄도 모르고 루미는 여전히 다원의 연락을 기다리고 있던데."

"다원 말대로 하세요. 자기 마음이 변했다는데 아버지가 계속 그 애와 가깝게 지내면 다원만 곤란해질 거 아니에요."

"그래도 이렇게 단박에 인연을 끊는 건 좋지 않지. 앞으로도 계속 마주칠 일이 있을 텐데."

"학교도 다르고 다윈은 기숙사에서 지내는데, 일부러 만나지 않는 한 마주칠 일이 뭐가 있겠어요?"

"1년에 한 번씩 제이의 추도식에서는 만나야 할 거 아니냐? 너도 마찬가지고."

"형식적으로 잠깐 얼굴을 보는 것뿐이에요. 그리고 다윈이 가기 싫다면 내년부턴 추도식에 안 가도 되고요."

"너도? 너도 안 갈 테냐?"

"……가기 싫어지면 저도 안 갈 수 있죠."

"말은 참 쉽게 하는구나. 그렇게 간단하게 그만둘 거였으면 30년 동안이나 매년 출석 체크를 하지도 않았겠지."

러너는 저답지 않게 시원스레 구는 아들의 대답을 반쯤 비웃고 넘겼다. 술기운에 하는 빈말이지 진심일 리가 없었다. 그때 니스가 "아버지." 하고 불렀다. 러너는 니스를 바라보았다.

니스가 능청스럽게 웃으며 물었다.

"아버지, 왜였을 것 같아요? 왜 제가 지난 30년 동안 한 번도 빠지지 않고 제이의 친인척들보다도 더 성실하게 추도식에 참석했을 것 같아요?"

"매년 너에게 그 질문을 하는 사람이 난데, 나에게 질문을 되돌리면 내가 어떻게 알겠냐?"

술에 취해서인지 니스가 과장되게 한쪽 손을 들어 올리며 말했다.

"루미와 했던 탐정 놀이처럼 추리는 해 보실 수 있잖아요. 어디, 아버지가 얼마나 훌륭한 탐정인지 한번 들어 보죠. 대답 여하에 따라선 또 알아요? 멍청한 경찰 세 명을 자르고 아버지를 명예 경찰로 채용할지."

"아비를 놀리는구나."

"놀리긴요, 오히려 진실을 밝혀낼 기회를 드리는 건데요."

"진실이라면 네가 30년 전에 죽은 친구를 아직까지 잊지 못할 정도로 유약하다는 게 진실이겠지. 아비로서 하는 충고인데, 앞으로 그 점은 꼭 고치길 바란다. 장차 이 나라를 위해 더 큰 일을 해내려면."

니스의 얼굴에서 단번에 웃음이 사라졌다. 러너는 어울리지도 않는 광대 같은 웃음보다는 차라리 적대감이라도 자신에게 솔직한 감정을 드러내는 그 굳은 얼굴이 마음에 들었다.

"더 큰 일이라니, 도대체 뭘 바라시는 거예요? 정말 제가 대통령이라도 될 거라고 생각하시는 거예요?"

"못 할 게 뭐냐. 문교부 장관만 되면 저절로 가장 강력한 후보가 되는 건데."

"그런 가당치도 않은 생각을 하고 계시다니……. 웃음이 나다 못해 울음이 날 지경이에요."

"봐라, 또 바로 그 유약한 면이 튀어나오잖냐. 너 정도 갖췄으면 겸손보다는 차라리 교만이 미덕이란다."

니스가 삿대질을 하며 말했다.

"분명히 말해 두지만요, 아버지가 기대하시는 그런 일은 절대 일어나지 않아요. 그러니 얼른 꿈 깨시고 지금의 평온한 노년 생활만으로도 감지덕지하고 사세요."

"나야 네 아비로서 이해하고 넘어가겠다마는 네 버르장머리 없는 면을 유권자들한테까지는 들키지 않도록 해야 할 거다."

니스가 자리에서 일어나며 소리를 높였다.

"제발, 제발, 그 말도 안 되는 얘기 좀 그만하세요. 제가 언제 대통령이 되고 싶다고 한 적 있어요? 착각하지 마세요. 지금 하고 있는 일만으로도 넌덜머리가 나요. 감사니 예산이니 위원회니, 이런 일을 하는 사람이 되길 원한 적은 단 한 번도 없었어요. 제가 가장 되기 싫어했던 인간이 바로 지금의 저라고요."

러너는 아들의 과민한 자학을 더는 참아 줄 수가 없어 자리에서 일어나 아들과 정면으로 얼굴을 마주했다.

"이제 와서 네 인생을 부정한다는 거냐? 이만큼 이룬 네 인생을?"

니스가 핏대를 세우며 외쳤다.

"아니요, 부정하는 게 아니에요. 부정할 게 없는데 뭘 부정하겠어요. 애초에 열여섯 살 이후로 제 인생이란 게 있었기나 한 줄 아세요? 전 아버지가 저지른 잘못을 숨기기 위해 제 평생을 바쳤어요. 제 온 인생을 바쳤다고요. 그걸 아세요?"

러너는 검지로 아들의 가슴을 찌르며 최대한 침착한 태도로 말했다.

"소리를 낮춰라, 다윈이 깰까 걱정되니. 그리고 더는 너에게 일방적으로 매도당할 수 없으니 이번 기회에 분명히 말해 두마. 난 내 아들과 손자 앞에서 부끄러울 만한 짓은 하나도 하지 않았다. 네 그 유약하고 결벽증적인 기준에선 내 사업 방식이 부정하게 보일 수도 있겠지. 하지만 이젠 그만 이해할 때도 되지 않았냐? 넌 더 이상 풋내기 소년이 아니야. 너도 이만큼 살았으면 세상 돌아가는 방식을 받아들일 줄도 알아야지. 네 위에 있는 장관도, 지금 대통령도 그 자리에 오르기까지 나만큼은, 아니 나보다 훨씬 더 많이 비리를 저질렀을 거다. 그건 나쁜 게 아니야. 환경에 적응해 가는 것뿐이지. 카멜레온이 제 몸 색깔을 바꾼다고 누가 비난하더냐? 이 혼탁한 세상에서 아무 죄도 짓지 않고 아버지가 된다는 게 가능할 것 같으냔 말이야."

물 밖으로 끌려 나온 물고기처럼 격렬히 뛰는 아들의 심장이 손끝에서 느껴졌다. 갈색 눈동자는 숨이 멎기 직전의 생명처럼 붉어져 있었다. 러너는 아들이 괴로워하는 얼굴을 보고 싶지 않았다. 그것은 자신에게도 상처였다. 그러나 아프더라도 한 번은 진실이 주는 고통에 자신을 기꺼이 내어 줄 필요가 있었다. 드러나지 않은 이 세상의 속살이 얼마나 거친지 하루빨리 깨닫고 자기도 그에 맞게 행동해야지만 인생이 주는 궁극의 영광을 맛볼 수 있을 테니. 오래전 자신이 그랬던 것처럼.

무언가 더 할 말이 있는 표정이던 니스는 이내 고개를 돌리더니 코트를 챙겨 밖으로 나가 버렸다. 러너는 구태여 아들을 잡지 않았다. 차가운 바깥 공기에 머리를 식히고 나면 아비가 한 말을 어느 정도는 이해할 수 있으리라.

결정

다원은 살짝 열어 둔 문을 소리 나지 않게 가만히 닫으려 했다. 그런데 순간 손에 경련이 일어 문 손잡이에서 쇳소리가 나고 말았다. 다원은 문을 닫고 문에 기대서 떨림이 멈추기를 기다렸다. 머리가 어지러웠다. 높은 산에라도 오른 것처럼 온몸에 힘이 빠져 더 이상 서 있을 수가 없었다. 이제 그만 침대로 가 눕고 싶었다. 다원은 눈을 떴다. 그런데 침대를 보는 순간 다시 구토가 나오려고 했다. 몇 발짝 거리의, 무릎 높이밖에 안 되는 침대가 이를 수 없는 먼 고지로 보였다. 아늑한 침대는 자기 몸 위에 혼란과 불안이 눕는 것을 허락하지 않는 것 같았다.

다원은 침대를 포기하고 책상으로 가 앉았다. 흰 벽이 바로 앞에서 온 시야를 가로막고 있었다. 답이 적히길 기다리는 거대한 시험지 같았다. 다원은 외면해 버리고 싶은 순간적인 충동에 몸을 반쯤 일으켰지만 곧 다시 의자에 앉아 벽을 응시했다. 이제는 생각해야 할 때였다. 언제까지 지금처럼 아버지를 증오하며 구토만 하고 있을 수는 없었다.

수천 수만 번씩 아버지를 살인자라고 되뇌면서도 왜 아버지가 살인한 이유를 찾는 일엔 그렇게 소홀했던 걸까? 논리적으로 사고하는 법을 최우선으로 교육받아 온 그동안의 시간이 헛되게 느껴질 만큼 이상한 일이었다. 그러나 끈질기게 생각을 붙들고 늘어진 끝에 다원은 그 외면에도 나름의 개연성이 있었다는 것을 깨달았다.

아버지 입에서 살인을 했다는 고백이 나온 순간, 신이 살인을 했다는 소식을 들은 최초의 인간이 된 것 같았다. 우러러보고 디디고 서 있던 온 세계가 산산조각으로 무너져 내려 몸을 가눌 수가 없었다. 일단은 그곳에서 도망쳐야 한다는 생각밖에는 아무것도 떠오르지 않았다. 시간이 지나 폐허가 된 터에 서서도 감히 그 이유를 물어봐야 한다는 생각은 고개를 들지 못했다. 신을 원망할 수는 있어도 신에게 이유를 따져 묻는 인간은 진정한 믿음의 아들이 아니었다. '아버지가 살인을 했다.'라는 문장은 그 자체만으로 완벽한 절망감을 주어 다른 부연 설명은 필요치 않았다.

그러나 아버지는 신이 아니었다.

'부정하는 게 아니에요. 부정할 게 없는데 뭘 부정하겠어요. 애초에 열여섯 살 이후로 제 인생이란 게 있었기나 한 줄 아세요? 전 아버지가 저지른 잘못을 숨기기 위해 제 평생을 바쳤어요. 제 온 인생을 바쳤다고요. 그걸 아세요?'

구토가 치미는 대신 처음으로 눈물이 떨어져 내렸다. 다원은 참지 못하고 소리 내 울었다. 할아버지를 향해 대들던 아버지의 얼굴이 머릿속에서 떠나지 않았다. 조금의 위엄도 권위도 없이 오직 상처로만 가득 찬 얼굴이었다. 신도 아니고 아버지도 아닌…… 그냥 어린아이. 아버지의 열여섯 살 모습이 얼마나 처참했을지 알 것 같았다. 그 상태로 아버지는 지난 30년을 견뎌 온 것이다. 그런데 자신은 그런 아버지를 집에 돌아온 순간부터 지금까지 얼마나 비열하게 괴롭혔던가.

"아버지는 아시잖아요. 아버지 본인이 하신 일이니까."

아버지로 하여금 자신의 지나온 행적을 모두 더듬어 보게 하는 말을 뱉고는 저급한 만족감을 느꼈다.

그러고도 부족해 홧김에 버즈 아저씨에게 전화를 걸어 해설을 맡겠다고 승낙하고는 아버지의 권위를 짓밟았다는 승리감에 도취되어 있었다.

아침에 일어나서는 진심이라곤 전혀 담기지 않은 얼굴로 먼저 다가가 "안녕히 주무셨어요?"라고 아침 인사를 했다. 아버지 스스로 '제이 아저씨를 죽이고 온 날에도 편안히 잠을 잤나요?'라고 통역하길 바라면서. 자신의 입에서 나오는 모든 말이 아버지의 죄책감을 건드리길 원했다. 차를 타고 오는 동안의 침묵과 사이사이 일부러 내뱉었던 옅은 한

숨까지도…….

다원은 굳이 자기까지 가세해 괴롭히지 않아도 지난 30년 간의 모든 순간이 아버지의 삶에 죄의식으로 작용해 왔음을 이제야 알게 되었다. 자기까지 나서서 살인자라고 비난하지 않아도 아버지는 매년 7월 10일 추도식에서 새롭게 출생 신고를 하는 것처럼 자신의 정체를 확인해 온 것이다.

다원은 울음을 그치고 뺨에 남아 있는 눈물을 닦아 냈다. 시험 문제로 괴로워하는 건 이것으로 충분했다. 감정의 분출도 절정을 지났다. 이젠 차가워진 머리로 생각하고 판단해 답을 적어 내야 할 때였다. 다원은 물기의 방해가 없는 눈으로 다시 흰 벽을 바라보았다. 잠시 뒤, 백색에 묻혀 보이지 않던 길이 양각처럼 도드라졌다. 다원은 그 길의 의미를 해석할 수 있었다.

아버지의 고통을 이만 끝내 줘야 한다. 아버지에게 열여섯 살 이후의 인생을 되돌려 줘야 한다. 인생이 없었다는 말은 너무 가혹하다. 아버지는 많은 것을 이루어 냈다. 그 많은 결실이 뿌리 없는 나무에서 열린 속 빈 열매가 되게 해서는 안 된다. 아버지의 절규대로 아버지 인생이 열여섯 살에 끝나 버린 것이라면 아들인 자신은 아버지 삶 속에서 존재하지 않는 것이나 마찬가지다. 아버지도, 자신도 그런 허무함을 품에 안은 채 남은 인생을 살 수는 없다. 아버지가 인생을 되찾고 지금껏 키워 온 나무를 부정하지 않아도 될 길은 단 하나…….

다원은 기도하듯 두 손을 맞잡았다.

아버지가 자신의 죗값을 받는 것뿐이다. 아버지를 자수시키자. 모든 진실을 밝히자. 할아버지가 저지른 잘못을 숨기기 위해 평생을 바쳤다는 의미가 무엇인지, 정말 루미 추측대로 앨범의 사진을 가져가고 아카이브에서도 사진을 삭제했는지, 그 일들이 제이 아저씨를 살해한 것과 무슨 관련이 있는지 모든 사람들 앞에서 낱낱이 밝히자. 사람들에게 받았던 신뢰와 존경을 반납하자.

아버지는 많은 것을 잃게 될 것이다. 지금과 다른 아버지가 될지도 모른다. 그러나 그때가 되면 아버지를 다시 받아들일 수 있을 것이다. 전능한 신이 아니라 죄를 회개한 아버지로서…….

결정을 내리고 책상에서 일어난 순간, 다원은 놀라울 정도로 평온함을 느꼈다. 온 세계가 완벽한 균형과 대칭을 이루며 자신의 두 발을 받쳐 주고 있었다. 한 달간 머리를 맴돌던 어지럼증이 사라지고, 위 속에서 구토를 일으키던 미식거림도 더는 느껴지지 않았다. 세상 모든 방들의 창문이 동시에 열린 것처럼 신선한 공기가 밀려들어 왔다. 맑은 숨이 쉬어지기 시작했다. 더는 자신의 숨이 더럽게 느껴지지 않았다.

다원은 아버지의 죄를 알기 전의 시간으로 돌아온 것 같은 착각이 일었다. 아버지의 자백을 들었던 그날 밤이 기억 속에서 통째로 사라져 버린 것 같았다. 모든 것들이 제자리로 돌아와 있었다. 그때와 다른 점이 한 가지 있다면 이 평온함은 진실에 바탕을 둔 진짜 안정과 신뢰라는 것.

다윈은 침대로 걸어갔다. 이제는 침대도, 눈을 감는 것도, 어둠에서 밀려오는 환영도 두렵지 않았다. 더 이상 그들에게서 도망 다니지 않아도 되었다. 다윈은 침대에 눕자마자 한 달간의 수면을 한꺼번에 취하듯 바로 잠이 들었다.

대결

문이 열리는 순간 본능적으로 얼굴이 찌푸려졌지만, 루미는 할머니가 눈치 채기 전에 얼른 반가운 미소를 지었다. 불쾌한 기분을 느낀 건 자기만이 아닌 모양이었다. 할머니와 포옹을 나누는 엄마 역시 숨 쉬기 힘들다는 표정을 할머니 어깨 너머로 가까스로 숨기고 있었다.

루미는 두르고 온 목도리를 풀며 집 안을 둘러보았다. 크리스마스 시즌의 감미로운 향기로 가득한 보통의 1지구 가정들과 달리, 할머니 집에선 폐쇄된 장소 특유의 고약한 냄새가 풍겼다. 집 어딘가에 고인 빗물이 햇볕에 마르지 못하고 계속 썩어 가고 있는 것 같았다. 그러나 할아버지 병간호로 지친 할머니에게는 그 냄새를 감지할 여력이 없어 보였다. 아니면 알고 있지만 손쓸 방법이 없어 그냥 외면하고 있거나…….

　12월 둘째 주 일요일 오후, 루미는 할아버지 집으로 함께 대청소를 하러 가자는 엄마를 순순히 따라 나섰다. 아빠와 단둘이 집에 있는 게 싫기도 했지만, 무엇보다도 제이 삼촌의 방은 자신이 직접 청소하고 싶었다. 엄마는 할머니 할아버지를 침실에 머무르게 한 뒤 가장 먼저 거실 창문을 활짝 열어젖혔다. 도우미도 오지 않는 날이어서 엄마는 혼자 집 안 곳곳을 바삐 움직이며 다녔다. 가족의 일원으로서 할아버지 할머니에게 헌신적인 엄마를 보고 있으니, 비록 존경까지는 아니지만 아빠가 엄마에게서 발견한 미덕을 조금은 알 수 있을 것도 같았다. 4지구 출신 여자가 가정생활에 충실하다는 사회적 인식은 대체로 사실인 듯했다. 루미는 2층 청소를 맡겠다고 하고는 계단을 올라갔다.

　추위 때문에 오랫동안 환기를 안 해서인지 늘 풋풋한 냄새가 풍기던 삼촌 방마저 아래층에서 올라온 공기로 오염되어 있었다. 루미는 창문을 연 뒤 음악 녹음테이프 중에서 가장 뒤쪽의 것을 골라 틀었다. 삼촌에게 어울리는 새 숨을 불어넣어 주고 싶었다. 신선한 겨울 공기와 삼촌이 직접 녹음해 놓은 음악의 혼합이라면 제이 삼촌의 영혼도 마음에 들어 할 것이다.

　경쾌한 기타 선율이 방 안 가득 울려 퍼졌다. 삼촌이 들었을 음악. 루미는 순간적으로 기분이 상승되는 것을 느꼈다. 그러나 말 그대로 순간일 뿐이었다. 음악에 힘입은 기분 전

환은 공중으로 피어올랐다가 금세 바닥에 가라앉아 버리는 먼지만큼이나 힘이 없었다. 루미는 손에 든 먼지떨이를 대충 한쪽에 던져 두고 침대에 걸터앉았다. 발밑에 그늘이 졌다. 루미는 가만히 그 지점을 응시했다.

여름부터 지금까지 삼촌이 남긴 희미한 그림자를 좇아 사방으로 뛰어다녔지만 지금 손에 남은 거라곤 그림자는 그림자일 뿐이라는, 손으로 잡을 수도 없는 허탈감 하나였다. 얻어 낸 것에 비해 잃은 것은 막대했다. 프리메라 학생으로서의 자긍심, 선생님의 신뢰, 평등했던 아빠와의 관계, 진실을 밝힐 수 있다는 희망, 그리고 다원…….

다원을 떠올린 루미는 아예 침대에 드러누워 버렸다. 다원이 집에 오는 둘째 주 주말인데, 어제부터 이 시간까지 다원에게선 아무 연락도 없었다. 할아버지한테서 자신이 찾아왔었다는 얘기를 전해 들었을 텐데도 아무 연락을 않는다는 것은 이대로 관계를 끊겠다는 무언의 메시지인 걸까? 성숙하지 못한 다원의 대응에 쓴웃음이 나왔다. 이전에도 몇 번씩 그렇게 느끼긴 했지만 역시 다원은 어린애였다. 학교에서 받은 경고와 아버지의 훈계 정도로 잔뜩 겁을 먹고 무조건 그들이 하라는 대로 자신의 생활을 재조정해야 한다고 믿는 순진하고 나약한 어린아이……. 루미는 여전히 다원에게 미안했지만, 잘못을 사과할 기회조차 주지 않는 건 실망스러웠다. 다원 역시 자신에게 사과를 빚고 있는 것 같았다.

그때였다.

"그럴 순 없어. 역시 그건 안 돼."

루미는 카세트로 눈을 돌렸다. 삼촌 목소리였다. 루미는 침대에서 일어나 되감기 버튼을 눌러 삼촌의 목소리가 녹음된 부분만 반복해서 들었다. 이 테이프는 삼촌이 살해되기 하루 전날에 녹음한 라디오 음악 방송이었다. 무슨 일이 있어서 삼촌은 "그럴 순 없어. 역시 그건 안 돼."라는 혼잣말을 했던 걸까?

루미는 생각에 잠겨 책장 앞을 거닐었다. 책장 선반에 쌓여 있던 먼지들이 햇빛 속으로 어지럽게 흩어지고 있었다. 다 모아 봐야 1그램도 안 나가는 하찮은 티끌이지만, 삼촌 방에 있는 것들은 모두 나름의 의미를 지니고 있는 암호같이 느껴졌다. 아무 가치 없는 이 먼지들마저도 삼촌의 영혼에서 떨어져 나온 부스러기 같았다. 만약 이 티끌들이 낙담한 자신에게 어떤 실마리를 주기 위해 필사적으로 이곳까지 날아 들어온 것이라면? 먼지로 가득 찬 이 공기를 깊이 들이마신다면 삼촌이 한 말을 이해할 수 있을까?

루미는 곧 머리를 내저으며 자신의 미신적인 생각을 밖으로 물리쳤다. 합리성을 포기하는 것은 지금껏 자신이 해 온 추측의 기반을 부정하는 것이나 마찬가지였다. 막다른 길에 몰렸다고 해서 하늘에서 사다리가 내려와 주길 바라는 사람은 되고 싶지 않았다.

루미는 카세트테이프를 원래대로 재생한 뒤 다시 청소를

해 나갔다. 그런데 테이프가 놓인 선반을 닦는데 문득 무언가가 불충분하다는 생각이 들었다. 삼촌 앨범에서 빈 자리를 발견했을 때와 비슷한 느낌이었다. 어떤 연결 고리 하나가 끊어져 있었다. 루미는 유심히 방을 둘러보았다. 방은 예전 그대로였다. 달라진 건 없었다. 그런데 이상하게도 지금의 상태가 완전하게 느껴지지 않았다. 그때 카세트에서 다음 음악이 흘러나왔다. 소년티가 나는 목소리의 남자 가수가 "7월에 눈이 오면……."으로 시작되는 첫 소절을 노래했다. 그 순간 루미는 방에서 달려 나갔다. 끊어진 느낌이 어디에서 오는 것인지 드디어 알 것 같았다.

1층으로 내려와 보니 엄마는 부엌에서 그릇들을 정리하고 있었다. 루미는 말없이 엄마를 지나쳐 할머니 침실 문을 열었다. 할아버지는 휠체어에 앉은 채로 잠들어 있고, 할머니는 뜨개질 중이었다. 루미는 할머니 등 뒤로 가 어깨에 손을 올렸다.

할머니가 뒤를 돌아보며 다정한 웃음을 지었다.

"우리 리틀 제이, 이러니 꼭 옛날 생각이 나는구나. 제이도 내가 일을 하고 있으면 이렇게 다가와서 어깨를 주물러 주곤 했지."

"아빠는 삼촌이 무뚝뚝한 성격이었다고 했는데, 할머니 안마도 해 주었어요?"

"무뚝뚝하긴. 제이는 천성적으로 다정했단다. 특히 엄마에게는 더."

루미는 할머니 곁에 앉으며 물었다.

"삼촌 얘기가 나와서 그러는데, 할머니, 삼촌 방은 예전에 삼촌이 살던 때와 똑같은 거죠?"

"그럼, 연필 한 자루까지도 그대로지."

"그러면 혹시 라디오 음악을 녹음하는 전자 제품 같은 건 없었나요? 삼촌 방에 녹음테이프는 많은데 녹음하는 기계는 안 보여서요. 지금 있는 카세트는 제가 집에서 가져온 거잖아요. 바보같이 왜 지금까지 테이프는 있는데 그걸 들을 전자 기기가 없는 걸 이상하게 생각하지 않았는지 모르겠어요."

할머니가 뜨개질을 잠시 멈추고 말했다.

"라디오를 녹음하는 전자 제품이라……. 글쎄다, 그런 건 사 준 기억이 없구나. 그 시절엔 지금과 다르게 전자 제품들이 비쌌거든. 제이는 일찍 철이 들어서 뭘 사 달라고 조르는 법이 없었지."

"그럼 삼촌은 어떻게 라디오 음악 방송을 녹음했던 거예요?"

할머니는 먼 과거의 일을 떠올리기 위해선 그만한 먼 거리가 필요하다는 듯 허공을 응시했다. 루미는 너무 오래전 일이라 할머니가 기억하지 못하면 어쩌나 하고 초조하게 기다렸다. 그때 할머니가 과거의 한순간을 포착해 낸 듯이 고개를 끄덕였다.

"아, 그러고 보니 제이가 떠난 뒤에 물건 정리를 한 번 했지. 세상에 진 빚 때문에 제이가 천국에 못 가는 건 아닐지 걱정이 됐거든. 도서관 책들도 반납하고 친구들에게서 빌린 물건들도 모두 돌려줬지. 그때 버즈라고, 루미 너도 알지? 이번 추도식에 오랜만에 왔었지. 그 애에게도 뭔가를 돌려줬단다. 무슨 물건인지는 모르고 겉면에 버즈의 이름이 쓰여 있어서 만나서 물어보니 자기 게 맞다고 하더구나. 무슨 물건이냐고 물어보니 음악을 듣는 기계라고 했어. 지금 생각해 보면 그게 요즘은 흔해진 무선 미니 카세트 같은 거였단다. 제이가 버즈의 아버지는 전자 제품을 발명하는 무척 훌륭한 발명가라고 했지. 그래서 버즈는 남들보다 그런 물건들을 일찍 가질 수 있었던 모양이야. 아마 음악 녹음은 그걸로 했을 거야."

"그러면 혹시 돌려주실 때 안에 테이프가 들어 있었나요?"

"그건 잘 모르겠구나. 무슨 물건인지를 모르니까 열어 볼 생각도 하지 않았지."

"무슨 물건인지 모르셨다는 건 삼촌이 살해당한 걸 발견한 아침에 삼촌 방에서 라디오 방송 소리가 들리지 않았다는 말씀이시죠? 그런 소리가 들렸다면 당연히 카세트를 확인하셨을 테니까요."

"라디오 방송? 그런 소리는 전혀 들리지 않았던 것 같은데. 그런데 갑자기 그건 왜?"

루미는 "그냥 삼촌 방을 치우다 보니 궁금해져서요."라고 둘러댔지만, 이미 머릿속에는 할머니가 짜고 있는 뜨개실처럼 체계적인 생각이 생성되고 있었다. 사람들이 삼촌을 발견했을 때 라디오 방송이 나오지 않았다는 건 삼촌이 그날 밤 라디오를 듣지 않았거나 다른 때처럼 '미드나이트 뮤직' 방송을 녹음한 뒤 카세트를 껐다는 것을 뜻했다.

루미는 둘 중에 어느 쪽이 더 가능성이 높은 이야기일지 따져 보았다. 곧 연속적으로 녹음된 그 전날들의 녹음테이프가 있는 것으로 보건대, 그날도 역시 음악을 녹음했을 거라는 쪽으로 생각이 기울었다. 그렇다는 건……

그때 할아버지가 깨어날 듯 신음소리를 내자, 할머니는 이제 그만 나가는 게 좋겠다는 기색을 보였다. 지난번처럼 모욕을 당하는 모습을 또 손녀에게 보일까 봐 염려하는 것이었다. 루미는 다정한 제이 삼촌이 그랬을 것처럼 할머니의 뺨에 키스를 한 뒤 방을 나왔다.

집에 돌아온 루미는 아빠가 거실에 없는 틈을 타 전화를 걸었다. 2년 가까이 연락을 끊었지만 손가락은 머리보다 더 정확하게 전화번호를 기억하고 있었다. 몇 번 벨이 울린 뒤 누군가가 "여보세요." 하며 전화를 받았다. 레오였다.

"안녕, 오랜만이야."

레오는 처음엔 누군지 모르겠다는 듯 머뭇거리다가 곧 똑같이 "그래, 안녕. 오랜만이네."라고 인사했다. 레오의 목소리를 들으니 문득 날마다 레오와 전화 통화를 했던 예전 일들이 떠올라, 그때처럼 편하게 "뭐 하고 있었어?"라고 묻고 싶은 충동이 일었다. 그러나 조급하게 "어쩐 일이야?"라고 묻는 레오의 무뚝뚝한 목소리는 그때를 조금도 그리워하지 않는 것 같았다.

루미는 혼자만 일방적인 감정에 빠져 있고 싶지 않아 바로 용건을 꺼냈다.

"아저씨께 할 얘기가 있는데 전화 좀 바꿔 줄래?"

"우리 아버지를? 무슨 일인데?"

"제이 삼촌 일로 여쭤 볼 게 있어."

레오가 자세한 이야기를 물어 온다면 자신의 생각과 계획을 기꺼이 공유할 생각이었다. 마음 한구석에선 레오가 관심을 보여 주길 은근히 바라고 있기까지 했다. 그러나 레오는 질문 대신 짧은 숨을 수화기 너머로 소리 나게 내뱉었다. 그 노골적인 한숨 소리를 들은 루미는 레오 마샬에게 변화를 기대해선 안 된다는 것을 다시 한 번 깨달았다. 프리메라 교복을 싫어하는 취향만 안 바뀐 게 아니었다. 제이 삼촌 이야기 듣는 것을 지루해하는 점 역시 예전 그대로였다. 언젠가 레오가 했던 말이 떠올랐다.

'루미 넌 네 삼촌을 비추는 데 네가 가진 빛을 다 써 버릴 것 같아.'

그 뒤로 레오는 공전 궤도를 변경한 행성처럼 자신에게서 점점 멀어져 갔다.

레오가 말했다.

"집에 안 계셔. 다큐멘터리 편집 때문에 며칠간 집에 못 오신다고 했대. 지금도 스튜디오에 갇혀 계실 거야."

루미는 그제야 버즈 아저씨가 맡고 있는 중요한 임무가 생각나 레오와 대화도 더 나눌 겸 관심을 보였다.

"참, 아저씨가 프라임스쿨 다큐멘터리를 제작하고 계시지. 어때, 굉장한 작품이 나올 것 같아?"

"별로 좋은 상황은 아니야. 학년말 고사 촬영 때문에 편집 시간도 촉박해진 데다가 아직 내레이터도 못 구한 것 같으니까."

"이해해. 명색이 프라임스쿨 다큐인데 아무나 쓸 순 없겠지. 지성미 없이 목소리만 좋은 성우를 썼다간 졸업생들에게 엄청난 비난을 받을 테니까. 최소한 프라임스쿨 입학시험을 통과할 정도의 지적 능력은 갖춘 사람이어야겠지."

"그런 사람이 누군데? 네 제이 삼촌?"

공격적이고 빈정거리는 말투였지만, 루미는 그 조소를 긍정적으로 수용했다.

"그래, 제이 삼촌이 살아 있다면 내레이션 할 자격을 충분히 갖추고도 남았겠지."

"제이 아저씨의 유일한 약점이자 치명적인 약점은 일찍 죽었다는 것뿐이구나."

루미는 삼촌의 죽음을 가볍게 말하는 레오의 태도가 불쾌했다.

"레오 마샬, 말이 지나쳐."

레오 역시 자신의 경솔함을 깨달았는지 금방 "미안, 기분 나쁘게 하려던 건 아니었는데."라며 사과했다. 그러나 그러면서도 자기 이야기를 중단하지는 않았다.

　　"하지만 아무리 훌륭한 미래가 보장된 사람도 삶이 끝나면 아무 소용 없다는 걸 제이 아저씨가 극명하게 보여 주는 건 사실이잖아."

　　"하고 싶은 말이 뭐야?"

　　"인간이 언제 어디서 어떻게 죽을지 모르는 운명에 맞서는 유일한 방법은 자기 삶을 사는 것뿐이라는 거야."

　　"제이 삼촌은 그러지 않았다는 거야? 넌 삼촌에 대해 아무것도 모르잖아."

　　"그래, 모르지. 뭐, 별로 알고 싶지도 않고. 그런데 난 아무것도 모르는 그 제이 헌터가 아니라 내가 아는 루미 헌터에게 얘기하고 있는 거야."

　　"또 내 빛을 삼촌을 비추는 데 다 써 버리고 있다는 그 얘기인가 보구나."

　　"잊지 않았네. 아직까지 내가 한 말을 기억해 주고 있다니 놀라운데. 고맙기도 하고."

　　"고마워할 거 없어. 네가 틀렸다는 걸 알려 주기 위해 기억하고 있는 것뿐이니까. 조만간 레오 너도 알게 될 거야. 삼촌을 비추는 빛이 결국엔 나를 환하게 비추는 빛이었다는 것을. 그때가 되면 나에게 자기 삶을 살지 않았다느니 하는 얘기 같은 건 하지 못할걸."

"조만간 알게 될 거라니? 무슨 일인데?"

"아저씨 스튜디오 전화번호나 알려 줘. 먼저 아저씨께 확인해야 할 게 있으니까."

레오는 또다시 한숨을 뱉었지만 곧 순순히 스튜디오 전화번호를 알려 주었다.

"버즈 감독님이랑 통화를 하고 싶은데요."

전화를 받은 직원이 퉁명스러운 목소리로 감독님은 지금 편집 작업 중이라 하느님이 전화를 걸어도 받을 시간이 없다고 했다. 루미는 그러면 하느님 대신 제이 헌터가 전화를 걸었다고 전해 달라고 부탁했다.

"제이 헌터가 누군데요?"

"그냥 그렇게 전해 주세요. 그럼 하느님 전화는 안 받아도 이 전화는 받으실 테니."

직원은 "아무 소용 없을 텐데."라고 혼잣말을 하더니 "기다려요." 하며 어딘가로 가는 소리를 냈다. 잠시 뒤, 수화기 너머에서 믿기지 않는다는 듯 "제이?"라고 묻는 버즈 아저씨의 목소리가 들렸다.

"안녕하세요, 아저씨. 저 루미예요. 기억하시죠?"

"뭐야, 루미였구나."

버즈 아저씨가 실망과 안도가 뒤섞인 목소리로 말했다.

"설마 진짜 제이 삼촌이 전화를 걸었을 거라고 생각하신 거예요?"

"스튜디오에서 며칠 밤을 새웠더니, 여기가 이승인지 저승인지도 헷갈리는구나."

"아저씨, 바쁘신 건 알지만 아저씨를 만나서 꼭 드릴 말씀이 있는데, 시간 좀 내주실 수 없으세요?"

"무슨 일인데?"

"만나서 말씀드릴게요. 전화로는 제이 삼촌에 관한 아주 중요한 얘기라는 것 정도밖에는 설명이 안 돼요."

아저씨가 미안해하면서도 동시에 귀찮아하는 듯한 목소리로 말했다.

"제이 얘기라니 궁금하긴 하지만 당분간은 이 스튜디오를 벗어날 수 없을 것 같구나. 일이 워낙 밀려 있어서. 다음 주까지 영상 편집을 끝내서 토요일에 내레이션 녹음을 따야 하고, 그러고 나면 최종 편집도 다시 해야 하고……. 솔직히 제이 헌터가 아니라 루미 헌터였다는 걸 알았으면 이 전화도 안 받았을 거다."

루미는 버즈 아저씨가 장황하게 스케줄을 늘어놓는 이유가 이만 통화를 끝내자는 뜻이란 것을 알아챘다. 그렇지만 이 기회를 놓치면 한동안 아저씨와 통화할 기회가 없을 것 같아 모르는 척 대화를 이어 나갔다.

"레오는 아직 내레이터를 못 정했다고 하던데 정하셨어요?"

"그래, 어젯밤에 극적으로 승낙을 얻어 냈지."

"누가 하기로 했는데요?"

"프라임스쿨 학생이란다. 다윈 영이라고."

전문 아나운서나 프라임스쿨 출신 학자쯤을 생각하고 있던 루미는 깜짝 놀라 되물었다.

"다윈 영요? 다윈이 내레이션을 해요?"

"그래. 아, 그러고 보니까 루미도 다윈을 알겠구나."

그때 수화기 멀리서 "감독님, 여기 좀 체크해 보셔야 할 것 같은데요."라고 외치는 소리가 들렸다. 버즈 아저씨가 막 전화를 끊을 것처럼 "나중에 다시 얘기하자꾸나."라고 말하는 순간, 루미는 급하게 제안했다.

"아저씨, 저도 녹음하는 날 구경 가도 돼요? 그때 가서 제 이 삼촌에 관한 얘기도 해 드릴게요."

버즈 아저씨는 너무 바빠서 거절할 틈도 없는지 "그래, 오렴." 하고 단번에 허락하고는 전화를 끊었다. 카세트의 존재를 발견한 데 이어 중단됐던 제이 삼촌의 죽음을 밝히는 자리에 다윈까지 함께하게 되다니. 루미는 뚜뚜 울리는 통화 종료음이 누군가 자신에게 보내는 신호처럼 느껴져 가슴이 설렜다. 그날 만나서 이야기를 나누면 다윈은 새로운 발견에 놀라워하며 다시 삼촌의 죽음을 좇는 데 합류할 것이다. 확신컨대 그간의 교착 상태는 제이 삼촌에게 어울리는 극적인 해소를 위한 의도적인 장치였던 것이다.

"어디에 전화했니?"

그때 가슴속 설렘을 일시에 멎게 하는 메마른 목소리가 들려왔다. 루미는 수화기를 내려놓으며 뒤돌아섰다. 언제

나왔는지 아빠가 교도소에서 죄수들의 통화 관리를 담당하는 간수 같은 얼굴을 하고 서 있었다.

"레오한테요."

"얼마 전까진 다윈이더니 이젠 또다시 레오니? 루미 넌 프라임스쿨 학생이 아니면 상대도 안 하는가 보구나."

"그런 게 아니에요."

"아니긴. 속물이라는 얘기를 듣지 않으려면 네 주변에서 친구를 사귀는 게 좋을 거다. 프라임스쿨 학생이랑 어울린다고 해서 네가 진짜 프라임 학생이 되는 것도 아니니."

지는 해가 창을 넘어 아빠의 얼굴 반쪽에 짙은 그늘을 드리웠다. 그 순간 루미는 이것이 대결이라는 것을 깨달았다. 진실을 들여다볼 줄 아는 온전한 눈을 가진 자신과 겉으로 드러난 것밖에 보지 못하는 반쪽짜리 눈을 가진, 아빠로 대표되는 무지한 타인들 간의……. 진실이 드러났을 때 그들은 자신들의 그 쓸모없는 한쪽 눈까지 마저 찌르며 무릎 꿇어야 할 것이다. 그날은 멀지 않았다.

다시 돌아온 새

해가 지자 히터를 틀지 않은 차 안에서는 바깥과 다를 바 없는 한기가 돌았다. 니스는 온몸이 바늘에 찔리는 듯한 추위를 느끼면서도 히터를 켜지 않았다. 집을 나와서 벌써 세 시간째였다. 왜 이런 어리석은 짓을 하고 있는지는 스스로도 알 수 없었다. 자기 자신이 우습게 생각되기도 했다. 혹시 이것을 벌이라고 생각하는 걸까. 이 정도 추위에 떠는 것으로 내가 저지른 죄에 대한 벌을 받고 있는 것이라고⋯⋯?

라디오에서는 최신 인기 음악이 흘러나오고 있었다. 10대 아이들이나 좋아할 노래였지만, 니스는 채널을 바꾸지 않은 채 눈을 감았다.

어떤 면에선 연구소 학자들이 고안한 정책 보고서보다도

인기 가수들이 부르는 대중가요가 시대 흐름을 파악하는 데 더 유용했다. 지금 흘러나오고 있는 노래 역시 그랬다. 4분 남짓한 시간 동안 어린 가수는 집요할 정도로 자기 취향을 이야기하고 있었다. 니스는 이렇게나 개인적인 노래가 대중의 인기를 끌 수 있다는 것이 놀라웠다. 30여 년 전, 자신이 10대였을 땐 이런 노래들이 흔치 않았다. 그때는 음악도 일종의 공공재여서 공동체에서 바람직한 주제라고 합의한 노래들이 인기를 끌었다. 다가올 미래 사회의 희망, 아름다운 자연, 인류애…….

니스는 문득 자신이 10대 때 좋아했던 가수를 떠올렸다. 벤 헐크. 뛰어난 뮤지션이었지만 6지구 출신이라는 배경 때문에 자정이 넘은 시간의 라디오 방송에서만 그의 음악을 들을 수 있었다. 특정한 법이 없음에도 암묵적으로 상위 지구에선 상위 지구 출신 가수의 노래만 내보내던 권위적인 시대였다. 그래서 당시 아이들에겐 출신 지구를 가리지 않고 다양한 음악을 내보내는 '미드나이트 뮤직'을 듣는 것이 부모님 눈을 피해 하고 싶은 일 중 하나였다. 자신 역시 가끔은 부모님이 자고 있는 밤에 거실 전축 앞에 앉아서 '미드나이트 뮤직'을 듣곤 했다. 벤 헐크라는 뮤지션도 그렇게 알게 되었다.

당시엔 어려서 잘 인지하지 못했지만 벤이 좋았던 이유를 지금 와 돌이켜 보면 그가 시대를 앞서 한 개인에 대해 노래했기 때문인지도 몰랐다. 니스는 전축 앞에 웅크리고 앉

왔던 어느 자정을 되살려 보았다. 아직도 '그림자'라는 노래의 가사 속 한 구절이 또렷하게 기억났다.

'땅거미가 질 무렵 날 뒤따라오고 있는 외로운 친구를 봤어. 그와 평생을 같이하게 될 걸 직감했지.'

그러나 그의 노래 속에 나오는 개인은 지금 듣는 팝 음악 속의 개인과는 본질적인 차이가 있었다. 벤 헐크가 노래한 인간은 지극히 개인적이면서도 인류 전체를 아우를 만큼 광범위한 보편성을 띠었다. 분명 모두의 마음속에 존재하는데, 아무도 서로의 내면에 그런 인간이 존재하는지를 모르는 인간이었다. 자신의 모습이 흐릿해질 밤이 오길 기대하는 인간, 거울을 보면서 그 안의 인간에게 질문하고 대답을 기다리는 인간, 죽음에서는 삶을, 삶에서는 죽음을 느끼는 인간. 모두의 인간이면서, 오직 나 하나만의 인간……. 안으로, 더 안으로 들어가던 니스는 문득 궁금증이 일었다. 그런데 숨어 있는 인간은 대개 악惡인 걸까?

그때였다.

똑똑똑.

차창을 두드리는 소리가 났지만 니스는 눈을 뜨지 않았다. 혼자 추억과 상념에 빠져 있는 이 시간을 방해받고 싶지 않았다. 약간의 반항심도 치밀어 올랐다. 학창 시절에 창밖 하늘을 바라보며 다른 세계로 가기 위한 공상에 잠겨 있는데, 갑자기 선생님이 다가와서 긴 막대기로 책상을 두드렸을 때 느낀 그 기분 같았다. 수업에 집중하라는 경고를 내린 선생님처럼, 보나마나 집으로 들어오라는 명령을 내리러 온 아버지일 게 분명했다. 무슨 말을 할지도 뻔했다. '추운 데서 뭐 하고 있냐, 감기에 걸리면 어떡하려고, 그만하고 들어와라, 이제 저녁 먹어야지.'

차 문을 열려는 소리가 들렸다. 니스는 애초에 차 문을 잠가 두길 잘했다고 생각하며 아예 반대 차창 쪽으로 돌아앉았다. 아버지는 절대 이해하지 못할 것이다. 아버지의 따뜻한 집보다 추운 차 안이 편하고, 건강하기보단 감기에 걸려 내일 병가를 내고 싶고, 저녁을 먹는 것보다 배고픈 채 음악을 듣는 게 훨씬 좋다는 것을. 니스는 아버지가 자신을 내버려 두고 그냥 가도록 아무 반응도 하지 않았다. 그러자 창밖에서 노크 소리와 함께 말소리가 들려왔다.

"문 좀 열어 주세요."

니스는 깜짝 놀라 얼른 잠금 해제 버튼을 눌렀다. 다윈이 입김을 내뿜으며 차에 올라탔다. 니스는 스스로에게는 과분하다고 생각해서 틀지 않았던 히터를 서둘러 켠 뒤 라디오를 껐다.

차 안이 조금씩 따뜻해지기 시작했다. 니스는 곁눈질로 옆에 앉은 다윈을 힐끗거렸다. 훈훈한 공기와 서로의 숨이 느껴지는 긴밀한 공간 때문인지, 그간의 감정과 오해가 모두 풀려 다윈과 예전의 좋았던 관계로 돌아간 것 같은 착각이 들었다. 물론 아이들의 얼어붙은 마음이 그렇게 쉽게 녹지 않는다는 것은 자신이 가장 잘 알고 있었다. 수십 번 봄이

와도 아이들의 마음 한구석엔 영원히 겨울인 영역이 남아 있을 것이다. 그러나 그렇게 불안하고 불완전한 평화라 할지라도 이 순간만큼은 아들이 먼저 자신을 찾아왔다는 것이 더없이 기뻤다. 니스는 행여 서투른 이야기로 이 좋은 시간을 깨뜨리게 될까 봐 침묵을 지켰다.

그때, 다윈이 먼저 입을 열었다.

"아버지."

니스는 차창 너머로 다윈의 어슴푸레한 모습을 보았을 때보다 더 깜짝 놀랐다. 아버지라고 부르는 다윈의 음성이 불과 세 시간 전의 싸늘했던 목소리와는 완전히 달라져 있었다. 니스는 다윈에게로 천천히 시선을 돌렸다. 어쩌면 자신이 잘못 들은 것일 수도 있었다. 눈동자엔 여전히 냉소와 불신이 담겨 있을 가능성이 컸다. 그런데 다윈의 얼굴과 마주한 순간, 니스는 믿기 어렵지만 자신을 바라보는 아들의 온화한 눈빛에서 예전과 같은 사랑과 믿음을 다시 발견했다. 어떻게 된 일인지 영문을 알 수 없었다. 한번 깨어진 아이의 마음을 복구하기란 시간을 되돌리는 것만큼 불가능한 일이라 생각했는데, 아이들은 때론 낮잠 한숨을 통해서도 상처를 회복하는 걸까.

"왜 여기 나와 계세요?"

"그게…… 바람 좀 쐬려고 잠깐 나왔는데 마침 코트에 차 키가 있어서. 여기 있는 줄은 어떻게 알았니?"

"안 보여서 집에 먼저 가신 줄 알았는데 할아버지가 차에 있을 거라 하셔서요. 지난달에도 절 혼자 오게 했는데 또 혼자 놔두고 가지는 않을 거라면서."

니스는 쓴웃음을 지었다. 아이러니한 일이었다. 늘 자신의 생각과 대척점에 서 있는 아버지가 다윈에 관해선 자신의 생각을 이렇게나 정확히 간파하고 있다니. 아버지 말 그대로였다. 세 시간 전, 가슴이 뛰다 못해 멎어 버릴 정도로 흥분해서 방금 전 위스키를 마신 것도 잊고 그대로 집에 가려고 차에 시동을 걸었다. 그 자리를 계속 지키고 있다간 참지 못하고 9지구 후디 출신인 아버지의 과거를 발설해 버릴 것 같았다.

도무지 아버지를 이해할 수가 없었다. 30년간 쌓인 이 분노가 겨우 자신의 부정한 사업 방식 때문이라고 생각하고 있다니. 한 인간이 저렇게까지 스스로에게 자신의 과거를 속일 수 있다니.

누가 카멜레온을 비난하겠느냐고요? 맞아요. 카멜레온을 비난할 수는 없죠. 이리가 사슴을 물어뜯는다고 비난할 수 없는 것처럼. 그러나 우리는 카멜레온도 아니고 이리도 아니에요. 우린 인간이에요. 며칠 새 말을 바꾼 정도의 변화로도 스스로의 인격이 의심돼 우울해지고, 자신이 물어뜯은 희생양을 평생토록 곱씹으면서 번뇌하는, 우린 인간이라고요. 아무 죄도 짓지 않고 아버지가 된다는 게 가능하겠느냐고 하셨어요? 그럼 아버지 눈엔 이 세상 모든 아버지들이 다 아버지와 똑같은 죄인으로 보인단 말씀이세요? 그런 불신의 눈으로 지금껏 이 세상을 살아오셨단 말이에요?

그러나 마지막 순간, 다윈이 생각나 시동을 껐다. 다윈이 일어나서 자신이 없는 것을 보면 괜한 오해를 더 쌓을 수도 있었다. 아버지가 자신과의 관계 회복에 전혀 관심이 없다고 생각해 아예 마음의 문을 닫아 버릴지도 몰랐다. 니스는 달라진 다윈을 보며 한순간의 기분으로 잘못된 선택을 하지 않은 것에 안도했다.

"피곤한 건 좀 나았니?"

다윈이 고개를 끄덕였다.

"그래, 훨씬 나아 보이는구나. 학년말 고사 때문에 많이 지쳤던 모양이지. 마지막까지 남아서 시험을 치르기까지 했으니. 그런 일은 아마 처음이지?"

다윈이 놀란 기색으로 물었다.

"어떻게 아셨어요?"

"어제 버즈와 통화를 했는데 그때 들었단다. 좀 서운하기도 했지. 내 아들 얘기를 다른 사람에게 전해 들으니. 그런 일이 있었으면 나에게 말하지 그랬니? 난 그런 줄도 모르고 별 어려움 없이 마쳤구나 했지."

"말씀드린대도 이미 끝난 시험을 아버지가 저 대신 다시 치를 수 있는 것도 아니잖아요. 실망만 하시지."

"실망은……. 세상 어느 부모가 최선을 다해 시험을 치르는 자식에게 실망을 하니? 당연히 자랑스러워할 일이지. 그런데 그 정도로 풀기 힘든 문제였으면 적당히 쓰고 나오지 그랬니. 시험이란 게 늘 잘 봐야 하는 것도 아닌데."

"그냥 그 시험만큼은 완벽하게 쓰고 싶었어요. 아니, 완벽하게 써야 했어요."

"많이 좋아하는 과목인가 보구나. 그런 사명감까지 느끼다니. 마지막 날 치르는 과목이 뭐였더라······."

니스는 시험 일정표가 금방 떠오르지 않아서 잠시 생각에 빠졌다. 그런데 답을 찾기 전에 다윈이 먼저 "법학 통론요." 하고 알려 주었다.

"아, 그래, 법학 통론. 왜 그렇게 힘들어했는지 알겠다. 확실히 만만한 과목은 아니지. 나도 대학에서 법학 과목을 수강했을 때 꽤나 진을 뺐단다. 필수 과목만 아니었으면 절대 안 들었을 거야."

"어떤 점 때문에요?"

"그냥 적성이 아니어서였겠지. 교수가 그러더구나. 음감이나 운동 신경처럼 법을 해석하는 감각도 타고나는 거라서 머리로만은 다 이해하지 못한다고. 난 그 감각을 타고나지 못한 모양이야. 그래서인지 지금도 뉴스를 보다 보면 도무지 이해가 안 되는 판결도 종종 나오고."

"저도 그 감각을 타고나지 못한 걸까요?"

"그 말을 들으니 내 탓인 것 같아서 미안한걸. 그런데 겨우 한 번 어려움을 겪었다고 속단할 필요는 없지. 아직 열여섯밖에 안 된 어린아이가 재판관 노릇을 너무 훌륭하게 수행한다면, 그건 그것대로 무서운 일 아니겠니?"

어둠이 전술을 예측할 수 없는 적군처럼 몰려오고 있었다. 양쪽 길에 늘어선 앙상한 가지의 나무들이 창을 든 보초병들처럼 보였다. 좁은 공간 탓인지 니스는 문득 어른들은 모르는 비밀 기지에 다윈과 단둘이서 몰래 숨어 들어와 있는 기분이었다. 다윈은 아들이 아니라 자신이 가장 사랑하는 친구 같고, 이 기지 안에서 나눈 이야기들은 영원히 비밀이 보장될 것 같았다.

니스는 천천히 입을 뗐다.

"어렸을 때…… 한 친구가 이런 이야기를 했단다. 한 해의 마지막 날 모든 인간들은 양말을 벗고 자기의 숨은 죄가 측정되는 특수한 저울에 올라가야 한다고. 그래서 만약에 저울에 3그램 이상이 뜨면, 그 사람은 새해를 맞을 자격이 없는 죄인이니 처벌받아야 한다고."

"3그램은 왜 면책되는 건데요?"

"그 정도는 인간이 가지고 태어난 원죄라고 하더구나."

"원죄 이외의 죄는 모두 처벌받아야 한다는 말을 할 정도면, 그 친구는 태어나서 한 번도 죄를 짓지 않은 사람이었나 보네요."

"그래, 무척 순결한 친구였지."

"그 친구는 지금 뭘 하고 있어요? 법관이 되었나요?"

"아니…… 죽었단다."

니스는 그렇게 말하고는 숨을 죽였다. 지나가던 어둠이 차창에 얼굴을 바짝 대고 안에 누가 숨어 있는 건 아닌지 살펴보는 것 같았다. 들켰다간 이대로 끌려 나가 처벌을 받게 될 것 같았다. 계속 침묵을 지키고 있자 다행히도 어둠이 '쳇, 아무도 없잖아.' 하고 포기한 듯 지나갔다.

그때 다윈이 물었다.

"혹시 그 친구가 제이 아저씨예요?"

니스는 자기 입으로 답을 준 것이나 다름없는데도 막상 다윈의 입에서 제이의 이름이 나오자, 믿었던 아군의 창에 가슴을 찔리는 기분이었다. 그러나 애써 미소를 지으며 말했다.

"그래, 제이란다. 당시 별명도 '재판관 제이'였지. 그러고 보니 제이가 살아 있었다면 네 말대로 훌륭한 법관이 되었을지도 모르겠구나. 숨은 죄인이 한 명도 없는 깨끗한 세상을 만들었겠지."

"그 특수한 저울로 죄를 측정해서요?"

"그래, 그 특수한 저울로 죄를 측정해서."

"그럼 아버지도 그 저울에 올라가야 할 텐데요?"

"물론 올라가야겠지."

"쉽게 말씀하시는 걸 보면 아버지 저울엔 3그램 이상은 나오지 않을 거라고 확신하시는 거예요?"

니스는 웃었다.

"그럴 리가……. 아마 어떻게 읽어야 할지도 모를 긴 숫자들이 뜰 거란다."

"왜요?"

"글쎄다, 왜일까……. 원래 내 나이쯤 되면 누구나 죄인이란다. 이런저런 사람들을 만나면서 자기도 모르는 사이여러 죄들을 짓게 되지. 어제만 해도 문교부 원로들과 점심식사를 하는 게 너무 지루해서 누구라도 한 명 아파 버렸으면 좋겠다는 생각을 했으니까."

"그런 것도 죄가 돼요?"

"제이의 이론대로라면. 의원들에게 떳떳이 얘기할 수 없어 마음속으로 숨겨야 하는 부정한 생각이니까."

"아버지도 제이 아저씨의 그 이론에 동의하세요?"

"동의했지."

"지금은요?"

"지금은…… 불가능한 일이지. 말했다시피 지금은 너무죄인이 돼 버려서 동의를 하고 말고 할 자격부터가 없거든. 제이도 이런 내가 자기 이론의 지지자가 되는 건 달갑지 않을 거야."

"아니요, 가능해요."

제이와 함께 그 이론을 정립한 학자라도 된 양 확신에 차대답하는 다윈의 대응에 호기심이 일어 니스는 "어떻게?"라고 물으려고 했다. 그런데 그때 밖에서 다윈 쪽 차창을 두드리는 소리가 났다. 니스는 창문을 내렸다. 아버지였다.

"부자간에 할 얘기가 많은 건 좋다만, 그러다 인사도 않고 가 버릴까 걱정돼 나와 봤다. 아직도 못다 한 얘기가 있거든 집에 들어와서 해라. 내가 들으면 안 되는 비밀 얘기라면 얼마든지 자리를 비켜 줄 테니."

니스는 아버지의 얼굴을 보자 다윈 덕분에 가라앉았던 분노가 다시 꿈틀대는 것을 느꼈다. 그러나 다윈 앞에서 아버지에게 맞서는 모습을 보여 주고 싶진 않았다. 어쩌면 자신이 아버지를 대하는 방식대로 다윈도 자신을 대하게 되는 것일지도 몰랐다. 아버지와 인연을 끊을 것이 아닌 이상엔 아까의 대립은 여기서 그만 풀어 버리는 게 모두를 위해서 좋았다. 아무리 분노가 크다 해도 아버지와 평생 의절한다는 것은 가능하지 않은 일이니…….

니스는 아버지식의 화해 신청을 받아들이며 다윈과 함께 차에서 내렸다. 한결 좋아진 기분 덕분에 칼끝 같은 추위도 신선하게만 느껴졌다. 얼마간의 간격을 두고 정원을 걸어가던 니스는 조금 전에 대답을 듣지 못한 말이 생각나서 다윈에게 다가가 물었다.

"그런데 아까 전에 가능하다는 게 무슨 뜻이었니?"

다윈이 걸음을 멈추며 대답했다.

"죄가 있으면 벌도 있잖아요."

"처벌을 받음으로써 순수성을 회복할 수 있다는 얘기니?"

다윈이 고개를 끄덕였다. 니스는 너무 순수해서 너무나 원론적일 수밖에 없는 아들의 생각이 귀여우면서도 한편으로는 슬펐다. 자기 아버지의 죄가 얼마나 큰지 모르기 때문에 저런 생각도 할 수 있는 것이겠지.

"좋아, 그렇다면 나이 든 의원들을 앞에 두고 겉으론 웃으면서 속으론 아파 버렸으면 좋겠다고 생각한 사람은 어떤 벌을 받아야 할까?"

"그 정도 생각에까지 벌을 내릴 필요는 없어요. 다음에 만날 때 진심으로 대하는 것만으로도 잘못을 충분히 만회할 수 있으니까요."

니스는 웃으며 다윈의 머리를 쓰다듬었다.

"우리 아들은 너그러운 재판관이구나."

먼저 현관에 도착한 아버지가 문을 열어 둔 채 앞에서 기다리고 있었다. 따뜻하고 환한 조명이 어두운 정원에 빛으로 만든 좁은 길을 내 주었다. 니스는 다윈의 어깨에 손을 올린 채 그 길 위로 걸어갔다. 천국의 문으로 향하는 길도 이와 크게 다르지 않으리란 생각이 들었다. 물론 마지막에 가선 다윈만 문 안으로 들여보내고 자신은 스스로 비켜나야 하겠지만.

영광의 그늘

　　　　　　　　　월요일 오전을 기해 급속하게 퍼진
소식은 학년말 고사가 끝나고 다소 한가해진 프라임스쿨에
다시 약간의 긴장감을 만들어 냈다. 소식은 학교 대외처장
을 접견하고 나온 학생회 대표에게서 흘러나왔다. 프라임
스쿨 다큐멘터리의 해설자로 다윈 영이 발탁되었다는 이야
기였다.

　공고에 불과한 단순한 소식은 학생들의 입을 오르내리는
동안 여러 의미를 가진 복잡한 이야기로 부풀어 올랐다. 가
장 논란이 된 부분은 역시 선발 과정에 프라임스쿨 위원장
의 입김이 작용했는지 여부를 둘러싼 추측이었다. 갑작스
럽게 통보된 결과이다 보니 학생들뿐만 아니라 자세한 사
정을 모르는 교사들까지 가세해 위원장이 선발에 큰 역할

을 했을 것이라는 추측에 한 마디씩 보탰다. 일부 학생들은 기회만 주어졌다면 자기들도 얼마든지 프라임스쿨을 대표하는 목소리로 뽑힐 수 있었을 것이라며, 모두에게 공평한 기회를 주지 않은 불투명한 선발 과정에 불만을 표출하기도 했다.

그럼에도 적대적인 여론은 형성되지 않았다. 학생들이 품은 불만의 불씨에는 애초부터 더 커질 수 없는 자가당착적인 한계가 존재했기 때문이다. 가슴의 불꽃을 키우려고 할 때마다 머리 깊숙이 뿌리내린 이성이 차가운 목소리로 물어 왔다.

'모두에게 공평한 기회를'이라는 것은 하위 지구에서 나도는 선거 구호가 아니었던가? 계급화의 정점에 서 있는 프라임스쿨이 다시 내부적으로 계급화되는 것이 부당한 일인가? 시스템의 최대 향유자들에게 그 시스템을 비판할 자격이 있는가? 무엇보다도 다윈 영이 프라임스쿨을 대표하기에 부족한 인물인가?

그렇게 불만의 소리가 타오르진 않되 꺼지지도 않고 한 주간 계속 이어지던 금요일 아침, 학년말 고사 성적이 발표되었다. 과목마다 상위 열 명만을 공개하는 등수 표에는 어김없이 다윈 영의 이름이 적혀 있었다. 불만자들을 가장 놀라게 한 점은 시험을 망쳤다고 소문이 난 법학 통론에서 다윈 영이 1등을 기록했다는 사실이었다. 반박할 수 없는 객관적인 수치에 전의를 상실한 학생들은 프라임스쿨 위원장이 권력을 휘둘렀다 하더라도 그 칼이 바르게 쓰였음을 인정하지 않을 수 없게 되었다.

금요일 오후, 마지막 수업을 끝내고 강의실을 나오던 다원은 방으로 찾아오라는 법학 교수의 부름을 전해 받았다. 다원은 어쩌면 시험 점수를 번복하려는 것일지도 모른다고 생각하며 교수관으로 향했다.

방으로 들어가자 교수는 한동안 말없이 생각에 잠긴 모습을 하고 있다가 잠시 뒤 "성적을 확인하고 놀라지 않았니?"라고 물었다. 다원은 고개를 끄덕였다. 다른 과목도 그랬지만 법학 과목만큼은 낙제점에 가까운 성적을 받게 될 거라고 각오하고 있었다. 1등이라는 결과를 가장 이해할 수 없는 사람은 자기 자신이었다.

교수가 물었다.

"주제를 살인으로 잡은 건 다른 애들과 똑같았는데, 넌 아예 변론을 쓰지 않았더구나. 어떤 생각으로 그런 거니?"

다원은 시험 때 몇 시간 동안이나 자신을 괴롭혔던 질문과 다시 맞닥뜨리는 기분이었다.

"문제가 용서받을 수 없는 범죄에 대해 쓰는 것이었으니까요. 아무리 생각해도 그런 범죄에 변론을 해 줄 수는 없었어요."

"그래서 마지막까지 남아 있었던 거구나. 그래, 어려운 문제이긴 하지. 하지만 그럼에도 다른 애들은 모두 공평하게 반론과 변론을 했단다. 아마 그 애들 입장에선 한쪽 역할을 포기한 네가 최고 점수를 받은 걸 납득하기 어려울 거다."

다원은 다른 애들은 차치하고 자기 자신도 납득되지 않는 결정을 내린 이유를 물었다.

"그런데 교수님은 왜 저에게 최고 점수를 주셨어요?"

교수가 미소 지으며 말했다.

"너희들은 가상이 아니라 실제로 변론과 반론과 판결을 맡게 될 사람들이니까. 세상에 한 사람이 반론과 변론을 동시에 수행하는 재판은 없지. 그래서 너에게 최고 점수를 준 거란다. 이 시험을 진짜로 받아들인 사람은 다원 너 하나뿐이었어."

다원은 조금도 기뻐할 수 없었다. 모두가 가상으로 받아들인 시험 문제를 자기만 실제로 받아들였다는 것은 행운이 아니라 비극이었다.

교정에서 마주친 친구들이 "축하해."라거나 "기대할게." 등의 인사를 전해 왔다. 다원은 그들의 인사가 성적이나 내레이션에 대해서가 아니라 아버지의 죄에 내린 자신의 결정을 두고 하는 말처럼 들려 아무 대꾸도 할 수 없었다. 같은 수업을 듣는 한 친구가 내레이션 진행 과정에 대해 물으며 손을 붙들었지만, 다원은 슬그머니 손을 빼고 다른 곳으로 가 버렸다. 거만해졌다는 말을 들어도 어쩔 수 없었다. 결심을 굳힌 이상 예전과 같은 일상에 섞이고 싶지 않았다. 섞여서는 안 되었다. 이전에 하던 대로 친구들에게 친절히 응대했다가는 머지않아 모든 진실이 밝혀졌을 때 지금의 거만한 태도보다 아버지의 죄를 알면서도 태연히 축하를 받았던 모습이 훨씬 더 큰 충격을 주게 될 것이다. 친구들에게 그런 불쾌감을 주느니 차라리 지금부터 미움을 사 혼자가 되는 게 나았다.

그렇게 모두를 외면한 채 기숙사로 돌아왔는데 현관 앞에 레오가 서 있었다. 레오마저 밀어낼 수는 없었다.

"어쩐 일이야?"

다원은 오늘 처음으로 자기가 먼저 다가갔다.

레오가 미소를 지으며 말했다.

"내레이터로 뽑힌 거 축하해 주려고."

오래 기다렸는지 레오 입에서 짙은 입김이 나왔다.

"뭘 축하까지……."

"너무 많이 받아서 벌써 지겨워진 거야?"

"지겹다기보단 그냥 우연히 제안받은 건데 다들 과도하게 축하를 해 주니까 기분이 떳떳하지가 않아서."

"그럴 것 없어. 아버지가 널 선택한 건 분명 특별한 이유 때문이었을 테니까."

"특별한 이유는 무슨……. 내가 그날 그 자리에 있어서 우연히 제안하신 것뿐이야."

"선택에 우연이란 건 없어. 특히 우리 아버지같이 자기 작품을 최우선으로 삼는 사람한테는. 분명 다원 네가 유일한 적임자로 느껴졌기 때문에 선택하신 거야."

"레오 넌 아저씨 생각을 완전히 꿰뚫고 있구나. 나 대신 네가 내레이터가 됐으면 아저씨 생각을 더 잘 살렸을 텐데."

아버지 일만으로도 머릿속이 가득 차 다른 건 생각도 할 수 없는 이 와중에 홧김에 내린 결정에 얽매여 별로 하고 싶지 않은 일까지 해야 한다는 게 귀찮아서 무심코 내뱉은 말이었는데, 순간 레오의 얼굴이 굳어졌다. 레오답지 않은 모습에 다윈은 "무슨 일 있어?" 하고 물었다. 레오가 신발로 땅바닥을 툭 차며 이야기했다.

"사실은…… 다윈 네가 내레이터로 뽑혔다는 소식은 월요일에 들었는데 바로 축하해 줄 수가 없었어. 법학 수업에서 만났을 때도 마찬가지였고. 왜냐하면…… 그럴 리 없다고 생각하면서도 마음 한구석에선 어쩌면 아버지가 나에게 그 일을 제안할지도 모른다는 기대를 하고 있었거든. 아버지 조수인 필립 형이 프라임 학생 중에서 내레이터를 정할 것 같다고 슬쩍 귀띔해 줬는데, 지난 주말까지만 해도 확실히 정해지지 않았다고 해서 어쩌면 날 선택할지도 모른다고 생각했던 거야. 그만둘 거긴 하지만, 어쨌거나 아직은 나도 프라임 학생이니까. 그런데 다음 날 아침 갑자기 너로 정해졌다는 소식을 듣고 좀 놀랐어. 아니, 더 솔직히 말하면 실망스럽기도 하고, 화가 나기도 하고, 우습기도 하고……. 물론 다윈 너에게가 아니라 말도 안 되는 생각을 하고 있었던 나 자신에게. 아버지는 나 같은 건 염두에 두고 있지도 않았을

영광의 그늘

97

텐데 나 혼자 그런 착각을 하고 있었다니. 꼴이 우습잖아. 내일이 녹음 날인데 끝까지 너를 진심으로 축하해 주지 못한다면 나 자신에게 더 실망할 것 같아서 찾아온 거야. 속 좁게 굴어서 미안. 그리고 정말 축하해."

다원은 아무 말도 할 수가 없었다. 레오는 "지금은 아버지가 선택한 사람이 다원 너라서 진심으로 기뻐."라고 말한 뒤 "학생회 애들 중에서 골랐으면 어쨌을 거야."덧붙이며 장난스럽게 웃었다.

다원은 레오를 위로해 줄 말을 찾을 수 없어 레오가 그런 것처럼 신발로 애꿎은 바닥만 툭툭 차 댔다. 자신에게는 아무 의미도 없고 거추장스럽기까지 한 일이 레오에게는 이렇게 큰 괴로움을 일으켰을 줄은 짐작도 못 했다.

"잘하란 말은 따로 필요 없겠지. 아버지는 다원 네 본연의 모습이 마음에 드신 걸 테니까."

레오는 마지막으로 격려하듯 그렇게 말하고는 서기숙사로 향하는 길로 빠르게 뛰어갔다.

다원은 어둠 속으로 사라지는 레오의 뒷모습을 지켜보며 충동적으로 버즈 아저씨의 제안을 수락한 것을 다시 후회했다. 마음에 품고 있는 그날이 오기까지 가능하면 다른 사람들 눈에 띄지 않고 조용히 보내는 것이 좋을 것이다. 새로운 일을 시작하기보다는, 예전엔 무심코 지나쳤지만 지금와선 특별한 뜻이 있어 보이는 지난 일들의 기억을 되살리며, 그 안에 담긴 의미를 찾아보는 것이 현명할 것이다.

무엇보다 남은 시간 동안 아버지를 더 알아야 했다. 앎이 이해로까지 이르진 못하겠지만, 그래도 최선을 다해 아버지가 내린 결정의 과정들을 알려고 노력해야 했다. 그리고 그것이 끝나면 아버지에게 자신을 이해시켜야 했다. 자신이 내린 결정을 아버지가 받아들이도록 최선을 다해 노력해야 했다. 그러나 한순간의 잘못된 결정으로 모두의 주목을 끌게 될 일을 만들어 그 시간들을 해쳐 버리고 말았다. 아버지가 살인자라는 것을 알고도 뻔뻔하게 프라임스쿨을 소개하는 프로그램에 출연했다는 사실이 알려지면 사람들은 어떤 비난을 할까…….

세찬 바람이 불어왔다. 다원은 몸을 떨었다. 신중하지 못한 결정으로 지금은 레오가 상처받았고, 앞으로는 아버지와 자신이 더 상처받게 될 것이다. 만신창이가 된 그때, 이런 작은 상처까지 느낄 수 있을지는 모르겠지만.

복잡한 기분을 떨치지 못한 다원은 전화실로 가 아버지 사무실로 전화를 걸었다. 다이얼을 누르고 벨 소리를 들으며 기다리는 동안, 다원은 자신이 아버지에게 무엇을 바라며 전화를 거는 것인지 알 수가 없었다. 전화를 받은 비서가 "차관님이 기뻐하시겠다."라며 아버지에게 전화를 연결해 주었다.

"다원이구나."

아버지의 목소리는 밝았다.

"바쁘세요?"

"예산 심의에 낼 자료들을 확인하고 있는 중이었단다. 어차피 내일도 나와야 하니 천천히 해도 돼. 너는 뭐 하고 있었니? 내일을 생각해서 목소리를 아껴야 할 텐데."

다원은 이제 와 아버지가 해 줄 수 있는 것은 아무것도 없다는 것을 알면서도 무작정 입을 뗐다.

"내레이션 안 하면 안 돼요?"

아버지가 놀란 목소리로 물었다.

"무슨 일 있니?"

"그냥 갑자기 하기 싫어져서요."

아버지의 뜻을 거스르면서까지 내린 결정을 이렇게 쉽게 번복하는 것에 무책임하다고 야단맞을 게 분명했다.

아버지는 잠시 침묵한 뒤 말했다.

"특별한 이유도 없이 그냥 하기 싫어졌다는 이유만으로 취소할 수 있는 단계는 이미 지났단다. 이미 위원회에서 허락한다는 공문을 학교에 내렸고, 버즈 미디어와도 계약이 끝났으니. 게다가 당장 내일이지 않니?"

다원은 반박할 말을 하나도 찾을 수 없었다. 애초에 가능하다고 생각하며 물었던 것도 아니었다.

"알겠어요. 이제 기숙사로 올라가 봐야겠어요."

다원은 그만 전화를 끊으려고 했다. 그런데 그때 아버지가 다정한 목소리로 "다원." 하고 불렀다. 다원은 다시 수화기를 귀에 갖다 댔다.

"네가 정 하고 싶지 않다면 하지 않아도 되게 해 주마. 공문이니 계약이니, 십계명도 아니고 취소 못 할 것도 없지. 지금 바로 학교와 버즈에게 전화해 줄 테니 그런 일로 괴로워하지 마렴. 알겠지?"

아버지의 대답에 다원은 할 말을 잃었다. 아무리 아버지가 너그럽대도 공식적인 약속을 깨뜨리는 일에 관해선 자신을 엄하게 꾸짖을 것이라 생각했다. 잘해 봐야 '부담스럽게 생각하지 말고 가벼운 마음으로 즐기렴.' 하는 정도의 위로나 받을 것이고. 그런데 아버지는 갑자기 하기 싫어졌다는 말도 안 되는 이유를 깊이 추궁하지도 않은 채, 즉시 이 자리에서 모든 괴로움을 해소해 주겠다고 했다. 그런 식의 해결은 예상을 한참 뛰어넘어 상상도 해 보지 못한 것이었다. 어떤 자비로운 신에게 기도를 한대도 이런 응답은 듣지 못할 것이다. 아버지가 "듣고 있니?"라고 물었다.

"……죄송해요."

"괜찮아, 넌 신경 쓰지 않아도 돼. 이 일로 네가 곤란해지는 일은 절대 없을 테니까."

다원은 이상하게 눈물이 날 것 같았다. 방금 전까지만 해도 전화를 건 목적을 몰랐는데 어쩌면 영광스러운 일을 영광스럽게 받아들이지 못하도록 자신에게 괴로움을 준 아버지에게 화풀이를 하며 똑같은 괴로움을 주려 했던 것인지도 모른다는 생각이 들었다. 그런데 아버지는 그 얄팍한 마음에 깊이를 헤아릴 수 없는 믿음과 사랑으로 응해 주었다.

"아니에요……. 아버지 말씀대로 내일이라고 생각하니

까 괜히 긴장돼서 한번 해 본 말이에요. 이제 기분이 훨씬 나아졌어요."

아무리 프라임스쿨 위원장이라 해도 하룻밤 전에 모든 일정을 취소하는 것은 권한과 능력을 한참 벗어난 일이다. 그 한계를 가장 잘 아는 사람은 다른 누구도 아닌 아버지 본인일 것이다. 그런데도 아버지는 자신을 위해 얼마든지 그 한계를 넘어 주겠다고 했다. 더불어 아무것도 걱정할 필요 없다는 위로와 확신까지 주면서……. 다원은 이번엔 자신이 한 발 뒤로 물러서야 한다는 것을 알았다. 아버지에게 그런 부담과 비난을 지워 줄 수는 없었다. 자신의 선택에 따른 책임은 자신이 져야 했다. 아버지의 선택에 따른 책임은 아버지가 져야 하듯이.

다원은 "이젠 잘할 수 있을 것 같아요."라고 말했다. 아버지는 "다행이구나. 걱정이 들면 또 전화하렴." 하고 말했다.

열 시 정각이 되자 어김없이 취침 종소리가 울려 퍼졌다. 마지막 종이 울리고 난 얼마 뒤 다원은 종탑 계단을 내려가는 발소리를 들었다. 교내 중앙에 위치한 종탑과 기숙사 간의 거리는 상당했다. 설령 바로 옆에 붙어 있다 하더라도 나선형 계단을 걷는 걸음 소리 같은 것은 벽을 넘기 전 탑 안에서 사그라지고 말 것이다. 그걸 알면서도 다원은 자신이 들은 발소리를 확신했다. 스스로의 믿음에 순응하고자 하는 누군가의 한 걸음 한 걸음이 종소리보다도 더 크게 마음에 울렸다.

아주 오래전, 촛불 한 자루를 들고 밤마다 이 종탑을 오르내렸을 수도사는 바람에 흔들리는 촛불에 대고 되뇌었을지도 모른다. 신에게 복종하는 것은 패배하는 게 아니라고.

다원은 바람에 흔들리는 창을 보고 똑같이 되뇌었다. 아버지의 죄를 밝힌다고 해서 아버지를 사랑하지 않는 것이 아니다. 절대적인 복종이 훗날 더 큰 은혜로 보답받듯, 진실 역시 한동안은 고통스럽겠지만 결국엔 잃어버린 신뢰와 사랑을 되돌려 줄 것이다. 그러면 그때 가서는 아버지의 저 무조건적인 사랑을 괴로움 없이 받아들일 수 있을 것이다.

종탑을 내려가는 발소리가 밤새도록 이어졌다. 다원은 그 발소리 수만큼의 재판을 열어 매번 똑같은 선고를 내렸다. 몇만 번의 재심을 통해 얻은 판결이라면 더 번민할 필요가 없었다.

다음 날 아침, 학교를 나서기 전 다원은 교수관으로 불려가 교장 선생님을 비롯한 여러 선생님들에게 격려와 조언을 들었다. 생활지도 선생님은 코트에 단 프라임스쿨 배지를 바로잡아 주며 "우리는 다른 누구보다도 다원 네가 발탁된 것을 아주 기쁘게 생각하고 있단다."라고 말했다. 다원은 선생님들이 하는 말을 묵묵히 듣기만 했다. 면담을 마치고 나오니 버즈 미디어에서 보낸 차가 벌써 교문 앞에 도착해 있었다.

여러 방송국이 밀집한 거리에 위치한 버즈 미디어 스튜디오는 건물 외관이 벌집처럼 생긴 3층짜리 빌딩이었다. 다원은 지하에 있는 녹음 스튜디오로 안내받았다. 무거운 방음문을 열고 들어가자 버즈 아저씨가 반겨 주었다. 며칠이나 해를 보지 못했는지 얼굴이 파리했다.

"컨디션은 어떠니?"

다윈은 자신의 어깨에 정답게 손을 얹으며 묻는 버즈 아저씨에게 "좋아요." 하고 고개를 끄덕였다.

목소리 크기와 톤에 맞춰 기계를 세부적으로 조정한 뒤, 바로 녹음을 시작했다. 다윈은 녹음 부스 안에 들어가 다큐멘터리 원고를 천천히 읽어 내려갔다. 미리 외워 두기라도 한 것처럼 원고 속 문장들이 자연스럽게 흘러나왔다. 유리벽 너머에서 버즈 아저씨와 엔지니어 등 여러 사람이 지켜보고 있었지만, 위축되거나 어색한 느낌은 전혀 들지 않았다. 이 영광스러운 기록이 얼마 뒤엔 자신을 상처 입히는 도구가 될 것이라는 좌절감이 우습게도 모든 긴장을 해소시킨 것 같았다.

한 단락을 끝냈을 때 버즈 아저씨가 말했다.

"지나치게 잘하는구나. 이대로라면 생각했던 것보다 훨씬 일찍 끝낼 수 있겠는데."

"원고가 훌륭하니까요."

버즈 아저씨와 엔지니어가 잠깐 얘기를 주고받은 뒤 녹음이 재개됐다. 다윈은 물로 입을 축이고 다시 원고를 읽어 내려갔다. 고요한 부스 안에서 자신의 목소리를 자신의 귀로 듣고 있으니 일종의 고해성사를 하는 기분이었다. 1인칭

소년의 시점으로 쓰인 원고가 더욱 역할에 몰입하게 만들었다.

얼마 뒤 버즈 아저씨가 외쳤다.

"좋아, 컷!"

다원은 헤드폰을 벗고 고개를 들었다. 그 순간 유리 벽 너머로 루미가 보였다.

카세트의 행방

루미는 자신의 느낌이 착각이었는지 확인하려고 콘솔 쪽으로 한 걸음 가까이 가 보았다. 그러나 느낌은 바뀌지 않고 오히려 확신으로 발전했다. 역시 다윈의 어딘가가 미묘하게 변해 있었다. 마지막으로 아카이브에서 만났을 때의 그 남자애가 아니었다. 기후가 전혀 다른 환경에서 자란 다윈의 일란성 쌍둥이가 있다면 이런 느낌일까. 루미는 다윈을 여러 각도로 살피며, 익숙한 사람에게서 이렇게 낯선 느낌이 드는 것이 자신과 다윈 사이를 가로막고 있는 녹음 부스의 유리 때문인지, 아니면 태양빛과는 다른 스튜디오 안의 어두운 조명 때문인지를 생각했다.

버즈 아저씨가 다윈에게 물었다.

"힘들지 않니? 좀 쉬었다 할까?"

"아니요, 괜찮아요."

다원이 말했다.

루미는 당연히 다원이 자신에게 알은척을 할 거라 기대했지만, 다원은 의도적이라고 생각할 수밖에 없게끔 한 번도 눈길을 주지 않았다. 내레이션에 집중하기 위해 일부러 바깥 상황을 외면하고 있는 것이라 해도 문화 거리 광장에서 자신을 보자마자 손을 흔들며 뛰어왔던 그 남자애라면 절대 하지 않을 행동이었다. 루미는 다원의 시선을 받기 위해 애쓰는 자기 모습이 결국 그날 다원의 관심을 끄는 데 실패했던 주변 여자애들 중 한 명 같아 우습고 초라했다.

두 시간 남짓 뒤, 드디어 다원이 녹음 부스 문을 열고 나왔다. 버즈 아저씨가 "수고했다, 완벽해."라고 칭찬해 주었다. 정면에서 가까이 다가오는 다원을 기다리는 동안 루미는 이 생경함이 최소한 유리나 조명 때문은 아니라는 것을 확신했다. 다원이 바로 눈앞까지 다가왔고 그 사이에 굴절을 일으킬 물질은 아무것도 없는데도 다원은 여전히 미묘하게 변한 다른 사람이었다.

"안녕."

스튜디오에 오는 동안 루미는 오직 두 가지 경우만을 예상했다. 다원이 자신을 보고는 놀라 당황하든지, 아니면 누구보다도 반갑게 맞이해 주든지. 어느 쪽이든 그동안 연락하지 않은 이유만큼은 최선을 다해 설명해 줄 것이라고 생각했다. 그런데 "안녕."이라고 말한 다원은 자기가 한 인사에 응답을 듣기도 전에 바로 다른 쪽으로 시선을 돌려 버렸다. 마치 그 짧은 한마디가 하고 싶은 말의 전부라는 것처럼. 루미는 다원이 자신에게 인사가 아니라 작별을 고하는 것 같았다. 이해할 수가 없었다. 남자애들은 한두 달 사이에도 이렇게 달라지는 걸까?

버즈 아저씨가 물었다.

"루미야, 어떠니? 다원이 아주 잘한 것 같지?"

루미는 말없이 고개만 끄덕였다.

"다원은 좋겠구나. 여자 친구가 여기까지 응원을 와 주고."

다원은 아무 반응도 없었다. 루미는 레오와 만나 왔던 것을 아는 버즈 아저씨한테 '다원의 여자 친구'라는 말을 듣는 것이 편하지만은 않았다. 그런 데다 다원이 여자 친구는 커녕 아예 모르는 사이인 것처럼 외면하고 있자 불편함을 넘어 모욕을 당한 기분이었다. 루미는 다원을 좇던 시선을 그만 거두었다. 다원이 이렇게 나온다면 자신도 더는 안달하지 않을 것이다.

루미는 버즈 아저씨 옆으로 가서 말했다.

"제가 오늘 여기 온 건 아저씨를 만나기 위해서예요."

"나를?"

"지난번에 전화드렸을 때 제이 삼촌 일로 여쭤 보고 싶은 게 있다고 말씀드렸잖아요."

"아, 그랬지."

"사실은 지난번에 할머니 집에 가서 청소를 하다가……."

버즈 아저씨가 "잠깐." 하고 이야기를 중단시켰다.

"여기 스태프들이 후반 작업 할 게 남았으니까 우리는 나가서 이야기하는 게 좋겠다. 어차피 점심도 먹어야 하니까. 괜찮지?"

생각했던 것보다 더 유리해진 상황에 루미는 당연히 "좋아요."라고 대답했는데, 그때 다윈이 "전 학교로 돌아갈게요."라고 했다. 버즈 아저씨가 말도 안 된다는 듯이 웃으며 다윈을 붙들었다.

"무슨 말이야, 당연히 같이 가야지. 나를 일만 시키고 밥도 안 사 주는 몰인정한 사람으로 만들 생각이니?"

"피곤해서요. 가서 쉬고 싶어요."

"그게 다 밥을 안 먹어서 그런 거란다. 먹고 나면 기운이 날 거야. 루미야, 네가 설득 좀 해 보렴. 아무래도 나보단 여자 친구 말을 잘 들을 것 같으니까."

루미는 다윈에게 죄책감과 책임감을 동시에 불러일으키려고 일부러 다윈을 빤히 응시하며 말했다.

"그러지 말고 같이 가자. 너도 들으면 좋을 얘기야. 어쩌면 우리가 그동안 그렇게 찾아다닌 사람이 누군지 드디어 알아낼 수 있을지도 모르거든."

줄곧 시선을 회피하던 다윈이 이번엔 이상하다 싶을 정도로 오래 눈을 마주치고 있더니, 이윽고 고개를 끄덕였다.

버즈 아저씨가 데리고 간 곳은 스튜디오 맞은편 호텔에

있는 고급 레스토랑이었다. 루미는 아저씨를 따라 안으로 들어서며 샹들리에와 그림 같은 실내 장식을 유심히 둘러보았다. 학교 친구들에게 이야기로만 들어 봤을 뿐 한 번도 와 본 적은 없는 곳이었다. 아무리 특별한 날이라도 아빠는 이런 비싼 데는 절대 데려와 주지 않으니까. 버즈 아저씨는 자주 오는 곳인지 종업원들이 무척 친근하게 대했다. 말이 없긴 하지만 다윈도 자연스러워 보였다. 루미는 이런 분위기에 소외감을 느끼고 있는 사람은 자기뿐일 거라는 생각에 씁쓸했다.

주문을 하고 음식을 기다리는 동안 버즈 아저씨가 먼저 이야기를 시작했다.

"아까 할머니 집 청소를 했다고 했던가? 그런데 그게 제이랑 관련이 있는 일이니?"

루미는 아저씨에게 되물었다.

"아저씨, 혹시 옛날에 제이 삼촌한테 카세트를 빌려주신 적 있나요? 무선으로 된 미니 카세트요."

"카세트?"

"네, 할머니가 그러셨어요. 아저씨가 제이 삼촌한테 빌려준 카세트로 삼촌이 라디오를 들었다고요. 삼촌 방에 있는 음악 테이프들도 다 그걸로 녹음했을 거라던데요?"

버즈 아저씨는 기억을 떠올리기 위해서인지 얼굴을 약간 찡그리며 말했다.

"아, 그 카세트……. 그래, 생각난다……."

"할머니 말씀으론 제이 삼촌이 죽은 뒤 아저씨에게 돌려 줬다고 하시던데, 맞나요?"

"그래, 돌려주셨단다."

"그 카세트는 지금 어디 있어요?"

"글쎄다, 너무 오래전이라……. 그런데 그건 왜?"

루미는 다원을 한 번 흘낏 바라본 뒤 말했다.

"아저씨, 제이 삼촌은 '미드나이트 뮤직'이란 라디오 방 송을 아저씨가 빌려준 카세트로 녹음했어요. 월요일부터 금요일까지 5일간 자정에서 새벽 두 시까지 하는 방송이었 죠. 5월부터 녹음을 시작해서 6월, 7월 초 방송들까지 30개 나 되는 녹음테이프들이 그대로 남아 있어요. 그중엔 삼촌 이 죽기 하루 전과 이틀 전날에 녹음된 테이프들도 있고요. 그렇다면요, 삼촌이 죽은 그날에도 역시 녹음을 하고 있지 않았을까요?"

그게 무엇을 의미하는지 아직 모르는 버즈 아저씨는 태 연하게 대답했다.

"미드나이트 뮤직이라, 오랜만에 들어 보는구나. 다른 지 구 음악까지 틀어 줘서 당시엔 애들 사이에서 인기가 많았 지. 제이는 가끔 나와 니스한테도 녹음한 음악들을 들려주 곤 했고."

루미는 그 의미를 바로 읽을 수 있도록 아저씨를 도와주 었다.

"그런데 중요한 건요, 당시 제품들이 품질이 좋지 않아서였는지, 아니면 아저씨가 빌려주신 카세트가 고장 난 건지 음악과 함께 주위에서 들리는 소음까지 같이 녹음됐다는 거예요. 삼촌이 녹음한 테이프들을 들어 보니까 몇 개엔 선명하게 들릴 정도의 목소리가 같이 녹음돼 있었거든요. 아저씨가 쓸 때도 그랬나요?"

아저씨는 여전히 별 흥미 없는 시큰둥한 표정으로 말했다.

"글쎄다, 잘 모르겠구나, 난 녹음을 할 정도로 음악광이 아니어서……. 그런데 내 기억에도 별로 질 좋은 제품은 아니었던 것 같긴 하다."

루미는 씩 미소 지었다.

"아니요, 저한텐 이 세상에서 제일 품질 좋은 카세트예요. 덕분에 삼촌이 살해당하던 날 무슨 일이 있었는지 밝혀낼 가능성이 생겼으니까요."

아저씨가 그제야 흥미로운 구석을 발견했는지 "그게 무슨 말이니?" 하고 물었다. 루미는 자신이 한 말에 스스로 긴장하며 이야기를 이어 갔다.

"제이 삼촌이 살해된 추정 시간이 새벽 한 시 정도니까 만약 제이 삼촌이 그날도 녹음을 하고 있었다면 그때의 상황이 카세트에 녹음돼 있을 수도 있어요. 저희 아빠는 분명 그날 제이 삼촌 방에서 흘러나온 말소리를 들었다고 했거든요. 아빠에게 들릴 정도의 대화라면 카세트에는 당연히 녹음되지 않았겠어요? 어쩌면 그 테이프 안에 삼촌을 죽인 범인의 실마리가 있는지도 몰라요."

버즈 아저씨는 놀란 듯 물컵을 든 손을 멈추며 말했다.

"그거, 굉장한 발견이구나."

"네, 그래서 전 꼭 그 카세트를 찾아야 해요. 혹시 아저씨가 할머니께 카세트를 돌려받았을 때 그 안에 테이프가 들어 있진 않았나요?"

"그건 잘 모르겠구나. 열어 볼 생각 같은 건 하지도 않고 그냥 그대로 방 어딘가에 넣어 두었거든."

"어째서요? 아저씨가 빌려준 거긴 하지만 그래도 삼촌이 죽기 전까지 가지고 있었던 거니까 삼촌의 유품이나 마찬가지잖아요. 저 같으면 당연히 안을 살펴봤을 것 같은데."

버즈 아저씨는 물을 들이켠 뒤 컵을 내려놓으며 말했다.

"그러게, 왜 그랬는지……. 그냥 그 당시엔 그걸 마주하고 싶지 않았던 것 같다. 루미 할머니가 제이와 좋은 친구로 지내 줘서 고마웠다며 카세트를 돌려주셨는데……. 솔직히 말하면 난 그런 말 들을 자격이 없거든."

"자격이 없다는 게 무슨 뜻이에요?"

버즈 아저씨는 말없이 텅 빈 물컵을 들여다보았다. 어딘가 슬프면서도 쓸쓸한 얼굴이었다. 아저씨는 한참 만에 옅은 웃음을 지으며 입을 열었다.

"루미야, 난 제이에게 좋은 친구가 아니었단다."

"왜요?"

프라임스쿨에서 제이에게 보낸 합격 통지서를 보고 진심으로 기뻐해 주지 못했다. "축하해."라고 인사를 건넸지만, 굳어진 얼굴을 완벽하게 숨길 수는 없었다. 어쩌면 제이도 그런 내 표정을 눈치챘을지도 모른다. 하루 전, 나는 불합격 통지서를 받았다. 동봉된 편지엔 안타깝지만 내 재능이 프라임스쿨과는 어울리지 않으니 더 적절한 곳에서 꿈을 이루길 바란다는 위로의 말이 적혀 있었다. 불합격한 녀석들은 모두 그렇게 토씨 하나까지 똑같은 편지를 받았을 것이다.

이해할 수가 없었다. 내가 제이보다 성적이 뒤떨어졌던가? 체육을 못했던가? 에세이를 못 썼던가? 면접 때 품행이 바르지 못했던가? 얼굴이 못생겼던가? 도대체 내가 제이보다 못한 게 뭐가 있지? 나는 끓어오르는 화를 주체하지 못한 채 씩씩대며 집으로 돌아왔다. 그런데 문을 열자마자 깨달았다. 아, 하나 있구나…….

아버지는 발명가였다. 젊은 나이에 평생 일하지 않고도 먹고살 수 있을 정도로 많은 특허권을 취득했다. 그리고 알코올 중독자였다. 아버지는 집에서 늘 술을 마셨다. 술을 마신다고 해서 어머니와 나를 육체적으로 학대한 적은 없었다. 단지 술을 마셨을 뿐이다. 그러나 나에게는 집에 돌아왔을 때, 술에 잔뜩 취한 채 소파에 앉아 불그스름한 눈동자로 나를 반기는 모습이 가장 큰 학대였다.

"우리 꼬맹이 버즈, 이제 왔구나."

나는 아버지 말에 아무 대꾸도 하지 않고 내 방으로 뛰어올라갔다. 그런 형편없는 아버지를 둔 사람은 1지구에 나 혼자였다.

내가 프라임스쿨에 떨어진 것은 아버지 때문이었다. 입학 심사관들은 내 성적보다 집안 내력을 더 자세히 조사했을 것이다. 떨어진 성적은 올릴 수 있지만 더러운 피를 깨끗하게 할 방법은 없었다. 설령 내가 죽을 때까지 술은 입에 대지도 않겠다는 서약서를 피로 쓴다고 해도 그들은 절대 믿어 주지 않고 오히려 비웃기만 할 것이었다. '버즈 마샬, 네 아버지를 보렴. 네 서약서에선 벌써 술 냄새가 풍기는구나.' 하고.

니스에게는 일부러 시큰둥하게 건방을 떨었다.

"사실 나 일부러 시험을 망친 거야. 그런 관료주의 냄새나는 학교는 질색인데, 엄마가 하도 성화를 부리시는 바람에 시험을 안 볼 순 없었거든. 6년 동안이나 기숙사에 갇혀 살아야 한다니 고급 수용소나 다름없잖아. 니스, 인생에서 가장 중요한 건 자유야. 난 무슨 일이 있어도 그걸 지킬 거야. 제이는 아마도 우리랑은 점점 멀어지겠지? 어쩔 수 없지. 제이는 원래 좀 권위적인 구석이 있으니까 프라임스쿨에 잘 어울릴 거야."

그런데 제이는 프라임스쿨 입학을 취소하고 우리와 같은 일반 중학교에 진학했다. 내가 아는 한 프라임스쿨 시험에 합격해 놓고 입학을 취소한 사람은 학교 역사상 단 한 명도 없었다.

제이는 나보다 더 시큰둥하게 말했다.

"그런 학교는 됐어. 어차피 처음부터 합격할지 못 할지가 궁금했던 것뿐이니까. 난 너희랑 이대로 계속 같이 놀고 싶어. 아버지도 내가 하고 싶은 대로 하라셨고."

……뭐? 고작 우리랑 같이 놀고 싶어서 프라임스쿨을 포기했다고? 그건 마치 교황에게 초대장을 받은 사람이 '그날 야구 연습이 있어서 못 가요.' 하며 아무렇지 않게 초대장을 구겨 버리는 격이었다. 아니, 교황의 초대를 거절한 것보다 더 대단했다. 교황이 사는 성에 한 번 간다고 인생이 바뀌지는 않지만, 프라임스쿨은 인생을 바꿀 수 있는 곳이니까.

그 뒤로 니스는 제이를 우리보다 한 단계 높이 서 있는 사람인 양 대했다. 특수 저울이니 뭐니, 제이가 아무렇게나 떠들어 대는 엉터리 법 이론도 대단한 것으로 착각해서 감명받았다.

그러나 나는 제이의 말을 믿지 않았다. 믿을 수 없었다. 단순히 자신의 능력을 측정해 보기 위해 그 어려운 시험을 치르고, 합격으로 능력이 입증된 것에 만족하며 모두가 우러러보는 명예와 영광을 거추장스러운 배지인 양 내던져 버리는 그런 사람이 이 세상에 과연 존재할까? 심지어 '너희랑 놀고 싶어서'라는 위대한 말을 해 대면서?

음흉한 사기꾼! 제이의 침대에 누워 농담을 주고받는 와중에도 속으로는 늘 그렇게 생각했다.

거짓말쟁이! 친구들 사이에서 '삼총사'라고 불리면서도 제이의 등 뒤에선 늘 그렇게 곱씹었다.

위선자! 제이가 "버즈, 어서 와." 하고 부르면 "기다려." 하고 손을 흔들며 뛰어가는 순간에도 늘 그렇게 외쳤다.

제이는 프라임스쿨에 가야 했다. 프라임스쿨에만 갔다면 내가 제이를 그렇게 미워할 일은 없었을 것이다. 내가 그렇게 비열한 친구가 되어야 할 일도 없었을 것이다.

그런데 결국 내 의심이 맞았다. 제이가 프라임스쿨에 가지 않은 데에는 다른 이유가 있었다.

제이는 집에 일찍 가는 걸 좋아했기 때문에 우리는 늘 제이 집에서 놀곤 했다. 중학교 3학년 새 학기가 시작되고 얼마 지나지 않은 그날도 나와 니스는 제이의 방에 모여 있었다. 오랜만에 헌터 아저씨도 외국에서 촬영을 끝내고 집에 와 계셨다. 헌터 아저씨는 제이가 가진 자부심의 뿌리였다. 선생님, 이웃, 친구들, 모든 사람들이 그걸 인정했다. 겉으로 드러내진 않았지만, 나도 속으로는 그렇게 훌륭한 아버지의 피를 물려받고 태어난 제이가 부러워 미칠 지경이었다. 내 피에는 알코올만 흐르니까. 그런데 그날 나는 화장실에 가려고 복도로 나왔다가 우연히 1층 계단 근처에서 헌터 아저씨와 제이가 나누는 대화를 엿듣게 되었다.

"아버지, 얼마 전에 학교에서 진학 상담을 해서 고등학교는 비숍 아카데미로 갈 생각이라고 말했는데 허락해 주실 거죠?"

"거긴 기숙사 학교 아니니?"

"네, 맞아요."

"무슨 소리를 하는 거야, 제이. 기숙사 학교는 절대 안 된다고 여러 번 말했잖니."

"알아요. 그래서 프라임스쿨도 포기했잖아요."

"그런데 왜 또 그러는 거니?"

"저도 제 꿈을 이루고 싶으니까요. 일반 학교 교과과정은 너무 평이해요. 이런 학교를 나왔다간 말단 공무원밖에 못 될 거예요. 이번엔 저를 위해 허락해 주세요, 네?"

"제이 헌터."

"……."

"대답해, 제이 헌터."

"네, 아버지."

"너는 우리 집의 장남이고 내 유일한 아들이야. 네가 프라임스쿨에 가면 안 되는 이유를 말해 줬을 때 그게 무슨 뜻이라고 했지? 내가 집을 비우는 동안은 네가 내가 된다는 거랬지? 그러니 두 번 다시는 기숙사 학교에 간다는 말 같은 건 꺼내지 마라. 내가 없는 동안엔 이 아버지를 대신해 네가 엄마를 잘 감시해야지."

나는 그게 무슨 뜻인지 잘 몰랐다. 왜 헌터 아저씨는 조이도 있는데 제이를 유일한 아들이라고 하는 걸까? 왜 엄마를 '돌봐 드려야지.'라는 말 대신 '감시해야지.'라고 한 걸까? 그러나 나는 그 대화의 뜻을 모르면서도, 헌터 아저씨가 먼저 자리를 떠나고 난 뒤 목격한 제이의 표정에서 그것이 제이의 거의 유일한 약점이라는 것을 알아챘다. 제이는 자기 몸속을 휘감고 있는 핏줄을 다 끊어 내고 싶어 하는 얼굴을 하고 있었다. 처참하게 더럽혀진 얼굴이었다. 내가 술을 마시는 아버지와 눈이 마주쳤을 때처럼.

얼마 뒤, 현대 미술관에서 헌터 아저씨의 사진 전시회가 열렸다. 자기 아버지가 생일 선물로 준 사진들이라며 니스와 나에게 사진 앨범을 자랑한 지 얼마 지나지 않아 제이는 또 거들먹대며 친구들에게 입장권을 나눠 주었다. 그날 하루 종일 지나치게 으스대는 제이의 모습이 내 신경을 거슬렀다. 니스가 제이에게 "전시회가 끝나고 나면 아저씨는 또 촬영하러 외국으로 나가시는 거지?"라고 물었다. 제이는 당시 내전 중이던 나라 이름을 대며 "맞아, 며칠 뒤에 떠나셔."라고 했다. 니스가 "위험할 텐데."하자 제이는 또 잘난 척 턱을 치켜세우며 "위험해도 진실을 밝히는 게 우리 아버지 사명이잖아."라고 대답했다.

나는 아무렇지 않게 제이를 지나치며 혼잣말처럼 중얼거렸다.

"엄마를 감시하는 건 네 사명이고."

주위가 무척 시끄러워서 니스를 비롯한 다른 사람들은 내 말을 듣지 못했을 것이다. 그러나 제이만은 확실하게 내 말을 알아들었다. 뒤에 멈춰 서서 제이가 한참을 안 오자 니스가 "제이, 뭐 해?" 하고 불렀을 때, 제이는 감정을 읽을 수 없는 묘한 눈길로 나를 스쳐 지나갔다. 역시 '엄마'와 '감시'는 제이의 아킬레스건이었다.

그렇게 팽팽하게 당겨진 신경 다발 속에서도 제이와 나는 늘 함께였다. 제이는 어땠는지 모르지만 나에겐 그 삼총사 무리에서 먼저 떨어져 나온다는 것이 어쩐지 패배를 시인하는 것처럼 여겨졌다. 나는 제이와의 경쟁에서 또다시 패배자가 되고 싶진 않았다.

제이가 죽기 하루 전날, 우리는 제이 방에 모여 다음 날 있을 발표에 관해 얘기했다. 나는 그런 발표는 정말 질색이라며 애초에 발표 신청서도 내지 않았다고 말했다. 내 말뜻은 아버지들이 지켜보는 앞에서 발표하는 것 자체가 싫다는 것이지 아버지에 대해 이야기하는 게 싫다는 것은 아니었다. 물론 속마음은 그랬다. 그렇지만 나는 그걸 겉으로 드러낼 생각은 추호도 없었다. 죽고 싶을 만큼 아버지가 콤플렉스인 사람은 절대 아버지가 콤플렉스라고 말할 수 없는 것이다. 제이와 니스가 빌리 조를 두고 농담할 때, 속으론 아버지를 두고 비웃는 것 같아 온갖 열등감을 느끼면서도 겉으론 아무렇지도 않은 척 따라 웃었던 것처럼. 니스는 내가 의도한 대로 내 말을 액면 그대로 받아들였다. 그러나 제이는 아니었다.

"어째서? 버즈 넌 사람들에게 너희 아버지를 소개하는 게 싫어?"

제이의 그 말은 지난번 일에 대한 복수인 셈이었다. 나도 똑같이 되갚아 주었다.

"어머니의 날에 어머니를 소개하는 거라면 훨씬 잘할 수 있을 것 같아서. 니스, 넌 어때?"

나는 니스에게 동의를 구했다. 성모 마리아처럼 자애로운 어머니를 둔 니스는 내 의견에 동의했다.

"동감이야. 인류학적으로도 아버지보다 어머니가 더 훌륭한 존재인 것으로 밝혀졌으니까. 아마 과학적으로도 입증된 사실일걸. 제이, 내 말이 맞지?"

제이는 아무 대답도 하지 않았다. 그때 조이가 간식을 들고 방으로 들어왔다. 나는 샌드위치 하나를 집어 들며 말했다.

"대답을 않는 걸 보니 제이는 자기 엄마가 별로 믿음직스럽지 않은 모양이야. 왜 그럴까? 올 때마다 이렇게 맛있는 샌드위치를 만들어 주시는데. 조이, 아주머니께 감사하다고 전해 줄래?"

그 순간, 제이가 갑자기 조이가 들고 있던 접시를 내팽개쳤다. 조이가 울면서 방을 나갔다. 나도 화가 나 가방을 들고 제이네 집을 나와 버렸다. 제이는 드디어 나와의 관계를 끝내길 선언한 것이다. 나도 그런 위선적이고 잘난 체밖에 할 줄 모르는 녀석이랑은 이제 끝이라고 생각했다. 나는 니스가 따라 나와 주길 바라며 문 앞에서 니스를 기다렸다. 그러나 한참을 기다려도 니스는 나오지 않았다. 나는 니스에게도 화가 나 더는 기다리지 않고 씩씩대며 먼저 집으로 왔다.

집에 와선 조금 외로운 기분이 들었다. 나는 저녁에라도 니스가 나에게 전화를 걸어서 내 편을 들어 줄 줄 알았다. 애초에 우리 둘이 먼저 친했으니까. 우리 둘 집이 더 가까웠으니까. 그러나 한밤중까지 기다려도 전화는 걸려 오지 않았다. 제길, 니스 영. 그래, 그렇게 평생 제이 헌터 뒤꽁무니나 따라다니면서 살아라. 너랑도 끝이야, 끝! 그날 밤, 나는 제이와 니스 둘 다 저주하며 잠이 들었다.

다음 날, 제이는 이 세상에 없었다. 학교는 제이의 살해 소식으로 뒤숭숭했다. 나는 두렵고 무서워 니스의 손을 잡으려고 했다. 그런데 그 순간 니스는 나에게서 거칠게 자기 손을 빼 버렸다. 그러고는 나를 노려보더니 곧 등을 돌리고 다른 곳으로 뛰어갔다.

그래……. 니스 너는 늘 나보다 제이를 더 좋아했지.

니스는 제이가 죽기 전에 제이와 싸운 나를 용서할 수 없는 것이었다. 제이가 없으니까 나까지 필요 없게 된 것이다. 제이의 죽음으로 니스는 또 다른 친구였던 나를 그렇게 단번에 떠나 버렸다.

갑자기 혼자가 돼 버린 상황에 어쩔 줄 몰라 하며 하루하루를 보내던 어느 날, 헌터 부인이 찾아와 제이의 좋은 친구로 지내 줘서 고마웠다며 내게 카세트를 내밀었다. 그건 열다섯 살 생일 때 아버지가 나에게 준 선물이었다. 아버지는 술에 취한 채 "버즈, 오늘이 네 생일이지?" 하며 나에게 자신이 직접 조립해 만든 카세트를 선물했다. 술 냄새가 진동했다. 나는 내 이름까지 새겨진 그 선물이 내 미래를 암시하는 것처럼 끔찍하게 느껴져 한 번도 사용하지 않았다. 손을 대고 싶지도 않았다. 그대로 서랍 속에 처박아 두었다가 몇 달 뒤, 제이의 열여섯 살 생일이 되자 나는 그걸 '해치운다'는 마음으로 줘 버렸다. 제이는 무척 기뻐했다. 나는 불운한 내 미래를 제이에게 떠넘긴 것 같아서 속으로 통쾌했다. 헌터 부인에게 고맙다는 인사를 들으며 그것을 되돌려 받는 순간, 그날의 비열했던 내가 떠올라 괴로웠다. 카세트를 받아 가지고 집으로 온 나는 황급히 그것을 책상 서랍에 다시 집어넣어 버렸다. 서랍을 열지 않는 한 제이에게 '불운한 미래'를 선물했다는 죄책감과 다시 마주할 일은 없을 것 같았다.

그리고 몇 년 뒤, 마주하고 싶지 않은 또 다른 관계를 하나 더 정리했다.

대학생 때 어머니가 돌아가시자마자 나는 아무 말 없이 집을 나왔다. 그것이 내가 아버지에게 할 수 있는 최고의 복수였다. 평생 그렇게 술에 취한 채 내가 집에 오지 않는 이유를 생각해 보시지. 지금껏 내 선택에 대해 한 번도 뒤돌아보지 않았다. 앞으로도 그 집에 발을 들여놓는 일은 절대 없을 것이다.

"왜 제이 삼촌에게 좋은 친구가 아니었는데요?"

……루미 너에게는 말할 수 없는 이야기가 하나 있단다.

"네? 아저씨? 어째서 좋은 친구가 아니었는데요?"

서른 살 무렵에 촬영을 하다가 알게 된 한 사진작가로부터 헌터 가문에 숨겨진 소문을 들었다. 헌터 부인이 부정을 저질렀고, 조이는 헌터 아저씨의 친아들이 아니라는…….

제이의 장례식 때도 나는 울지 않았다. 내 속에 아직 풀지 못한 매듭이 있었기 때문이다. 그러나 어린 제이가 짊어진 큰 짐을 알게 된 그날, 나는 자신에게 그 짐을 지운 자기 아버지를 향한 제이의 마음이 어땠을지를 생각하며 밤새 울었고, 평생 술을 입에 대지 않겠다는 맹세를 저버리고 처음으로 술을 마셨다.

나는 왜 제이를 그렇게 미워했던 걸까. 왜 제이에게 그렇게 큰 상처를 주었던 걸까. 왜 사진 앨범을 보여 주면서 제이가 "선물이라기보다는 상이지만."이라고 말한 것을 자랑이라고 생각했던 걸까? 그 녀석은 마음 여린 열여섯 아이였을 뿐인데. 나약함을 감추려고 일부러 가시를 드러냈던 것뿐인데. 부끄러운 아버지가 내 수치였듯이, 자랑스러운 아버지가 제이에게는 수치였을 텐데.

내 친구였는데…….

오랫동안 침묵하는 버즈 아저씨를 보며 루미는 호기심과 함께 의문이 일었다. 아저씨가 제이 삼촌에게 어떤 큰 잘못을 했기에 30년이 지난 지금까지 쉽게 말을 못 하는 걸까.

웨이터가 주문한 음식을 다 내려놓고 간 뒤에야 버즈 아저씨는 입을 열었다.

"좋은 친구였다면 제이를 그렇게 허망하게 보내지는 않았을 테니까."

오래 기다린 것치고는 너무 시시한 대답이었다. 버즈 아저씨의 침묵은 실제 저지른 잘못 때문이 아니라 일찍 세상을 떠난 친구에게 남은 친구들이 느끼는 보편적인 부채 의식이었던 것이다. 아저씨가 불필요한 죄책감을 가지고 있는 것 같아 루미는 그럴 필요가 없다는 것을 알리기 위해 말했다.

"아저씨가 막을 수 있는 일이 아니었는걸요. 그런 말씀을 하시는 걸 보면 아저씨는 좋은 친구였던 게 분명해요. 전 이렇게 생각해요. 30년 동안 추도식에 와 주시는 니스 아저씨와 삼촌을 아직도 마음속에서 지워 내지 않고 있는 아저씨 같은 분을 친구로 둔 것만으로도 삼촌은 짧지만 의미 있는 삶을 산 거라고요."

버즈 아저씨는 "니스는 진정한 친구지."라고 고개를 끄덕이면서도 자신에 대해서는 여전히 확신하지 못하겠다는 얼굴로 "하지만 난 글쎄……."라고 중얼거렸다. 그렇지만 곧 분위기를 주도해야 한다는 의무감을 느꼈는지 목소리를 활기차게 바꿔 "자, 이제 먹자꾸나." 하며 스테이크를 썰었다.

루미는 아저씨를 따라 포크와 나이프를 들며 다윈을 곁눈질했다. 자기 아버지 얘기까지 나왔는데도 다윈은 좀처럼 이 대화에 낄 생각이 없어 보였다. 그렇다고 식사에 열중하는 것도 아니었다. 다윈은 자기 앞의 접시를 먹는 대상이 아닌 관찰 대상인 것처럼 바라만 보고 있었다. 무슨 생각을 하는지 도통 알 수 없는 얼굴이었다. 루미는 도무지 활기가 돌지 않는 다윈에게서 그만 관심을 거두고 마음을 졸이며 버즈 아저씨에게 물었다.

"카세트를 버리신 건 아니죠?"

"버리진 않았겠지만…… 어디에 두었는지 정확히 기억나지도 않는구나."

"버리지 않은 것만으로도 희망적이에요. 저를 위해서, 아니 제이 삼촌을 위해서 꼭 찾아봐 주세요. 그러실 거죠?"

버즈 아저씨는 고개를 끄덕였다.

"당장은 힘들 테고 작업이 끝나면 한번 찾아보마."

루미는 마지막 문 하나를 남겨 두고 일이 미루어진 것에 답답한 마음이 들었지만 프라임스쿨 다큐멘터리가 얼마나 중요한지 알기에 일단은 아저씨 일이 끝나기를 기다리는 수밖에는 없을 것 같았다.

아저씨가 식사를 하며 물었다.

"그런데 루미야, 네 말대로 단서가 될 무언가가 녹음됐다고 하더라도 그걸로 범인을 찾는 건 불가능한 일 아니니? 벌써 30년이 흘렀는데 지금 와서 9지구 후디 중 한 명을 어떻게 특정 지을 수 있겠니?"

버즈 아저씨의 의문은 당연한 것이었다. 루미는 그 당연한 의문을 뒤집어엎을 답이 자기에게 있다는 사실이 짜릿했다.

"범인이 9지구 후디라면 그렇겠죠. 하지만 만약 1지구, 그것도 삼촌과 아는 사람이 범인이라면 충분히 가능하지 않겠어요? 최소한 한 번은 이름을 불렀을 테니까요. 예를 들면 '버즈, 뭐 하는 거야?' 이런 식으로요."

버즈 아저씨가 놀란 얼굴로 쥐고 있던 나이프를 내려놓았다.

"그게 무슨 말이니? 제이와 아는 사람이 범인이라니?"

중요한 순간이기에 루미는 냅킨으로 입가를 닦은 뒤 말했다.

"실은요, 저는 삼촌을 죽인 범인이 9지구 후디라는 것을 늘 의심해 왔어요. 그러다 삼촌 앨범에서 사진 한 장이 없어진 것을 보고 삼촌을 죽인 범인이 그 사진을 가져갔다는 걸 직감했죠. 그걸 시작으로 그동안 여러 가지를 조사해 보았는데, 거기서 제가 얻은 확신은 삼촌을 죽인 범인이 1지구, 그것도 지금은 꽤 높은 자리에 있는 사람이라는 거예요. 제 확신을 증명할 수 있는 유일한 단서가 아저씨의 그 카세트고요."

"앨범 속에서 없어진 사진?"

아저씨가 그렇게 되묻는 순간 루미는 지금껏 자신이 아주 유력한 목격자를 간과하고 있었다는 사실을 깨달았다.

"그러고 보니 아저씨도 아시겠네요. 할아버지가 선물한 사진들로 만든 앨범 말이에요. 삼촌이 보물처럼 여겼다는."

아저씨가 기억이 나는 듯 "그래, 잘 알지." 하며 고개를 끄덕였다.

"그럼 혹시 그때도 사진 한 장이 비어 있었나요?"

"글쎄다, 워낙 앨범이 두꺼워서……. 그런데 그게 제이의 죽음과 어떤 식으로 연결되는 건지 모르겠구나. 뭔가 중요한 사진이니?"

"저도 아직 사진의 정체에 대해선 확실히 몰라요. 하지만 삼촌의 죽음을 배제하고 봐도 의미 있는 사진이란 것만은 분명해요. 12월의 폭동 때 찍힌 사진들 중 하나니까."

"12월의 폭동? 12월의 폭동이라면 혹시 그 특이한 점이 있는 남자가 찍힌 사진을 말하는 거니?"

루미는 고개를 갸웃거리며 되물었다.

"특이한 점이 있는 남자요?"

그런데 그 순간 9지구 노인들이 사진 속의 한 남자를 가리키며 "비둘기 똥."이라고 했던 말이 머릿속을 스치고 지나갔다.

"아저씨도 그 사진을 아세요?"

"알다마다. 제이가 어느 날 헐레벌떡 뛰어와서 그랬거든. 길에서 우연히 그 폭동 사진 속에 있는 남자를 봤다고. 제이는 그 남자를 찾아서 반드시 척결할 거라고 했지."

루미는 갑자기 빨라지는 심장 박동을 애써 진정시키며 물었다.

"아저씨가 말하는 사진이 그 특이한 점을 가진 남자가 다른 사람들과 함께 찍힌 사진이었나요? 작게 옆모습만요."

"아니, 정면 사진이었단다. 초점이 아주 잘 맞아서 거의 독사진이나 다름없었지."

순간 루미는 여기가 예의를 중시하는 고급 레스토랑인 것도 잊은 채 큰 소리를 내질렀다.

"아저씨가 말하는 사진이 바로 그 없어진 사진이에요! 제가 본 앨범엔 그 남자의 측면 사진밖에 없었거든요."

루미는 옆 테이블 사람들이 자신을 향해 따가운 눈총을 보내는 것을 느꼈지만, 미안한 마음이 들기는커녕 진실의 실마리를 잡게 된 순간에 사소한 식사 예절을 더 중시하는 그들이 오히려 한심해 보였다. 루미는 머릿속에 떠오르는 생각들을 논리적으로 연결해 가며 말했다.

"지금까진 범인이 왜 그 사진을 가져간 건지가 가장 불투명했는데, 이제야 알겠어요. 그 사진에 찍힌 남자와 범인은 아주 긴밀한 관련이 있는 사람이었던 거예요. 지금까진 12월의 폭동 가담자가 1지구에서 살 가능성에 대해서는 한 번도 생각해 보지 않아서 그 부분이 설명이 안 됐어요. 그런데 삼촌이 그 사람을 1지구에서 봤다면 모든 이야기가 들어맞아요. 폭동에 가담했던 사람이 1지구에 살고 있다면 당연히 척결 대상이잖아요. 그래서 범인은 그걸 들킬까 봐 사진을 훔쳐 간 거였어요. 그렇다는 건…… 범인이 삼촌이 하는 말을 들을 정도로 삼촌과 가까운 사람이었다는 뜻이에요. 제가 생각했던 것보다 훨씬 더요."

루미는 스스로의 추리가 완벽에 가까워지고 있음을 느끼며 버즈 아저씨에게 물었다.

"아저씨, 제 추측이 어때요? 아저씨는 그 시절을 직접 겪으셨잖아요. 아저씨가 어떻게 생각하시는지 듣고 싶어요."

아저씨는 불확실한 것을 이야기할 때 사람들이 흔히 하는 행동처럼 손으로 턱을 매만지며 말했다.

"글쎄다, 난 아직 뭐라고 단정 짓지 못하겠구나. 네 추측대로 범인이 사진을 가져갔을 가능성보다는 오히려 제이가 사진을 떼어 냈을 가능성을 먼저 생각해 봐야 할 것 같기도 하고……. 사실 그 당시에도 그랬지만 난 제이가 사람을 잘못 본 거라 생각하거든. 9지구 후디가 1지구에 산다니 말도 안 되잖니. 하지만 제이는 자기가 본 걸 확신했으니 그러면 얼마든지 그 사진만 떼어서 따로 놔뒀거나 직접 가지고 다녔을지도 모르지."

"삼촌이 그 사진을 떼어서 가지고 다니는 걸 보신 적이 있으세요?"

"아니, 본 적은 없단다. 그렇지만 내가 제이에 대해 다 아는 것은 아니니……."

루미는 다원의 눈치를 살폈다. 다원은 이 엄청난 이야기를 듣고 있는지 아닌지 혼자만 다른 세계에 가 있는 얼굴을 하고 있었다. 만약 여기서 버즈 아저씨에게 아카이브에서도 그 사진이 삭제돼 있었다는 사실을 알린다면, 아저씨도 고위 공무원이 삼촌의 죽음에 연루돼 있다는 추측에 설득될 수밖에 없을 것이다. 그러나 아카이브에서 있었던 일에 관해선 다시는 언급하지 않기로 니스 아저씨와 다윈의 지위를 걸고 약속했다. 그 일로 다윈의 신뢰를 잃었는데 다윈 앞에서 보란 듯이 그것을 다시 입에 올릴 수는 없었다. 물론 버즈 아저씨에게라면 다윈도 아카이브 일에 관해 이야기하는 것을 개의치 않겠지만, 그래도 이 기회에 다윈에게 자신이 그 약속을 얼마나 중요하게 여기고 있는지를 확실하게 보여 주고 싶었다. 자신이 이렇게까지 노력하고 있다는 것을 과연 이 '변해 버린 다윈'이 알아줄지는 모르겠지만.

"아저씨께 더 드리고 싶은 말이 있지만 오늘은 여기서 멈출게요. 카세트를 확인하기 전까진 어쨌든 추측에 불과하니까…… 하지만 아저씨, 오늘 아저씨 이야기를 듣고 나니 100퍼센트에 가까울 정도의 확신이 생겼어요. 삼촌을 죽이고 사진을 가져간 사람은 삼촌과 아주 가까이에 있었던 사람이에요. 삼촌이 척결할 거라고 말하는 것을 옆에서 들었을 정도로."

버즈 아저씨는 아무 말도 않다가 잠시 뒤 입을 열었다.

"그런데 루미 네 추측이 전부 맞는다면, 그건 그것대로 참 비극이라는 생각이 드는구나."

"무슨 말씀이세요?"

"우리가 어렸을 땐 지금과 사회 분위기가 많이 달랐단다. 중위 지구 곳곳에 숨어 있는 12월의 폭동 가담자들을 찾아내느라 늘 긴장 상태였지. 가끔 뉴스엔 경찰이 저녁 식사를 하고 있는 어느 중위 지구 가정을 급습해서 폭동에 가담한 혐의를 받는 남자를 끌고 가는 장면이 나오곤 했단다. 다른 죄와 달리 한번 국가 반역자로 몰리면 구제할 방법이 없었지. 상위 지구는 그 분위기에서 자유로웠지만, 어쩌면 그게 누군가에겐 더 큰 공포를 주었을 수도 있지. 평온한 삶을 살고 있다가 어느 날 갑자기 제이가 자신의 정체를 찾아 척결하겠다는 말을 들었을 때, 얼마나 두려웠겠니?"

루미는 버즈 아저씨가 일반적인 1지구 어른들과 조금 다르다는 점은 이미 알고 있었다. 8지구 아이들에 관한 다큐멘터리를 찍은 감독답게 아저씨의 사고방식은 휴머니즘과 진보적인 정신에 바탕을 두고 있었다. 루미는 물론 아저씨의 그런 시각을 존중했다. 그러나 그 감상적인 눈을 제이 삼촌을 살해한 사람에게까지 돌리는 건 용납할 수 없었다.

루미는 단호하게 말했다.

"두려움은 그 어떤 면죄부도 줄 수 없어요. 폭동을 일으켰을 때도 그렇게 두려워하진 않았을 거잖아요. 자신의 신념에 따라서 한 일이라면 그에 대한 대가도 당연히 떳떳하게 치러야죠. 아저씬 누군가 자신의 과거를 숨기고 싶어서 제이 삼촌을 죽인 걸 이해할 수 있으세요?"

"자신이 저지른 과거의 잘못이라면 물론 책임을 져야겠지. 하지만 제이와 가까운 사람이 범인이라는 네 추측대로라면, 척결하겠다는 제이의 말을 들은 사람은 그 사진 속 남자 본인보다는 그 남자 주변 인물 중에 제이 또래의 아이였을 가능성이 크지 않니? 당시 목격자 증언도 범인이 소년체구의 후디라고 했으니, 사진 속 남자의 아래뻘 친척이거나 자식이거나……. 나는 당시의 사회 분위기를 알아서 그런지 뭐라 말을 못 하겠구나. 만약 자식이 맞다면 제이가 자기 아버지를 찾아서 척결하겠다는 말을 들었을 때 얼마나 두렵고 처참했을지……. 자신은 아무 죄도 저지르지 않았는데 말이야."

루미는 지나치게 감상에 젖어드는 버즈 아저씨를 분명한 어조로 가로막았다.

"그래서 제이 삼촌을 죽인 거라면 멍청한 데다 비겁하기까지 한 거죠. 저라면 아무 죄 없는 삼촌을 죽이는 대신 죄가 있는 제 아버지를 고발했을 거예요."

버즈 아저씨는 그 말에 설득됐는지 웃으며 말했다.

"그 점에 대해선 나와 의견이 일치하는구나. 그래, 나라도 그랬을 거야. 자기 인생에 독이 되는 사람은 과감히 끊어내야지. 설령 그게 아버지라 해도."

삼촌을 죽인 범인에 관해서는 잠시 이견이 있었지만 궁극적으로는 자신과 같은 인생관을 가지고 있는 아저씨에게서 루미는 동류의식을 느꼈다. 그런데 잠시 뒤 아저씨가 덧붙이듯 말했다.

"하지만 우리 주위엔 '가족'이라는 딜레마에 빠지는 사람들이 생각보다 꽤 많단다. 특히나 부모 자식 간엔 더…… . 다윈, 다 먹은 거니? 피곤하다더니 입맛이 없나 보구나. 그럼 이제 그만 일어날까?"

루미는 다윈을 돌아보았다. 접시 위 음식은 거의 그대로였고, 이 자리에 있는 걸 무척 지겨워하는 표정이었다. 내레이션에 체력을 다 쏟아부었는지 의자에 앉아 있는 것만으로도 지쳐 보였다. 그러나 아무리 피곤하다 해도 9지구에 함께 가 주고 아카이브 기밀 자료 보는 것까지 도와주었던 남자애가 식사 내내 단 한마디도 끼어들지 않을 정도로 갑자기 제이 삼촌 일에 무심해졌다는 것은 이해가 가지 않았다. 물론 오늘 이해할 수 없는 다윈의 태도가 그것 하나만은 아니지만.

밖으로 나오니 호텔 유리창 위로 햇빛이 떨어져 주변의 다른 풍경들이 모두 사라질 만큼 환한 빛이 거리로 번지고 있었다. 루미는 저 빛이 만들어 내는 환희가 곧 자기 인생에도 생길 것 같은 예감이 들었다.

버즈 아저씨가 부른 차가 호텔 앞에 도착했다. 아저씨가 다윈의 등을 쓰다듬으며 말했다.

"다윈, 고마웠다. 아주 훌륭했고. 덕분에 행복한 크리스마스가 될 것 같구나. 루미도 만나서 반가웠다."

루미는 헤어지기 전 다시 한 번 다짐을 놓았다.

"집에 가시면 제일 먼저 카세트를 찾아봐 주실 거죠?"

버즈 아저씨는 "그러마."라고 대답하고는 운전기사에게 숙녀를 먼저 집에 데려다 준 뒤 프라임스쿨로 가라고 지시했다. 루미는 결국 헤어질 때까지 자신에게 말 한마디 걸지 않은 다윈에게 더는 기대를 하면 안 될 것 같아 "전 버스 타고 가면 돼요."라고 사양했다. 그러자 아저씨가 억지로 떠밀다시피 차에 태우며 말했다.

"가만 보니 싸운 것 같은데 헤어지기 전에 화해하고 가렴. 애들은 미련을 남기면 안 돼."

아저씨가 문을 닫자마자 운전기사는 지체 없이 바로 도로로 진입했다. 루미는 다시 내릴 것처럼 엉거주춤 앉았지만, 차가 출발하자 더는 어쩔 도리가 없어 차라리 좌석 깊숙이 몸을 기댔다. 운전기사가 "주소가 어떻게 되니?"라고 물었다. 루미는 "벚나무 거리예요."라고 대답했다. 프라임스쿨이나 호두나무 거리였으면 훨씬 좋았을 것이다. 그래도 프리메라 교복을 알아보며 "프리메라 학생 맞지? 교복이 예쁘구나."라고 칭찬해 준 운전기사 덕분에 아쉬움을 조금이나마 달랠 수 있었다. 루미는 "고맙습니다."라고 대답하며 곁눈질로 다윈을 살폈다. 겨울 교복을 입은 모습은 처음이니 다윈에게도 칭찬을 받고 싶었다. 그러나 다윈은 자기 쪽 차창 밖에 시선을 고정한 채 미동도 없었다.

도심을 지나고 나자 차가 빠르게 속력을 내기 시작했다. 이대로라면 얼마 안 가 집에 도착할 것이었다. 루미는 자신의 존재를 무시하는 다원을 더는 참을 수가 없어 입을 열었다.

"안 본 사이 넌 많이 변한 것 같아."

분명히 들었을 텐데 다원은 아무 반응이 없었다. 루미는 힘을 주어 다시 한 번 말했다.

"내가 알던 그 다원 영이 아니야."

한참 만에 다원이 입을 열었다.

"맞아, 아닐지도 몰라."

눈길은 여전히 차창 밖을 향한 채였다.

"무슨 뜻이야?"

"네 생각에 동의하는 거야. 루미 네 판단은 늘 적중률이 높으니까."

"아직도 나한테 화나 있구나."

"화나지 않았어."

"그런데 왜 갑자기 연락을 끊은 거야?"

"시간이 나지 않았어."

"말도 안 되는 소리 마. 넌 나한테 화가 나 있어. 이유를 말해 볼까? 아카이브 사건 때문이지? 내가 학교에서 문제가 된 것처럼 너도 그랬을 테니까. 그래서 나를 만나기가 싫어진 거야. 다원 영은 인생에서 아무 문제도 일으키고 싶지 않은 사람이니까."

뒤를 힐끗거리는 운전기사의 눈초리에 루미는 자기도 모르게 목소리가 격앙된 것을 깨달았다. 다원이 대답했다.

"난 루미 너한테 항상 감탄해. 네가 하는 추측은 언제나 정확하거든. 하지만 이번엔 틀렸어. 난 너한테 화도 나지 않았고, 또 인생에서 아무 문제도 일으키고 싶지 않은 사람도 아니야."

혼자만 감정을 분출한 게 억울하게 느껴질 만큼 단조로운 목소리였다. 루미는 평정심을 되찾고 물었다.

"그럼 어떤 사람인데?"

"새해쯤엔 알게 되겠지."

"새해쯤에?"

"그때가 되면 나에게 화가 나서 연락을 끊을 사람은 루미 너일 거야."

"결국은 나한테 책임을 떠넘기는 거구나. 해가 바뀌는 걸로 어물쩍 관계도 정리하는 게 다원 영의 거절 방식인가 보지? 그런데 굳이 새해까지 기다릴 필요는 없을 것 같아. 지금도 충분히 네가 어떤 사람인지 알겠으니까."

루미는 다원이 그러고 있는 것처럼 반대 차창 쪽으로 고개를 돌려 버렸다.

다원이 한 말은 모두 미로 속에서 들려오는 소리처럼 애매하고 다중적이어서 정확한 의미를 알 수 없었다. 그러나 그 혼돈 속에서도 한 가지 뜻만은 확실하게 파악할 수 있었다. 다원은 더 이상 '루미 헌터'와의 관계를 지속할 의지가 없다는 것.

루미는 더는 다원의 미로를 이해하는 데 시간을 허비하

지 않기로 했다. 다윈 영 같은 건 없어도 아무 상관 없었다. 이런 답답한 미로는 자신이 먼저 빠져나와 버릴 것이다. 그리고 늘 그래 왔듯 제이 헌터, 그 빛만 좇을 것이다. 벌써 어렴풋이 삼촌의 모습이 보이고 있었다.

프라임스쿨에서의 마지막

프라임스쿨 종업식을 앞두고 며칠 간 폭설이 이어졌다. 눈 속에 파묻힌 프라임스쿨은 오래전 수도원이었던 시절의 향수를 불러일으켰다. 흰 눈으로 고립된 땅을 힘겹게 걷는 학생들은 순백의 결정에서 이상향을 발견하려는 젊은 수도사들처럼 보였다. 어쩌면 자신들의 발밑을 붉은 포도주로 물들이고 싶어 하는 숨은 욕망까지 닮아 있을지도 몰랐다. 그러나 엄연히 길은 달랐다. 겨우내 한곳에서 그 욕망과 싸워야 했던 수도사들과 달리 프라임 보이들은 내일부터 시작될 자유로운 생활을 통해 자신에게 그런 욕망이 있었다는 사실조차 자연스럽게 잊어버리게 될 것이다. 땅에 쌓인 눈은 양심을 비추는 거울이 아닌 손으로 갖고 노는 장난감에 불과했다.

남은 짐을 정리하는 학생들로 기숙사는 정신이 없었다. 각 방에서 내놓은 침대 시트가 복도 벽을 따라 길다랗게 쌓이고, 주인 잃은 소지품들은 오가는 발길에 정처 없이 차였다. 책 꾸러미를 묶은 끈이 끊어지는 바람에 얼마 전까지 성서 취급받던 서적들이 계단을 나뒹굴기도 했다.

전날 밤에 이미 정리를 거의 끝내 놓은 다원은 잊은 것이 없는지 다시 한 번 책상을 살펴보았다. 1년간의 학업 과정이 고스란히 담겨 있던 책상은 주인을 알아볼 수 없게 깨끗이 비워졌다. 물건을 치우는 것만으로도 사람의 흔적을 지울 수 있다는 것이 간편하면서도 어쩐지 쓸쓸하게 느껴졌다.

다원은 책상 벽에 붙여 놓았던 각종 수식과 문법에 관련된 메모지들을 떼어 냄으로써 책상에 남아 있던 자신의 마지막 흔적을 지웠다. 내년에 이 방을 쓰게 될 후배에게 자신에 관한 것은 아무것도 전해지지 않았으면 싶었다. 이름조차 남아 있지 않길 바랐다. 외국어 동사 변화표를 걷는 순간, 무언가가 바닥으로 떨어졌다. 주워 보니 루미의 사진이었다. 다원은 다른 쓰레기들과 함께 버릴까 하다가 차마 그럴 순 없어서 그대로 코트 주머니에 집어넣었다.

서랍을 살펴보는데 고장으로 중간까지밖에 안 열리는 마지막 칸 서랍 바닥 안쪽에 뭔가가 납작하게 붙어 있는 게 느껴졌다. 깊숙이 손을 넣어 꺼내 보니 '오래된 것들' 행사 때 레오에게서 받은 놀이공원 입장권이었다. 그 순간이 레오와 처음으로 말을 주고받은 날이라는 게 생각나 다원은 잠시 입장권을 바라보다가 그것도 함께 코트 주머니에 넣었다. 처음부터 이미 유효기간이 2년이나 지나 있었고, 지금은 그로부터 5개월이 더 흘렀지만, 레오와의 추억이 담긴이 물건의 가치는 '오래된 것'답게 시간이 흐르면 흐를수록 더 높아질 것이다. 10년쯤 뒤, 다시 책상 서랍에서 우연히이 입장권을 발견한다면 그땐 어떤 생각을 하게 될까. 그땐어디서 뭘 하고 있을까. 지금과 몰라보게 달라져 있을까. 주변 사람들은 여전히 함께일까……. 너무 먼 곳까지 내달리는 생각에 다원은 그만 방을 나가는 게 좋을 것 같아 에단에게 악수로 인사를 전했다.

"1년간 고마웠어. 잘 지내."

"나야말로. 다원 넌 정말 좋은 룸메이트였어."

"토했던 건 빼고 말이지?"

에단이 웃으면서 맞잡은 손을 과도하게 흔들었다.

"그땐 우리 둘 다 너무 예민했지. 내년에도 같은 방으로배정받으면 좋을 텐데. 4층은 전망이 더 좋을 거야."

다원은 말 없이 미소로만 답한 뒤 먼저 방을 나왔다. 아쉽지만 기숙사 4층에서 바라보는 프라임스쿨 전망은 평생 알수 없을 것이다. 5층도, 6층도.

하늘에 옅은 눈발이 흩날리고 있었다. 독립적으로 세상을 떠돌던 눈송이들이 땅에 닿는 순간 무명의 공동 무덤으로 합쳐져 들어갔다. 눈송이가 묻힐 곳을 고르느라 머뭇거리면 어떨까. 꽃잎이 묘비를 세우고 싶어 하면 어떨까. 바람이 자신의 묘비명을 걱정하면 어떨까. 자연이 명예욕이 없다는 건 인간이 문명을 이룩하는 데에는 무척 다행이었다.

발끝이 얼얼해지고 있었지만 다윈은 프라임스쿨에서의 마지막이 될 산책을 멈추고 싶지 않았다. 자연에서 배우라는 위인들의 가르침은 헛된 게 아니었다. 귓가를 스치는 바람이 냉정해지라고 속삭인 뒤 다른 나라로 떠났다. 티끌 같은 눈은 떨어지는 것을 두려워 말라는 찰나의 유언을 남기고 부스러졌다. 잎과 열매를 다 잃고도 흔들림 없이 한자리를 지키고 서 있는 나무는 온몸으로 이 상실이 끝이 아니라고 위로해 주고 있었다. 다윈은 그들의 충고를 마음에 깊이 새겼다.

다윈은 지금은 일부러라도 '생각하는 일'을 하지 않으려고 애썼다. 할아버지, 아버지와 함께 자리할 그날이 오기까진 머릿속에서 대답을 기다리고 있는 많은 의문들을 이 눈속에 잠시 묻어 두고 싶었다. 물론 그래도 빛은 눈을 조금씩 녹이고 있었다. 루미의 발견을 통해 이미 진실의 한 모서리는 드러났다. 앨범 속에서 사라진 사진의 정체, 할아버지일 가능성이 높은 사진 속의 그 점 난 소년, 진실을 알게 된 아버지가 겪었을 괴로움, 어쩌면 단순한 부주의로 생긴 게 아닐 수도 있는 할아버지의 얼굴 흉터, 그리고 얼마 뒤 또 다른 진실을 알게 된 모두가 겪을 무한의 괴로움……. 다윈은 한번 생각하기 시작하면 자신의 존재를 휩쓸어 버릴 것 같은 그 모든 생각들을 당분간 불 꺼진 방에 밀어 넣고 문을 닫아 두기로 했다. 루미가 찾고 있는 테이프란 게 진짜 존재하는지는 모르지만, 존재한대도 버즈 아저씨는 프라임스쿨 다큐멘터리 방영이 끝난 크리스마스가 지나서야 찾아 줄 수 있을 것이다. 크리스마스까지는 아직 시간이 남아 있었다. 그때까지는 잠시 눈에 보이는 것만 보고 귀에 들리는 것만 들으며, 아무것도 추리하지 않고 의심하지 않는 시간을 갖고 싶었다. 어차피 이제 남은 일이란 모든 의문에 대해 아버지가 그저 고개를 끄덕이는 것뿐이니까.

다원은 마음속에 프라임스쿨의 마지막 모습을 새기듯이 교정을 한 바퀴 돌았다. 그사이 흩어져 내리던 눈이 완전히 멎고 햇살이 드러나기 시작했다. 종업식을 하기엔 더없이 좋은 날씨였다.

"오늘은 또 무슨 곤충을 찾고 있는 거야?"

서기숙사 근처를 지나는데 친근한 목소리가 말을 걸어 왔다.

"곤충은 무슨……. 오늘은 아냐. 이렇게 추운 날에 돌아다니는 곤충이 있다면 자연의 법칙에 위배되는 것 아니겠어?"

가까이 온 레오가 긴 입김을 내뿜으며 말했다.

"그렇긴 해, 자살할 게 아니라면. 그런데 다원, '자연의 법칙에 위배되는 것'이라는 말은 애초에 성립할 수 없는 것 같지 않아? 그 위배조차도 이 지구 위에서 일어나는 한 자연의 섭리인 거잖아."

"죽음이 삶의 일부라는 말처럼?"

"역시 말이 통한다니까. 그럼 곤충이 아니라면 뭘 보고 있었던 거야?"

다윈은 자신이 걸어온 곳을 뒤돌아본 뒤 대답했다.

"그냥…… 프라임스쿨."

"3년을 살고도 아직까지 볼 게 남았단 말이야?"

레오는 지겨운 표정을 짓더니 곧 앞장서 가며 말했다.

"좋아, 다윈 네가 아직 못 봤을 프라임스쿨을 보여 줄게."

다윈은 어디로 가는지도 모르는 채 잠자코 레오를 따라갔다.

레오는 눈에 안 띄는 샛길로 계속 걷더니 북쪽에 있는 교수들 숙소에서 걸음을 멈추었다. 암묵적으로 학생들의 출입과 접근이 제한되어 있는 곳이었다. 한 번도 와 본 적 없고 와 볼 생각도 하지 않아 통행 금지 구역이나 다름없었던 장소를 다윈은 흥미롭게 둘러보았다. 그때 레오가 담 중간에 난 쇠창살 문을 부여잡고 세차게 흔들었다. 철이 부딪치는 소리가 시끄럽게 울렸지만, 밖을 내다보는 교수는 없었다. 종업식 날이라 교수들도 진즉에 방을 비운 모양이었다.

레오는 열리지 않는 문을 아쉽다는 듯 가볍게 걷어차며 말했다.

"이 문이 내 비밀 통로였어. 갑자기 이 안에 갇혀 있는 게 못 견딜 지경이 되면 여기로 한 번씩 나갔다 오곤 했지. 아쉽게도 지난번에 발각된 후로 이젠 이렇게 폐쇄돼 버렸지만.

예전엔 슬쩍 밀기만 해도 바로 열렸거든. 교수들은 그래서 날 더 미워했나 봐. 나 때문에 자기들이 편하게 이용하던 문을 빼앗긴 셈이니까."

"용감하구나. 선생님들이 내다보는 뜰에서 선생님들이 다니는 문으로 학교를 나가다니."

"원래 가장 안심하고 있는 곳이 가장 허술한 법이잖아."

다원은 레오가 그랬던 것처럼 문을 앞뒤로 가볍게 흔든 뒤 물었다.

"내년엔 어떡할 생각이야? 이젠 갇혀 있는 게 못 견디겠는 순간이 와도 그대로 견딜 수밖에 없는 거야?"

"찾아보면 다른 곳에도 또 문이 있겠지. 천 명이 넘는 사람이 사는 곳에 완벽한 폐쇄라는 게 가능하겠어? 그리고 여긴 수도원 건물이었잖아. 몰래 빠져나가는 데 수도사들만큼 지능적인 부류도 없지. 분명 여기저기에 교묘한 비밀 통로를 만들어 놓았을걸. 신입생들 중에 그걸 찾을 만한 괜찮은 녀석이 있으면 좋겠는데."

"레오 네가 찾으면 되잖아."

레오는 어깨를 으쓱하더니 코트 안주머니에서 담배와 라이터를 꺼내 불을 붙였다. 다원은 놀라지 않았다. 프라임스쿨 학생이 흡연을, 그것도 학교 안에서 하는 것은 중징계를 받을 만한 일탈 행위지만, 절대 일어날 수 없는 일은 아니란 것을 이제는 알았다. 한 가지 벌이 있다는 건 이전에 수많은 죄가 있었다는 뜻이니까. 레오는 쇠창살 사이로 바같을 내다보며 담배 연기를 내뱉었다.

"지난번에 학교를 떠나겠다고 한 말은 빈말이 아니었어. 아마 오늘이 프라임스쿨에서 날 보는 마지막 날일 거야."

코트 주머니 속에 손을 넣고 있던 다원은 손끝에 걸리는 놀이공원 입장권을 느끼며 지난여름 서로의 '오래된 것'을 교환했던 자신과 레오가 겨울이 된 지금 약속이라도 한 듯이 똑같은 생각을 하고 있다는 것에, 운명의 글귀가 새겨진 거울을 반으로 갈라 나눠 가진 것 같은 기분이 들었다. 물론 그 반쪽짜리 거울을 들고 각자가 향하는 길은 다르겠지만.

다원은 레오 옆으로 다가가서 물었다.

"그럼 정말 학교를 그만두겠다는 거야?"

"학년말 고사 성적표가 결정하는 데 도움이 됐지. 특히 법학 과목이. 나름대로는 최선을 다했는데도 낙제 점수를 받은 걸 보면 난 프라임스쿨에선 더 이상 가망이 없는 거 같아."

"낙제를 했어?"

"응. 죄도 용서도 다 인간이 만들어 낸 것이니까 세상에 인간이 인간에게 용서받지 못할 죄는 없다고 썼는데, 교수님한텐 그 답이 영점짜리였나 봐."

다원은 변호하는 한쪽 입장을 포기했음에도 최고점을 받은 자신의 성적에 어쩐지 죄책감이 들었다.

"그런 표정 지을 것 없어. 오히려 미련을 갖지 않게 돼 좋으니까. 카메라를 들고 밖으로 나갈 생각을 하는 것만으로

도 얼마나 흥분이 되는데. 프라임스쿨에선 한 번도 못 느껴
본 감정이야."

다윈은 굳어진 얼굴을 애써 풀며 물었다.

"뭘 찍을 건지는 정했어?"

레오는 담배 연기가 날아가는 하늘보다 더 먼 곳을 바라
보며 대답했다.

"여기서는 볼 수 없는 것들."

다윈은 레오의 눈빛이 이미 프라임스쿨을 떠나 있는 것
을 느꼈다. 자신의 결심을 돌려 놓을 수 없듯이 레오의 결
심도 되돌릴 수 없을 것이다. 다윈은 식상하지만 진심을 다
해 "너라면 버즈 아저씨처럼 훌륭한 작품을 만들 수 있을 거
야."라고 응원했다. 레오가 바깥을 둘러보던 시선을 돌리며
물었다.

"다윈, 내가 프라임스쿨을 떠나도 우린 계속 친구인 거
지?"

다윈은 그대로 질문을 돌려주었다.

"레오 넌? 내가 프라임스쿨을 떠나도 계속 나를 만나 줄 거
야?"

레오는 주저하지 않고 대답했다.

"물론이지. 프라임 보이가 아닌 다윈 영이라니, 난 훨씬
더 좋은걸."

레오는 그러면서 자신이 피우다 만 담배를 건넸다. 마치
'프라임 보이가 아닌 다윈 영'을 지금 바로 자기 눈앞에서

보여 달라는 듯이. 다원은 레오에게서 담배를 건네받고 연기를 한 모금 빨아들였다. 아버지도 한번 피우는 것을 본 적 없는 담배를 자신이 피운다는 것에 죄책감이 들었지만, 목으로 들어오는 매캐한 향이 그런 감정을 금방 밀어내 버렸다. 레오는 "하지만 뭐, 네가 프라임스쿨을 떠나는 일은 절대 일어나지 않겠지."라고 말하며 남은 담배꽁초를 받아 담장 너머로 집어 던졌다. 다원은 아무 말도 하지 않았다.

눈을 한 움큼 집어 손을 씻은 레오가 먼저 발걸음을 옮기며 말했다.

"이제 그만 가자. 마지막 종업식이니까 오늘은 지각하지 말아야지."

종업식이 치러지는 대강당은 인파와 소음으로 북적였다. 학년말 고사의 치열했던 열기가 이제는 집에 갈 즐거운 흥분으로 바뀌어 있었다. 학생들은 기숙사별, 학년별로 지정된 좌석을 찾아 앉았다.

각자의 자리로 헤어지기 전, 레오가 말했다.

"다원, 전화할게. 방학 동안 한번 만나자. 내가 뭘 찍었는지 보여 줄게."

다원은 레오의 손을 잡았지만 뒤에서 연이어 들어오는 사람들 때문에 체온을 느낄 새도 없이 금방 헤어져야 했다.

학생회 멤버들이 분주하면서도 경건하게 행사 준비를 하고 있었다. 다원은 중간 열 정도에 있는 자기 좌석에 앉았다. 학년말 고사 때와 다르게 잠시 주변을 둘러볼 여유가 있었다. 구세주의 상은 오래전에 떼어졌지만, 대강당은 여전히 수도원에 소속된 예배당 모습을 하고 있었다. 창에는 스테인드글라스로 성모의 행적이 새겨져 있고, 천장엔 창조주의 뜻으로 이루어진 세계가 그려져 있었다. 죄를 지은 사람은 견디기 어려운 곳일 것이다. 다윈은 자기도 모르게 고개를 숙이고 두 손을 마주 잡았다.

곧 식이 시작되었다. 모두 자리에서 일어나 "진리를 찾아 떠나는 여행자는 외롭지 않으니⋯⋯."로 시작되는 프라임스쿨의 문장을 낭독한 뒤 이어서 학생회 멤버의 피아노 반주에 맞춰 교가를 부르고 다시 자리에 앉았다. 엄숙한 목소리로 훈화를 시작한 교장 선생님은 프라임스쿨을 떠나 있는 겨울 동안 누가 진정한 프라임스쿨 학생이고 누가 거짓 프라임스쿨 학생인지가 판가름 날 것이라고 했다. 방학 기간 동안 품행에 더욱 신경을 써야 한다는 뜻이었다.

교장이 모두 뜻깊은 휴식 시간을 가지길 바란다는 인사로 훈화를 끝내는 순간, 다윈은 일부러 지금까지 외면하고 있었던 연단의 귀빈석 자리를 향해 슬쩍 눈길을 돌렸다. 이제 아버지 차례였다. 다윈은 맞잡은 두 손을 더 세게 움켜쥐었다.

집으로 가는 길

니스는 교장과 악수를 나눈 뒤 연단 중앙으로 걸어 나왔다. 천이백 명에 달하는 학생들이 대강당 안에 빼곡히 앉아 있었다. 조금이라도 긴장이 누그러질까 싶어 애써 침을 삼켰지만 입안이 말라 더 경직되는 느낌만 들었다. 이상하게도 국회의원들이나 기자들 앞에 설 때보다도 오늘처럼 학생들, 특히 프라임 보이들 앞에 설 때 가장 몸이 뻣뻣하게 굳었다. 아마도 기자들은 작은 흠결이라도 찾기 위해 늘 눈을 번뜩이지만, 순수한 이 아이들은 프라임스쿨 위원장이라는 직함 하나만으로 자신을 전인全人의 표상인 양 우러러보기 때문일 것이다. 아이들과 시선을 마주치는 게 힘겨웠다. 때로는 결점이 드러나는 것보다 결점 없는 인간으로 숭상받는 것이 훨씬 더 괴로운 일이었다.

니스는 오늘따라 자신이 더 자아비판적이 돼 가고 있음을 깨달았다. 이유도 어느 정도는 알고 있었다. 이 공간 안에 퍼져 있는 숨 막히는 신성함 때문이었다. 이곳에서 입학식이나 졸업식 축사를 해야 할 때는 늘 이렇게 기분이 가라앉곤 했다. 성화가 그려진 천장 아래 앉아 있는 아이들은 한 명 한 명이 세상의 진실을 밝힐 사명을 부여받은 천상의 배심원들 같았다.

일부러 찾은 건 아닌데 학생들 중 다원의 얼굴이 가장 도드라지게 눈에 띄었다. 어딘가 모르게 얼굴 한쪽에 그늘이 드리워져 있었다. 아무래도 추운 날씨와 대강당의 부족한 조명이 아들에게는 어울리지 않는 그런 그늘을 만들고 있는 것 같았다. 그래도 다원의 갈색 눈동자만은 이 많은 아이들 중에서 가장 밝고 선명하게 빛나고 있었다. 니스는 잔뜩 위축됐던 마음이 조금은 편안해지는 느낌이 들었다. 아들의 존재는 이 외로운 심판대 위에서 유일한 위안이었다. 물론 '진짜' 심판대가 아니기에 그런 것이겠지만.

니스는 끈으로 말아 온 축사 종이를 펼쳤다. 며칠 동안 퇴근하는 차 안에서 쓰고 지우기를 반복하며 고민한 것이었다. 이런 일은 비서진에게 맡기는 것이 관행이지만, 프라임스쿨 위원장을 맡게 된 후 늘 직접 축사를 썼다. 현장에서 건네받은 대필 축사를 읽어 내려가기만 하는 것은 프라임스쿨 학생들이 학업에 들이는 진정성과 노력을 배반하는 것이라는 생각에서였다. 아이들을 속이고 싶지 않았다. 자신이 학생이라면 남이 대신 써 준 글을 읽기만 하는 어른은 단번에 알아챌 수 있을 것이다. 그리고 그 정도의 진심도 없는 사람의 이야기는 절대 귀 기울여 듣지 않을 것이다. 니스는 프라이스쿨 모든 아이들의 앞날에 조그마한 등이라도 되길 바라는 마음으로 글을 썼다. 그런데 써 놓고 보니 아들을 위한 헌사 같았다.

"제가 여러분 나이였을 때를 떠올려 보면, 저는 늘 창밖을 내다보면서 내일이 오길 기다리는, 조급하게 어른이 되길 바라던 아이였던 것 같습니다. 저는 당시 제가 인생에서 가장 오르기 힘든 산등성이를 넘고 있는 것이라 생각했습니다. 매일같이 마음속으로 '여기만 지나면, 여기만 지나면'이라고 되뇌었습니다. 산 정상에 오르기만 하면 지금 겪고 있는 고통을 모두 보상받을 거라 믿으면서 말이죠. 그러나 드디어 어른이 된 제가 여러분에게 나눠 줄 지혜가 한 가지 있다면, 인생에 과도기란 결코 없다는 것입니다. 지금 여러분은 내일로 가기 위한 경유지에 있는 것이 아닙니다. 우리들의 머리를 밝히고 있는 이 등과 제가 들려주는 이야기, 그리고 그것에 귀 기울이고 있는 여러분은 지금 이 순간을 위해 존재하는 것입니다. 현재는 늘 그 자체로 완성되어 있고, 그 완전함을 받아들이는 순간, 인생은 새로운 길을 열어 줄 것입니다.

정상이 아닌 산등성이는 그대로 완전합니다. 만개하지 않은 꽃은 그대로 완전합니다. 날개를 접고 쉬고 있는 새는 그대로 완전합니다. 여러분이 남몰래 알 수 없는 불안과 시련을 겪고 있다 해도 역시 그대로 완전합니다. 우리의 삶 가운데 내일을 위해 희생해야 할 것은 아무것도 없습니다. 매 순간, 여러분은 더 이상 아무것도 필요하지 않게 완성되어 있습니다. 오늘을 놓치지 않길 바랍니다."

학생들의 갈채 세례를 받는 동안 니스는 과연 자신이 열여섯이었을 때 지금과 똑같은 연설을 들었대도 이처럼 순진한 얼굴로 박수를 칠 수 있었을까 하는 회의가 몰려왔다. 남몰래 알 수 없는 불안과 시련을 겪고 있다 해도 역시 그대로 완전하다고? 오늘을 놓치지 말라고? 눈물과 번뇌로 휩싸였던 그 나날들이 정말 다시 겪어도 좋을 만큼 가치가 있다고 생각하는 거야? 시간과 정성을 들여 쓴 글임에도 자신은 조금도 믿지 않는 거짓말만 잔뜩 늘어놓은 사기꾼이 된 것 같았다. 그러나 악수를 청하러 올라온 학생회 임원들을 한 명 한 명 환영해 주면서 니스는 마음을 바꾸었다.

아니, 나는 더 이상 열여섯 살이 아니야. 오래전부터 아니었지. 더는 내가 하는 모든 말과 행동을 열여섯 니스 영이 감시하고 있는 것처럼 겁먹지 않아도 돼. 나는 사람을 죽였지만 세상 앞에선 양심적인 시민의 본보기가 될 거고, 나는 사람을 죽였지만 이 아이들에겐 사소한 거짓말도 나쁘다고 가르칠 거고, 나는 살인자이지만 내 아들에겐 풀 한 포기도 함부로 해하지 않게 할 거야.

니스는 귓가에서 끈덕지게 울리는 목소리를 몰아내기 위

해 최선을 다해 미소 지었다.

교장을 비롯한 위원회 위원들, 교수들, 친분이 있는 학부모 대표들과 인사를 주고받느라 시간이 계속 지체되고 있었다. 보좌관은 끊임없이 새로운 사람을 이끌고 와서 악수를 시켰다. 니스는 손목시계를 힐끔거리며 "이제 그만 가지. 다윈이 너무 오래 기다리고 있어."라고 속삭였다. 보좌관은 그때마다 역시 귓속말로 "마지막이에요. 이분과는 꼭 인사를 하셔야 해요."라고 속삭이며 은근히 등을 떠밀었다. 그런 식으로 마지막에 마지막이 더해져 결국엔 종업식에 찾아온 방문객들 모두와 악수를 주고받은 것 같았다.

일정을 마친 뒤 니스는 서둘러 밖으로 나왔다. 그사이 학교 정문 앞을 빈틈없이 점령하고 있던 차량들이 모두 빠져나가고 자신의 차만 남아 있었다. 다윈이 차에 타지 않고 주위를 서성이고 있는 게 보였다.

니스는 다윈을 부르며 뛰어갔다.

"추운데 왜 밖에 나와 있니?"

"답답해서요. 이제 다 끝나신 거예요?"

"너무 늦었지? 금방 끝내려고 했는데 인사를 하자는 사람들이 어디선가 계속 나오는 바람에……."

뒤이어 걸어온 보좌관을 향해 들으라는 듯 말하자, 그는 자신의 책무를 다했을 뿐이라는 듯 능청스럽게 어깨를 으쓱했다.

다윈이 말했다.

"인사할 사람이 많다는 건 좋은 일이잖아요."

아들의 선한 마음에 니스는 단번에 피로가 풀리는 것 같았다.

"역시 우리 아들이 나보다 훨씬 낫구나. 나는 이 친구에게 내내 그만 가자고 툴툴거렸는데. 그래, 다윈 너도 친구들과 인사 많이 나눴니?"

다윈은 고개를 끄덕이며 "이제 작별이라고 생각하니 친하지 않은 애들한테까지 다 인사를 하고 싶었어요."라고 말했다. 니스는 그리 길지 않은 겨울방학을 작별이라고 표현하는 아이 특유의 섬세함에 애틋한 마음이 들었다.

"작별은 무슨. 봄이 되면 그대로 다시 만날 친구들인데."

보좌관이 차 문을 열자 다윈이 "진입로 입구까지만 걸어가실래요?"라고 제안했다. 니스는 지난번 차 안에서의 대화를 계기로 다윈이 다시 마음을 열어 준 게 더없이 기뻐 흔쾌히 동의했다. 보좌관에게 차를 가지고 먼저 가 있으라고 하니 그는 다음 일정을 상기시키며 "15분 이상 지체하시면 안 됩니다."라고 말했다. 니스는 아들과 산책을 하는 것마저 일일이 시간을 정해 놓고 허락받아야 하는 처지가 우스워 이렇게 늦어진 게 누구 책임인지를 물으려고 했다. 그러다 곧 상사를 위해 책임감 있게 일하는 친구에게 괜한 핀잔을 주고 싶지 않고, 또 그런 일로 다윈과 함께할 일분일초를 낭비하고 싶지 않아 알겠다고 대답했다.

보좌관이 차를 타고 떠나자 프라임스쿨 교문에서부터 도

로로 나가기까지의 긴 가로수 길엔 오직 자신과 다윈 단둘 뿐이었다. 길 양옆으로 치워져 높게 쌓여 있는 눈 더미가 꼭 어린아이들이 놀다가 만들어 놓고 간 요새 같았다.

다윈이 말했다.

"이 길을 걸어 본 적은 별로 없는 것 같아요."

"그러고 보니 나는 이게 처음이구나. 늘 차로만 다녔으 니."

"이상하지 않아요? 3년을 지낸 기숙사인데 아직도 낯선 곳이 있다니. 오늘 아침엔 레오가 어떤 길을 알려 주었는데, 전 그곳도 처음 가 보는 곳이었어요."

몇 주간 프라임스쿨을 떠나 있을 생각을 하니 괜히 더 감 상적이 되는 모양이었다. 니스는 방학 동안만이라도 다윈 이 학교와 학업을 잠시 잊고 집에서 편히 쉬길 바라는 마음 으로 대꾸했다.

"이상하면서도 흔히 일어나는 일이지. 우리가 사는 집 도 그렇잖니? 난 뒤뜰로 나가 본 지가 언젠지 기억도 안 나 는구나. 정원사가 없었으면 온 정원이 밀림처럼 무성해졌 을 거야……. 그런데 레오는 어떻게 그런 길을 알고 있는 거 지? 내년에도 무슨 말썽을 피울 계획이라니?"

"전혀요. 그냥 같이 산책을 하던 중에 제가 모르는 길 하 나를 알려 준 것뿐이에요. 레오는 말썽이나 피울 생각을 하 는 그런 애가 아니에요. 직접 이야기를 나눠 보시면 생각 이 너무 깊어서 아마 깜짝 놀라실걸요. 축구 실력보다 훨씬

요."

"네가 그렇게 인정하는 친구가 있다니 기쁘긴 하다만, 가까이 지낸다고 해서 그 사람을 가장 잘 아는 건 아니란다. 프라임스쿨에 네가 한 번도 가 보지 않은 길이 있고, 우리 집에 내가 오랫동안 들여다보지 않은 뜰이 있는 것처럼."

"가장 가까이 지내는 사람 안에도 알 수 없는 길이 나 있을 수 있다는 말씀이세요?"

"비유하자면."

"그런데 저에게 가장 가까운 사람은 아버지인걸요? 그럼 아버지 안에도 제가 모르는 길이 나 있나요?"

니스는 잠시 걸음을 멈추었다가 "물론이지."라고 말하며 다시 발을 내디뎠다.

"다윈 네가 모르는 길과 나조차도 모르는 길이 있지."

"자기 자신조차도 모르는 길이라니…… 그건 좀 무섭지 않나요?"

"원래 인간은 무서운 존재지. 전부 파악되지도 않고 완전히 제어되지도 않는……."

"그럼 인간은 뭘 믿으며 살 수 있는 거죠? 자기 자신조차도 파악할 수 없고 제어할 수 없다면?"

니스는 다윈의 질문을 자기 자신에게로 돌렸다. 나는 뭘 믿으면서 지금까지 살아왔던 걸까? 나 자신조차도 파악하지 못하고 제어하지 못하면서……. 그러나 세상 모든 것이 불확실하고 이중적이고 느닷없이 돌변한대도 흔들림 없이 언제나 같은 자리를 지키고 있는 불멸의 나무 한 그루가 있었다. 쉴 수 있는 그늘을 만들어 주고, 먹을 수 있는 열매를 맺어 주고, 이파리를 부딪쳐 자장가를 연주해 주는.

니스는 싸늘한 바람을 막아 주는 따뜻한 보호막을 느끼며 다윈에게 말했다.

"사랑……. 사랑은 믿어도 된단다. 내 어머니가 나에게 주신 사랑, 엄마가 너에게 주고 간 사랑, 내가 다윈 너에게 주고 싶은 사랑. 거기엔 어떤 의심과 불안도 없지. 아마 너도 나중에 부모가 되면 네 자식에게 그런 사랑을 주게 될 거야."

니스는 들여다본 적 없는 자기 마음 깊은 곳에 그런 생각이 씨앗처럼 심어져 있었다는 것에 스스로도 낯선 기분이 들었다.

"그러고 보면 재미있구나. 마음속에 알 수 없는 길을 품고 사는 무서운 인간도 결국엔 사랑으로 진화한 것이라니."

다윈이 빠뜨린 게 있다는 듯 말했다.

"할아버지가 들으시면 서운하시겠어요."

니스는 말없이 어깨만 으쓱했다. 아버지를 의도적으로 제외시킨 것인지, 아니면 단순한 누락이었는지 자신도 알 수가 없었다. 아무 말도 않고 있으니 다윈이 덧붙였다.

"할아버지도 아버지를 정말 사랑하세요. 아버지가 절 사랑하시는 것처럼."

니스는 중요하지 않다는 듯 "그러시겠지."라고만 했다.

아버지 얘기만 나오면 본능적으로 퉁명스럽게 구는 자신이 다원보다도 어리게 느껴졌다. 사랑으로 이루어진 그 씨앗 한구석엔 아버지에 대한 사랑 역시 분명 자리 잡고 있다는 것을 스스로가 가장 잘 알면서.

그때 다원이 뜻밖의 제안을 했다.

"이번 크리스마스엔 저희가 찾아가는 대신 할아버지를 초대하는 게 어때요? 이번엔 우리 집에서 보냈으면 좋겠어요."

"안 될 건 없다만 왜, 무슨 특별한 이유라도 있니?"

"할아버지랑 함께 우리 집에서 지내 본 적이 별로 없잖아요. 이사라도 간다면 앞으로는 아예 기회가 없어질 테고."

"그래, 우리 집으로 초대하자꾸나. 그런데 이사라니, 나는 이사 갈 계획이 전혀 없는데. 왜, 이사 가고 싶니?"

다원은 고개를 저으며 "할 수만 있다면 지금 집에서 계속 살고 싶어요."라고 대답했다.

니스는 웃으며 다원의 어깨에 손을 올렸다.

"그건 걱정 마라. 나는 은퇴를 해서도 계속 지금 집을 지킬 생각이니까. 우리의 추억이 가장 많은 집이잖니. 앞으로도 계속 추억이 쌓일 테고."

얼마를 더 걸으니 어느새 길 끝에 다다랐다. 보좌관이 기다렸다는 듯 차에서 내려 뒷문을 열었다. 니스는 길이 조금만 더 길었다면, 아니 애초에 귀찮은 사람들에게 감시당하는 이런 일을 하지 않았다면 좋았을 텐데 하는 생각을 하며 자신이 걸어온 길을 뒤돌아보았다. 눈으로 뒤덮인 프라임스쿨이 아무도 없는 벌판 위에 고독한 성처럼 우뚝 서 있었다.

호두나무 거리의 성탄절

        눈이 부시게 화려한 외관으로 쇼핑
객들을 유인하는 2, 3지구와 달리 1지구의 크리스마스 풍
경은 소박하고 경건했다. 제과점에서 파는 케이크는 장식
없이 수수한 흰색 크림으로만 마감된 것이었고, 거리에는
시끌벅적한 파티 음악 대신 잔잔한 오르간 연주가 흘렀다.
가족끼리도 값비싼 선물 대신 손으로 정성 들여 쓴 카드를
교환하는 것이 훌륭한 풍습으로 여겨졌다.

  아들이 보내온 차량 뒷좌석에 느긋한 자세로 앉아 있던
러너는 차가 호두나무 거리에 들어서자 "여긴 바뀐 게 하나
도 없군." 하고 말했다. 길이며 집이 예전에 왔을 때 그대로
인 것을 보고 무심코 중얼거린 혼잣말이었다. 그런데 그 말
을 어떻게 들었는지 운전기사가 "바꾸어야 할 나쁜 점이 없

으니까요."라고 거들었다. 이유를 듣길 기대한 건 아니었지만, 러너는 기사의 대답이 마음에 들었다. 그렇지, 나쁜 점도 없는데 구태여 바꿀 이유가 없지.

집집마다 문 앞에 기도하는 성모나 구유 속 아기 예수 같은 소박한 장식품들을 꾸며 놓고 손님을 맞이하고 있었다. 엄격하면서도 따스한 분위기가 느껴지는 호두나무 거리 집들을 보니 흐뭇한 미소가 절로 나왔다.

며칠 전, 아들에게서 "이번엔 저희 집에서 크리스마스를 보내야겠어요."라는 전화를 받았을 때는 아들한테 또다시 이유 없는 무시와 거절을 당한 것 같아 기분이 좋지 않았다. 초대 의사가 들어 있긴 했지만 형식적으로 곁들인 것일 뿐, 실은 '이제부터 크리스마스는 각자의 집에서 보내기로 하죠.'라는 본심을 숨기고 있는 것 같았다. 그러다 "다윈 생각이에요. 아버지가 저희 집에 오신 지 오래됐다고 그렇게 하자네요."라는 설명을 듣고 바로 마음이 풀렸다. 전화를 끊고 나서는 니스에게 미안한 마음도 들었다. 아들이 자신을 오해하고 있는 것 못지않게 자신도 아들을 오해하고 있는 모양이었다.

"저기 차관님이 마중 나와 계시네요."

기사의 말을 듣고 창밖을 내다보니 정말 저 멀리 니스와 다윈이 함께 문 앞에 서 있는 게 보였다. 이윽고 차가 멈추어 서자 니스가 손수 문을 열어 주었다. 다윈은 다가와 다정하게 포옹을 했다. 니스가 운전기사에게 "휴일에 미안해

요."라고 말하자, 운전기사는 "별말씀을요." 하며 손을 내
저었다.

"행복한 가족이네요. 보고만 있어도 크리스마스 선물을
받은 것 같아요."

러너는 운전기사에게 좋은 인상을 남긴 것이 흡족했다.
큰일을 할 사람은 모름지기 주변의 사소한 사람들에게 먼
저 인정을 받아야 하는 법이었다. 가장 중요한 순간에 수행
비서나 운전기사, 가사 도우미의 폭로로 평판이 땅에 떨어
진 정치인이 어디 한둘이었던가. 러너는 기사에게 크리스
마스를 잘 보내라는 인사를 한 뒤, 아들과 손자를 거느리고
집으로 들어갔다.

안에 들어서자 벤이 수상한 사람을 본 것처럼 시끄럽게
짖어 댔다. 마리가 미안한 얼굴로 "벤!" 하고 주의를 주었지
만, 러너는 그다지 불쾌하지는 않았다. 다윈이 프라임스쿨
에 입학하던 해에 이웃들과 축하 파티를 했던 걸 마지막으
로 이 집에 온 적이 없으니, 벤의 경계는 당연한 것이었다.
물론 그런 삼엄한 경계가 애초에 이 호두나무 거리에 필요
하겠느냐마는.

이웃들의 부러움을 샀던 그날, 훌륭한 손자를 둔 조부의
위신을 지키며 파티 내내 자부심 어린 태도로 일관했지만
속으로는 걱정이 전혀 없던 게 아니었다. 아직 어린 다윈이
부모의 품을 떠나 기숙사에서 혼자 지낼 수 있을지, 지나치
게 엄격한 규율이 아이를 외려 망가뜨리는 건 아닐지, 자칫

자만심에 가득 찬 수재들 사이에서 길을 잃지는 않을지, 근심의 근원이 훌륭한 만큼 그 깊이도 대단했다. 그러나 3년이 흐른 지금, 그때의 걱정은 나이 든 사람의 기우에 지나지 않았다는 것이 분명해졌다. 다윈은 수재 중의 수재였고, 프라임스쿨의 엄격한 규칙은 무정한 칼날이 아닌 조각가의 세심한 손길로 다윈의 내면과 외면을 다듬어 주었다. 주어진 과업을 해낸 것만으로도 충분히 훌륭한데, 다윈이 프라임스쿨을 소개하는 다큐멘터리의 해설자로 발탁됐다는 얘기를 들었을 때는 손자가 가진 재능에 혀를 내두르지 않을 수 없었다. 다윈이야말로 영 가문의 이상향이었다.

그 기쁜 소식을 이웃 친구들에게 전하자 그들은 니스가 프라임스쿨 위원장이라는 사실을 거론하며 선발 과정에 아버지의 입김이 작용했을지도 모른다는 얘기를 진지한 농담처럼 주고받았다. 러너는 처음엔 불쾌했지만 곧 다른 사람들 눈엔 충분히 그렇게 보일 여지가 있음을 수긍했다. 자신이 그런 결정권을 가진 자리에 있었어도 당연히 아들을 최우선으로 염두에 두었을 테니. 그리고 만약 그것이 사실이라 해도 부끄러워할 일이기는커녕 오히려 아들을 칭찬해 주어야 할 일이라고 생각했다. 니스가 다윈을 위해 제 평소 성향에 위배되는 결정을 내렸다는 사실은 다윈에 한해선 니스도 얼마든지 이기적이고 권력적이 될 수 있다는 것을 뜻하기 때문이었다. 그것은 결코 비난받을 일이 아니었다. 자식에게 가장 좋은 것을 주고 싶어 하는 것은 모든 부모의 본능이다. 그 본능이 없었다면 인류는 오늘날처럼 풍요롭지 못했을 것이다.

러너는 시간을 확인한 뒤 다윈에게 말했다.

"드디어 다섯 시간 후면 다윈 네 목소리를 텔레비전에서 듣게 되겠구나."

다윈은 대답 대신 가벼운 웃음만 짓더니 금방 다른 생각에 몰두하듯 시선을 돌렸다. 어쩐 일인지 이 중요한 일에 별 관심이 없는 것 같았다. 해설을 해 본 경험이라든지, 방송을 통해 자신의 목소리를 듣는 기분이 어떨지에 대해 조금 더 이야기를 나누고 싶었던 러너는 의아해서 물었다.

"기대하는 얼굴이 아니구나. 긴장돼서 그러니?"

"……그냥 어서 오늘이 지나갔으면 좋겠어요."

평상시와 달리 밝은 기운이 느껴지지 않는 다윈의 대답에 러너는 더 의아했다.

"대단한 일을 해낸 사람치고는 너무 소극적인 자세구나. 시간이 흘러가기를 바랄 게 아니라 이 시간을 즐겨야지."

"처음부터 잘못 결정한 일 같아요. 아버지가 하지 말라고 했을 때 안 했어야 했던 건데……. 제가 너무 경솔했어요."

러너는 깜짝 놀라서 물었다.

"그게 무슨 소리냐? 니스가 하지 말라고 했다니."

러너는 믿을 수가 없어 니스에게 "네가 정말 그랬냐?"라고 물었다. 니스는 그 질문엔 대답을 않고 도리어 다윈에게 물었다.

"왜 잘못 결정했다고 생각하니? 보고받기로는 아주 잘했다고 하던데. 녹음을 하고 와서 너도 별 어려움 없이 끝냈다고 하지 않았니? 혹시 지난번에 전화했을 때 말하지 않은 다른 일이 있었던 거야?"

다원이 고개를 저으며 대답했다.

"아뇨, 그냥……. 오늘은 가족끼리 보내는 날이어야 하는데 상관없는 일이 끼어든 것 같아서요."

"상관없긴, 프라임스쿨 일인 데다 다원 네가 출연하기까지 하는데. 처음에 내가 반대했던 건 괜한 구설에 오를까 봐 걱정돼서 그랬던 거지 다른 뜻은 없었단다. 지금은 네 결정이 전적으로 옳았다고 생각해. 시간이 안 나서 최종 편집본을 심의한 날에 직접 못 가 보고 나중에 결재 사인만 했는데, 위원회에서는 평가가 아주 좋더라. 어떤 작품일지 기대가 커."

부자간의 대화를 잠자코 듣고 있던 러너는 기가 차서 말했다.

"농담이지만 내 친구들은 네가 뒤에서 힘을 쓴 거라고 수군거리던데, 그치들에게 이 사실을 말해 줘도 믿을지나 모르겠다. 아비가 돼서 도와주지는 못할망정 아들의 앞길을 방해하다니. 그건 그것대로 권력 남용이로구나."

그제야 니스가 관심을 이쪽으로 돌리며 말했다.

"사람들 입에 오르내리는 게 얼마나 골치 아픈 일인지 잘 아니까요."

"명성을 얻는 과정에 구설은 당연히 따라오는 거다. 높은 자리에 오르려면 그것도 영광으로 받아들일 줄 알아야지. 사람들이 무서울 게 뭐냐. 결국엔 힘을 가진 자 앞에 다 굴복하게 돼 있어. 뒤에서 떠들어 대는 것쯤이야 없는 사람들의 소일거리려니 하고 가뿐하게 넘겨 버리면 그만이지. 그게 권력자의 여유고 미덕인 거야."

니스가 미소를 지으며 말했다.

"아버진 정말로 강인한 분이세요."

"비꼬는 말이라면 오늘은 참아 주려무나. 오랜만에 여기까지 와서 크리스마스를 망치고 싶진 않으니."

러너는 큰불로 번질지 모를 불씨를 보고 미리 진압에 나섰는데, 걱정과 달리 아들의 얼굴에 평소와 같은 조소의 흔적은 전혀 없었다. 오히려 눈에선 자기 성찰적인 빛이 느껴지고 말하는 투도 한결 부드러웠다.

"아니에요, 진심으로 드리는 말씀이에요. 아버지의 그 강인한 면을 제가 조금이라도 닮았다면, 저도 이런 겁쟁이로 살진 않았을 거예요."

러너는 눈살을 찌푸렸다. 아들이 제 아비를 직접적으로 능멸하는 것보다 아들이 아비 앞에서 저 스스로를 비하하는 게 자신에겐 더 큰 모욕이었다. 아들은 자신이 이 세계에서 생산해 낸 가장 '최선'의 존재였다. 그 존재가 칼로 제 가슴을 찌른다면 그 칼날의 끝은 결국 아버지인 자신에게로 향할 수밖에 없는 법이었다. 러너는 힘을 주어 말했다.

"겁쟁이라니, 네 어디가 겁쟁이라는 거냐. 넌 나보다 훨씬 강인한 사람이야. 그러니 나는 꿈도 못 꿀 영예로운 것들을 이렇게 많이 이뤄 냈지. 우리 가문의 다른 훌륭한 선조들과 겨뤄도 네가 으뜸일 거다. 후손이 더 강해지는 건 진화의 법칙이기도 하지 않냐."

"하지만 저에게 늘 어머니를 닮아서 유약하다고 하셨잖아요."

"별걸 다 기억하는구나. 그런데 내가 그 유약한 여인에게 매번 졌던 건 기억나지 않는가 보구나. 난 목소리만 컸지 실질적인 힘은 모두 네 어머니에게 있었어. 단 한 번도 이겨 본 적이 없었지."

니스가 그리운 눈빛을 하며 웃었다.

"맞아요, 아버지가 반대를 하셨어도 결국엔 모두 어머니 뜻대로 되곤 했죠. 가족사진을 어디에 걸지 같은 사소한 일에서부터 아버지 사업까지. 사업을 접고 외국에서 들어오신 것도 어머니 충고 때문이었죠?"

아내를 생각하자 러너는 따듯한 불빛에 감싸인 것처럼 훈훈한 기분이 들었다. 아내는 아들과의 관계에서 늘 다리가 돼 주었다. 제 아비에게는 퉁명스럽게 구는 아들이지만 어머니의 말이라면 한 번도 거역한 적이 없으니.

"그래, 더 이상 사업에 정신을 뺏겨서 가족을 소홀히 하면 널 데리고 날 떠날 거라고 위협했지. 바로 그 점이란다. 네가 그런 성격을 그대로 물려받았지. 그러니 농담으로라도 겁쟁이라는 말은 하지 말거라. 네 어머니가 슬퍼할 테니."

니스가 추억에 잠긴 듯 허공을 응시하며 말했다.

"그럽네요. 오늘 어머니도 함께 계셨으면 좋았을 텐데."

"있지 않냐. 네 피 속에, 다윈의 피 속에. 우리 영 가문이 멸망하지 않는 한 네 어머니는 영원히 이 세상에 있는 거다."

"아버지가 그런 감상적인 말씀을 하실 수 있는 분인 줄 몰랐는데요."

"내 안엔 네가 알지 못하는 면이 아직 많이 숨겨져 있단다."

니스가 아이처럼 호기심 어린 눈동자로 말했다.

"신기하네요. 며칠 전에도 다윈과 그런 얘기를 주고받았는데, 오늘 아버지도 같은 말씀을 하시다니. 안 그러니, 다윈?"

유예의 시간

벽난로 안에서 장작이 재가 되고 있
었다. 아무 무게도 없는 무형의 불꽃에 단단한 형체를 가진
나무가 속절없이 허물어졌다. 다윈은 무언가를 암시하는
듯한 그 광경에서 눈을 뗄 수가 없었다. 그러나 마음 깊은 곳
에선 실은 그것이 암시가 아니라 상징임을 잘 알고 있었다.
드디어 오늘이다. 자신의 입에서 나오는 언어는 저 불꽃처
럼 타올라 아버지라는 나무를 허물고 땅속에 박힌 할아버
지의 뿌리로까지 번질 것이다. 그렇게 한 그루의 나무가 모
두 타고 나면 서로가 서로에게 숨기고 있는 비밀의 결정체
가 까만 재 속에서 드러날 것이다.

불꽃 열기에 다윈은 얼굴이 붉어지는 느낌이 들었다. 목
도 메어 왔다. 눈시울이 뜨거워지는 건 어쩌면 불꽃 때문이

아닐지도 모르지만……. 한참을 그렇게 있는데 귓가에서 "다윈?" 하고 부르는 목소리가 들렸다. 다윈은 벽난로에서 시선을 돌렸다. 아버지가 아까부터 계속 말을 걸고 있었는지 "무슨 생각을 그렇게 깊이 하니?"라고 물었다. 다윈은 다시 벽난로를 슬쩍 쳐다본 뒤 말했다.

"그냥 불꽃이 예뻐서……. 무슨 말씀 중이셨어요?"

"종업식 날 너랑 나랑 나눴던 이야기 말이야, 가까운 사람 사이에도 모르는 길이 있을 수 있다는. 할아버지도 방금 전에 그런 비슷한 얘기를 하시는구나. 신기하지 않니?"

다윈은 대답을 하듯 아버지에게 되물었다.

"할아버지 DNA가 아버지랑 저에게 공유돼서 그런 거 아닐까요?"

아버지가 진지해진 표정으로 고개를 끄덕였다.

"DNA라……. 난 그저 우연이라고만 생각했는데 꽤 거시적인 이유를 찾았구나."

할아버지가 거들었다.

"다윈 말에 일리가 있단다. 그래, 한 핏줄에서 나온 가족이라면 당연히 비슷한 사고방식을 갖게 되는 법이겠지. 역시 다윈이구나. 이런 사소한 질문에서도 근원적인 이유를 탐구하다니."

다윈은 자신을 자랑스럽게 바라보는 할아버지의 눈빛을 피해 창밖 풍경을 넘겨보았다. 호두나무 거리에 있는 저택 하나하나가 지상을 밝히는 한 개의 등불처럼 빛나고 있었다. 하늘에는 영광, 땅에는 평화라는 찬미는 오늘 밤을 위한 것이었다. 오늘 밤, 1지구에 행복하지 않거나 만족하지 않은 사람은 한 명도 없을 것 같았다. 그러나 다원은 온 세상을 감싸고 있는 이 풍요로운 불빛이 잠깐 나타났다가 사라지는 섬광보다도 못하게 느껴졌다. 남모르는 계획을 품고 세상을 바라보는 사람 특유의 허무함 같은 것인지도 몰랐다.

손은 이미 스위치 위에 올라가 있었다. 이제 남은 일이라고는 파티가 무르익었을 때 스위치를 눌러 주위를 암흑으로 만들어 버리는 것뿐이었다. 빛나는 영광은 순식간에 추락하고, 평화는 유리로 된 바닥처럼 쉽게 산산조각 날 것이다. 할아버지가 그토록 기대하는 프라임스쿨 다큐멘터리는 그 파국 전에 울려 퍼지는 마지막 연주였다. 지금 즐기면 즐길수록 나중엔 더 고통스러울 수밖에 없는…….

불길이 가장자리에 있던 장작 한 개비를 또 품속으로 끌어당겼다. 다원은 다시 갈등이 일었다. 불길에 던져진 장작이 재가 되는 건 이미 결정되어 있는 운명이다. 프라임스쿨 다큐멘터리 역시 같은 운명. 뜨거운 열기를 내뿜는 이 장작들처럼 잠깐의 환희는 주겠지만 결국엔 처치 곤란한 재가 돼 버릴 것이다. 그렇다면 이렇게 마음 졸이며 기다릴 필요가 있을까…….

귓가에 할아버지와 아버지가 나누는 얘기 소리가 들렸다.

"요즘에 가장 많이 짓는 남자아이 이름은 제이콥이라던데요?"

"제이콥?"

이렇게 기다릴 필요가 있을까. 그냥 지금 밝히는 건 어떨까. 할아버지와 아버지가 최근 태어난 아이들의 이름에 대해 이야기 나누는 지금 이 순간, 자리에서 일어나 "아버지, 할아버지와 제 앞에서 진실을 말해 주세요, 제이 아저씨를 죽인 사람이 누군지." 하고 말하는 건. 그러면 기름진 성탄절 음식을 억지로 먹지 않아도 되고, 할아버지에게 거북한 칭찬을 받지 않아도 되고, 고통을 주기 위해 기쁨이 극에 달할 때까지 기다리는, 세상에서 가장 고약한 심판관이 된 것 같은 이 기분을 더는 느끼지 않아도 될 텐데…….

그러나 그런 갈등에 휩싸이면서도 한편으로는 남은 다섯 시간을 더 기다리는 것이 자신이 가족에게 줄 수 있는 마지막 크리스마스 선물처럼 느껴지기도 했다. 진실을 밝힌 그 순간부터 할아버지와 아버지는 아주 오랜 시간 고통을 겪게 될 것이다. 형기도 정해져 있지 않은 기약 없는 징역을 살게 될 것이다. 지금 남은 이 다섯 시간은 진실이 만드는 감옥으로 들어가기 전 가족이 아무 고통 없이 보낼 수 있는 마지막 평안이자 마지막 영광의 시간인 것이다. 만약 지금 자리에서 일어나 진실을 말한다면 할아버지와 아버지는 다섯 시간 더 일찍, 다섯 시간 더 많이 고통을 당해야 한다.

다원은 스위치를 누르려는 자신의 왼손을 다른 손으로 붙들며 반박했다. 그럴 필요가 있을까. 결국엔 재가 돼 사라질 것들이라 하더라도 재가 될 때까지 기다리는 게 옳은 일 아닐까? 어차피 죽게 될 사형수라 하더라도 사형 집행일보다 먼저 처형하지는 않는 것처럼.

"저희 직원 중 한 명도 최근에 아들을 낳았는데 이름을 제이콥이라고 지었다고 하던데요."

"제이콥이라, 야곱과 같은 이름이지…… 신비로운 일 아니냐? 수천 년이 흘러도 자신의 근원을 찾으려는 본능이 이렇게 이어지고 있다니."

"말 그대로 본능이니까요."

"그래, 따지고 보면 나도 본능대로 네 이름을 지은 거라 할 수 있지."

"제 이름을요?"

"그래. 내가 말한 적 없던가? 네 어머니랑 함께 처음으로 여행 간 해변이 너무 아름다워서 나중에 이 여자와 결혼해서 자식을 낳으면 꼭 그 해변 이름을 붙이겠다는 생각을 했다고. 결국 이렇게 이루어 냈지."

"해변을 보고 이름을 짓는 로맨티시스트셨다니, 오늘은 아버지의 뜻밖의 면을 많이 알게 되네요…… 생각해 보면 저도 본능에 따른 걸지도 몰라요. 미리 이름을 지어 놓았던 것도 아닌데 아들을 처음 안은 순간, 그 자리에서 바로 다윈이라고 불렀으니."

"아주 잘 지은 이름이란다. 다윈, 넌 어떠니? 나중에 아들을 낳으면 무슨 이름을 지을지 생각해 둔 거라도 있니?"

아버지가 "너무 먼 얘기예요."라며 웃었다. 할아버지도

"그렇지?" 하며 따라 웃었다. 덕분에 다윈은 아무 대답을 하지 않아도 됐다. 정말 너무 먼 이야기였다.

시간은 비규칙적으로 흘러갔다. 5분 정도 흘렀을 거라 생각하고 시계를 바라보니 어느새 30분이 지나 있었고, 세 시간도 넘게 소파에 앉아 있는 기분이었는데 시곗바늘은 아까와 똑같은 자리에 멈추어 있었다. 다윈은 시간을 아무렇게나 항해하는 배에 탄 것처럼 불안하고 혼란스러웠다. 할아버지와 아버지는 주제를 바꿔 가며 계속 이야기를 이어 갔다. 예전 같은 의견 충돌은 한 번도 일어나지 않았다. 할아버지는 아버지의 의견을 수용해 주었고, 아버지는 할아버지의 의견을 존중해 주었다. 크리스마스 밤이라는 것을 두 분 다 신경 쓰고 있어서인지 날카로운 말은 모두 거둬지고 서로에 대한 사랑만 드러났다. 다윈은 할아버지와 아버지가 늘 이렇게 되길 바랐다. 두 분 사이만 다정해진다면 달리 걱정할 문제는 아무것도 없을 것 같았다. 그런데 그 바람이 현실이 된 오늘, 두 사람을 각자의 유형지로 갈라 놓을 폭로를 자신의 입으로 해야 한다. 다윈은 이런 어긋남이 자신이 알지 못하는 삶의 속성인 걸까 하는 물음이 들었지만 답을 찾을 수 없는 질문이었다.

그때 마리 아주머니가 와서 "이제 식사를 준비할까요?" 라고 물었다.

"좀 이르긴 하지만 그래야 일곱 시에 다윈 다큐멘터리를 볼 수 있잖아요."

아주머니는 아예 프라임스쿨 다큐멘터리를 '다윈 다큐멘터리'라고 부르고 있었다. 다윈은 거북했지만 어차피 얼마 후면 아무런 의미도 갖지 않을 일이라서 달리 정정을 요구하지는 않았다. 할아버지가 "그럼, 그럼. 다윈 다큐멘터리를 놓치면 안 되지."라며 먼저 자리에서 일어났다.

아주머니가 꾸민 식탁은 크리스마스 정찬에 있어야 할 것을 모두 갖추면서도 화려함보다는 소박한 것들로 최선을 다한 듯한 따뜻함이 흘렀다. 1지구가 추구하는 전형적인 크리스마스 식탁이었다. 오늘은 아주머니도 가족의 일원으로 함께 자리에 앉았다. 식탁 밑에는 벤을 위한 고기 접시도 준비돼 있었다. 아버지가 일어나 모두의 잔에 포도주를 따라 주었다. 다윈도 잔에 포도주를 받았다. 오늘 하루만큼은 약간의 술이 허용되었다.

모두의 잔을 채운 뒤 아버지가 대표로 기도했다.

"우리의 죄를 사하기 위해 이 땅에 와 주신 아기 예수의 탄생을 축복드리오며, 그분의 순결한 피를 나눠 마심으로써 마음속 미움은 소멸되고, 자신과 가족과 이웃에 대한 사랑이 더욱 짙어지기를 기원합니다."

기도가 끝나자 할아버지가 잔을 높이 들어 올리며 "사랑을."이라고 응대했다. 마리 아주머니도 "사랑을!"이라고 외쳤다. 다윈은 자연스레 모든 시선이 자기에게로 모아지는 것을 느꼈다. 그런데 선뜻 입이 열리지가 않았다. 자신의 결정이 아버지를 향한 사랑에 기반한 것이라고 확신하고 있음에도 왠지 이 순간 "사랑을!" 하고 외치는 것과 몇 시간 뒤 아버지의 죄를 폭로하는 것이 이율배반적인 일로 느껴졌다. 그러나 모두가 기다리고 있는 선언을 피해 갈 방법은 없었다. 다원은 잔을 들고 "사랑을."이라고 말했다. 할아버지와 아버지가 흐뭇한 웃음을 지으며 포도주를 마셨다. 다원은 천천히 잔을 기울이다가 유리잔 너머로 아버지의 모습이 비쳐 보이자 눈을 감고 단숨에 남은 포도주를 들이켰다.

대화에 적극적으로 참여해 주는 마리 아주머니 덕분에 할아버지와 아버지의 관심에서 조금 벗어날 수 있어 편했다. 다원은 다른 요리에는 손을 대지 않은 채 오직 자기 접시만이라도 깨끗이 비우려고 애썼다. 그것만이라도 다 먹는다면 최소한 다른 음식을 권유받지는 않을 것이다. 다원은 주어진 임무를 완수한다는 마음으로 고기를 썰어 입에 갖다 넣었다. 아무 맛도 느껴지지 않았다. 식탁 위에 켜 놓은 초의 길이가 점점 짧아지고 있었다.

식사를 거의 끝내 가던 중 전화벨이 울렸다. 다원은 '실버힐의 운영 방식'에 대해 할아버지, 아버지와 함께 대화를 나누고 있는 마리 아주머니를 대신해 전화를 받으러 거실로 나갔다. 벤이 뒤를 쫓아왔다. 수화기를 들고 "여보세요." 하는 순간 곧바로 "다원, 집에 있었구나."라는 들뜬 목소리가 들려왔다. 다원은 깜짝 놀라면서도 반가웠다. 레오였다.

"어쩌면 너희 할아버지 집에 갔을 수도 있다고 생각했거든. 크리스마스니까."

"원래는 그러는데 이번엔 할아버지가 우리 집에 오셨어.
그런데 넌 어디야? 주변이 시끄러운데?"

"센트럴 역 공중전화야."

그때 아버지가 식탁에서 "다윈, 누구니?"라고 물었다.
다윈은 "친구예요, 프라임스쿨!"이라고 외친 뒤 다시 수화
기를 입에 붙였다.

"센트럴 역? 거긴 왜? 친척 마중이라도 나간 거야?"

"다윈, 나 사실 오늘 밤 8지구에 가."

다윈은 혹시나 아버지에게 들릴까 봐 목소리를 낮추고
물었다.

"8지구? 거길 왜?"

레오가 무척 들뜬 목소리로 말했다.

"드디어 다큐 주제가 떠올랐거든. 아버지가 예전에 찍
었던 8지구 아이들의 삶이 지금은 어떻게 변했는지 찍어
볼 생각이야. 8지구의 크리스마스 밤부터가 시작이지. 어
때, 다윈 너도 같이 가지 않을래?"

다윈은 대답을 망설였다. 할 수만 있다면 레오처럼 이 순
간에서 벗어나 8지구로든 어디로든 떠나고 싶었다. 무엇에
도 속박되지 않은 채 자유를 즐기는 레오가 한없이 부러웠
다. 그렇게 대답을 주저하고 있는데 레오가 큰 소리로 웃으
며 "농담이야."라고 했다. 레오의 웃음이 조금만 늦었다면
엉겁결에 "좋아, 갈게."라고 말해 버렸을지도 몰랐다.

"진짜 농담이야. 나도 가족끼리 보내는 크리스마스를 훼방 놓을 정도로 정신 나간 놈은 아니거든. 실은 다원 너에게 다른 부탁이 있어서 전화한 거야. 걱정 마, 8지구에 같이 가자는 것에 비하면 아주 시시한 부탁일 테니까."

다원은 침묵으로 괜히 레오에게 거절의 답을 미룬 것 같아 이번엔 단번에 대답했다.

"좋아, 뭐든지 들어줄게. 무슨 부탁인데?"

"루미한테 카세트를 찾았다고 전화 좀 해 줄래?"

"……카세트?"

"응. 그렇게 얘기하면 루미가 알 거야."

다원은 수화기를 꽉 붙들었다. 카세트의 정체는 바로 짐작됐지만 그게 왜 레오에게까지 전해진 건지 알 수 없었다. 다원은 "무슨 일 때문인데?"라고 물었다.

"얘기하자면 좀 긴데 지금 전화 받아도 괜찮아?"

"괜찮아."

레오는 쉬지 않고 빠르게 이야기했다.

"나도 자세한 얘기는 모르는데 루미가 제이 아저씨 일로 우리 아버지한테 옛날 카세트를 찾아봐 달라고 부탁한 모양이야. 며칠 전에 아버지가 잠깐 집에 오셨는데 카세트를 찾아봤지만 결국 못 찾았다고 루미에게 전화하는 걸 들었거든. 그런데 루미는 그 말을 못 믿겠는지 아버지가 제대로 찾아보지도 않고 대충 넘어가려 한다고 수화기가 터져라 화를 내더라고. 암튼 대단한 애지? 그런데 사실은 루미 말이 맞긴 해. 아버지는 집에 와서 뭘 찾거나 한 적이 전혀 없었거든. 완전히 녹초가 돼서 잠만 주무셨지. 루미가 끈덕지게 추궁하다 보니까 결국엔 카세트가 아버지가 어렸을 때 살던 집에 있을지도 모른다는 얘기까지 나왔는데, 아버지는 자기가 살아서 그 집에 갈 일은 없을 테니 다시는 그런 부탁 하지 말라고 화를 내시면서 전화를 끊어 버리셨어.

루미는 할아버지와 아버지의 관계를 모르니까 좀 황당하긴 했을 거야. 그런데 다윈 너도 알다시피 루미 헌터는 자기 삼촌에 관한 한 포기를 모르는 애잖아. 아버지가 안 될 것 같으니까 나한테 대신 그걸 찾아봐 달라고 한 거야. 나는 당연히 싫다고 했지. 걔가 제이 아저씨한테 집착하는 걸 도와줄 마음은 조금도 없고 또 그런 일에 내 시간을 허비하고 싶지도 않으니까. 그랬더니 내가 안 찾아봐 주면 자기가 우리 할아버지 집에 직접 가서 찾겠다는 거야. 나도 얼마든지 그렇게 하라고 하고 싶었는데, 막상 나도 못 만나 본 우리 할아버지를 루미가 만나는 건 좀 꺼려지더라고. 지금 할아버지 상태가 어떤지도 잘 모르고 어쩌면 위험할 수도 있고……. 그래서 일단은 찾아보겠다고 하고 전화를 끊었지. 그때만 해도 찾아봤는데 없었다고 며칠 뒤에 대충 둘러댈 생각이었어. 그런데 오늘 역으로 가는 동안 갑자기 할아버지 집에 한번 가 볼까 하는 생각이 드는 거야. 아버지가 알면 나하고도 의절하겠다고 할지 모르지만, 그래도 오늘은 크리스마스잖아. 어쩌면 할아버지가 날 반겨 줄지도 모른다는 기대도 들고. 그래서 조금은 설레는 마음으로 할아버지 집에 갔는데……. 다윈 넌 1지구에 그런 집이 있다는 걸 상상도 못 할 거야. 한마디로…… 괴기스러웠지. 아예 문도 안 잠가 두고 살더라. 할아버지는 텔레비전을 틀어 놓고 술만 마시고 있는데, 날 보고 자꾸만 버즈라고 하는 거야. 오늘이 크리스마스란 것도 모르는 것 같았어. 할아버지도 좀 시간을 느끼고 살았으면 좋겠어서 내 시계를 크리스마스 선물로 주고 나오긴 했는데…….

우울한 얘기는 그만하고 본론을 얘기하면, 난 솔직히 30년 전 물건을 찾는 건 불가능한 일이라고 생각했어. 그런데 2층으로 올라가 보니까 먼지투성이긴 해도 아버지 방이 그대로 있는 거야. 그리고 정말 책상 서랍에서 카세트를 단번에 찾았어. 어이없을 정도로 쉽게 말이야. 그래서 지금 루미에게 찾았다고 전화하려고 했는데 걔네 집 전화번호가 도무지 생각이 안 나는 거 있지. 뭐, 2년 가까이 전화를 건 적이 한 번도 없었으니까. 엄마 몰래 나온 거라 집에 전화해서 루미네 집 전화번호를 찾아봐 달라고 부탁할 수도 없고. 그러니까 다윈 네가 대신 좀 전해 줄래? 내가 카세트를 찾아서 가지고 있으니까 괜히 우리 할아버지 집에 쳐들어가는 일은 벌이지 말고 내가 돌아올 때까지 기다리고 있으라고. 새해 전엔 돌아갈 거니까 말이야."

언제 왔는지 아버지가 곁으로 다가와서 "누군데 그렇게

오래 얘기를 하니?"라고 물었다. 그 소리가 수화기를 타고 들렸는지 레오가 서둘러 "다원, 그럼 부탁해. 8지구에 가서 또 전화할게." 하고는 전화를 끊었다. 다원은 수화기를 그대로 들고 서 있다가 잠시 후 내려놓았다. 머릿속이 어지러웠다.

아버지가 언짢은 표정을 지으며 "친구 누구니?"라고 물었다.

"그 집도 가족끼리 크리스마스 저녁을 보내고 있을 텐데, 이 시간에 전화를 그렇게 오래 하다니. 프라임스쿨 학생답지는 않구나."

다원은 레오가 아버지에게 오해받는 걸 원치 않아 이름을 대지 않고 얼버무렸다.

"다큐멘터리가 기대된다고 전화를 건 거였어요. 절 축하해 주는 건데 먼저 끊으라고 할 수는 없어서요."

아버지는 납득했다는 듯 더 이상의 핀잔 없이 "자, 이제 후식을 먹어야지."라고 말했다. 다원은 식사에 이어 달콤한 케이크까지 태연히 먹는 것이 모두를 농락하는 일처럼 느껴졌지만 달리 그 자리에서 벗어날 핑계가 떠오르지 않아 잠자코 아버지를 따라 식탁으로 되돌아갔다.

일곱 시 정각을 십여 분 앞두고 모두 텔레비전 앞에 둘러앉았다. 할아버지와 아버지, 마리 아주머니는 기대에 찬 얼굴로 다큐멘터리가 어떤 내용일지에 대해 이야기를 주고받았다. 다원은 자신에게 쏟아지는 이런저런 질문에 형식적으로만 답했다. 머릿속은 온통 레오가 했던 말로 가득 찼다. 이 집 안에서만이 아니라 집 밖에서도 어떤 힘이 진실을 밝히기 위해 작용하고 있는 게 느껴졌다. 다원은 자신이 그 힘을 앞질러야 한다는 것을 알았다.

"드디어 시작하는구나."

광고가 끝나자 할아버지가 숨 죽인 작은 목소리로 귓가에 속삭였다. 같은 목적지를 향해 뻗어 나가는 두 개의 평행선과 그 속도를 생각하고 있던 다원은 '채널 원' 로고가 박힌 텔레비전 화면으로 시선을 돌렸다. 암흑의 배경 위로 익숙한 종소리가 울리더니 이윽고 화면 가득 파란 하늘이 펼쳐졌다. 카메라는 천천히 흰 구름의 흐름을 따라갔다. 그러다 한순간 종소리가 멎고 하늘의 움직임도 멈추더니 정지된 세계에서 나지막한 목소리가 흘러나왔다.

"프라임스쿨은 땅보다 하늘에 가깝다는, 누가 한 것인지 모르는 오래된 말이 있습니다."

자기와의 화해

수많은 단어들이 입 안에 고였지만, 니스는 선뜻 어떤 말도 입 밖으로 낼 수가 없었다. 설익은 말들이 나가는 것을 원치 않는다는 듯 입술이 벽이 되어 혀를 가로막았다. 가슴에 휘몰아친 이 감정을 온전히 표현하기에는 모든 단어가 부족하다고 생각하는 것 같았다. 다른 사람들은 그런 고민이 없는지 방송이 끝나자마자 여과 없이 감정을 드러냈다. 아버지는 다원의 어깨를 감싸 안고 이마에 키스를 했다.

"정말 장한 일을 해냈구나."

마리는 눈물까지 글썽이며 감탄했다.

"감동이에요. 다원은 정말 대단한 아이네요. 저런 대단한 학교를 다니는 것으로도 모자라 주인공이 되다니."

니스는 그 떠들썩한 감상평에 한마디도 보태지 않은 채 텔레비전에만 시선을 고정했다. 타이틀 자막이 다 올라간 화면에선 벌써 광고가 나오고 있었다. 전혀 집중해서 볼 필요가 없는 젤리 광고였다.

침묵이 지나치게 길었는지 아버지가 물었다.

"넌 왜 아무 말도 없는 거냐? 내가 보기엔 꽤 수작인데 마음에 안 드는 게 있기라도 하는 거냐?"

아무래도 아버지는 자신의 침묵을 잘못 받아들인 모양이었다. 니스는 그제야 텔레비전을 끈 뒤에 말했다.

"마음에 안 들 리가요. 놀라서 무슨 말을 해야 할지 모르겠는 것뿐이에요. 아버지는 수작이라고 하셨지만 제 눈엔 걸작이에요. 버즈는 확실히 아티스트네요. 아니, 대가의 경지에 올랐다고 해야 하나."

아버지는 그제야 안심이 되는지 호탕하게 웃으며 "네 말이 맞다." 하고는 덧붙였다.

"수작을 걸작으로 만든 게 바로 우리 다윈 목소리란다."

아버지나 다윈의 기분을 좋게 해 주기 위한 과장이 결코 아니었다. 하늘을 올려다보고 있던 카메라가 지상으로 내려와 얼굴 없는 한 소년으로 분하는 첫 장면에서부터 그 소년이 무거운 문이 달린 교실에 앉아 제 나이에 이해하기 어려운 학문들과 씨름을 벌이다가 교정의 나무들 속에서 뜨거워진 머리를 식히고 기숙사로 돌아와서는 금세 아이 같은 얼굴로 친구들과 장난을 치고, 양편으로 갈린 운동장에서 승리와 패배를 경험한 후, 세계의 처음과 끝이 그려져 있는 대강당에서 형벌에 가까운 시험을 치르고 나와 어느새 겨울이 돼 있는 프라임스쿨의 한가운데 멈춰 서서 다시 하늘을 올려다보는 마지막 장면까지의 한 순간 한 순간을 니스는 숨을 참아 가며 지켜보았다. 학교 안의 모든 공간은 이미 여러 차례 방문했던 곳이었다. 새로울 거라곤 전혀 없었다. 그런데도 니스는 다큐멘터리를 보는 내내 수줍음을 띠면서도 현명한 한 소년의 인도를 받아 한 번도 가 본 적 없는 세계로 처음 발을 들이는 기분이었다. 자신이 이 정도인데 지금껏 한 번도 프라임스쿨에 가 본 적 없는 일반인들, 특히나 프라임스쿨을 동경하고도 가지 못했던 사람들은 어떤 마음이 들까…….

니스는 오늘에서야 비로소 자신의 옛 친구 버즈 마샬이 다큐멘터리의 거장이라고 불리는 이유를 확실히 알 것 같았다. 지금까진 버즈가 제작한 작품을 제대로 본 적이 한 번도 없었다. 버즈의 작품이 해외 영화제에서 권위 있는 상을 받았다는 사실은 알고 있지만, 어디까지나 문화 부문 책임자로서 문서로만 접해 본 소식이었다. 직접 관람하기엔 매번 일이 생겨 시간이 나지 않았다.

……일?

니스는 다른 어른들처럼 일을 변명거리 삼아 태연하게 자신을 보호하려는 비겁함에 쓴웃음이 나왔다. 버즈의 작품을 피해 온 것이 의도적인 외면이라는 것은 스스로가 가장 잘 알고 있었다. 흥미 있어 하는 자신을 바빠서 볼 시간이 없다고 억지로 잡아끌며 결국엔 못 보게 포기시켰던 게 또 다른 자신이었으니……. 니스는 오늘 이 자리에서 버즈의 작품과 마주하는 게 괴로웠다는 것을 솔직히 인정하기로 했다. 그래, 신문에서 버즈의 시사회 소식을 접한 뒤 바로 교육 부처 회의에 참석해야 했을 때, 가기 싫은 곳에 억지로 끌려가는 꼬마가 된 것 같아 괴로웠다. 버즈가 마약 중개상 노릇을 하는 8지구 아이들의 현실을 이야기하는 동안 다과가 마련된 관청 회의실에 둘러앉아 "지금의 교육 시스템은 그 어느 때보다도 효율적으로 운영되고 있습니다."라고 주장하며 1, 2, 3지구의 교육 예산과 만족도의 상관관계를 나타내는 그래프를 보여 주어야 했을 때는 능숙한 거짓말쟁이가 된 것 같아 괴로웠다. 버즈의 다큐멘터리를 전 지구에 방송해 달라는 하위 지구 교육청의 청원에 '극단적인 위화감이 아이들의 교육상 바람직하지 않다.'라는 방송 심의 위원회의 의견을 앞세워 허락하지 않았을 때도 이 모든 불평등을 자신이 조장하고 있는 것 같아 괴로웠다. 자신은 결코 할 수 없는 일을 해내는 버즈를 보는 것이 괴로웠다.

버즈는 얼마든지 자유롭게 하위 지구가 겪고 있는 불평등을 공론화할 자격이 있었다. 아무리 신랄하게 상위 지구를 비판한다 해도 1지구 출신이라는 사실이 변할 리 없고, 집안 내력을 조사당해 이곳에서 쫓겨날 일도 없을 테니. 그러나 자신은 절대 그렇게 할 수 없었다. 9지구 출신 남자를 아버지로 둔 자신이 하위 지구 편에 서서 상위 지구의 특권을 비난한다면 당장에 정체성을 의심받게 될 것이었다. 버즈가 천성적으로 내뿜는 당당함이 자신에게서는 풍기지 않을 테니까. 그리고 그것은 1지구에서 살 자격이 없는 자신이 그간 이곳에서 누려 온 수많은 기회와 혜택을 배신하는 일이기도 했다. 버즈가 추구하는 공평하고 평등한 세계는 자신 역시 2, 3지구 아이들 몇몇에게 프라임스쿨 입학 기회를 주는 것으로 얼마간 이루어 낸 것이라고 자위하면서 버즈가 보내 온 시사회 초대장을 버리듯 다른 직원들에게 양도했다. 버즈를 만나지 않고 그의 작품을 보지 않는 것이 자신은 마음속에서나 꿈꾸었던 길을 현실로 만들어 가고 있는 옛 친구에게 취할 수 있는 가장 어른스러운 처세였다. 어른스럽게만 굴면 최소한 꼴사나운 질투심이 드러날 일은 없었다.

니스는 씁쓸한 웃음을 지었다. 언제부터 이렇게 열등감에 휩싸인 인간이 된 걸까. 어렸을 때도 이렇게 열등감이 많은 아이였나? 아니, 그때는 친구들을 진정으로 사랑했고, 그들을 진짜 형제로 생각했다. 그들의 삶은 바로 내 삶이기도 했다. 일부러 만남을 회피하며 각자의 인생을 사는 지금 같은 모습은 상상해 본 적이 없었다. 30년이라는 세월이 흐른 지금, 니스는 30년 전의 아이보다도 더 못한 인간이 되어 있는 것 같았다. 아니, 같은 게 아니라 사실이었다. 그러나 이제부터는 더 이상 그런 인간에 머물고 싶지 않았다. 조금이라도 나아질 여지가 남아 있다면 더 늦기 전에 아주 조금이라도 나아지고 싶었다.

니스는 아버지에게 말했다.

"오늘은 버즈가 정신이 없을 것 같고, 내일 제가 먼저 전화를 해야겠어요. 축하도 하고 사과도 할 겸. 이렇게 훌륭한 작품을 만들 줄도 모르고 처음에 무턱대고 반대만 했으니."

"그래, 좋은 생각이다. 그런데 그 전에 다윈에게 먼저 사과를 하는 건 어떠냐? 다윈이 이렇게 훌륭하게 해낼 줄도 몰랐던 거 아니냐? 자식의 능력을 과소평가하는 게 부모의 가장 큰 잘못 중 하나지."

니스는 오늘부터는 아버지에게도 한결 너그러워지고 싶었다. 아무리 죄가 크다 하더라도 이 세상에서 아버지만큼 자신을 사랑하고 걱정해 주는 사람은 없었다. 아버지가 강인한 분이라는 말 역시 진심으로 한 말이었다. 9지구에서 태어난 소년이 달리고 달려 지금 1지구의 노인이 돼 있다는 것은 보통의 용기와 정신력으로는 이룰 수 없는 일이다. 아버지가 자신의 괴로움에 대해 전혀 모르듯, 자신 역시 아버지가 겪었을 깊은 괴로움에 대해서 모르긴 마찬가지일 것이다. 자신이 아버지에게서 태어난 것을 원망하고 또 원망했듯이, 아버지 역시 9지구의 부모에게서 태어난 것을 원망하고, 원망하고, 또 원망했을 것이다. 다른 점이 있다면 아버지는 자신의 뿌리를 송두리째 뽑아야 한다는 불가능한 각오를 현실로 이루어 냈다는 것……. 사회적으로 아버지는 반역자이지만, 한 인간으로서 아버지는 자신의 인생을 정점으로 높인 혁명가였다. 세상은 절대 인정해 주지 않겠지만 아들인 자기만큼은 조금이라도 인정해 주어야 했다. 아버지 덕분에 지금의 자신도 있고 다윈도 있는 것이니.

니스는 순순히 아버지의 충고를 따라 다윈에게 말했다.

"다윈 정말 미안하구나. 네가 하고 싶다고 했을 때는 이유가 있는 건데 지난번엔 괜히 걱정만 앞세워서. 네가 이해해 주렴. 아버지가 겁쟁이라서 그래."

아버지가 끼어들었다.

"또, 또 그 겁쟁이 소리. 넌 절대 겁쟁이가 아니래도."

니스는 웃으며 "농담이에요."라고 했다.

다윈은 어딘지 모르는 곳에 시선을 고정한 채 아무 말도 없었다. 한층 깊어진 눈동자가 집을 떠나 먼 곳을 유랑하고 있는 것 같았다. 굉장한 작품의 일원이었던 만큼 쉽게 여운에서 빠져나올 수 없는 것이겠지. 니스는 다윈이 혼자서 그 여운을 충분히 느낄 시간을 갖도록 아버지에게로 작품 이야기를 돌렸다.

"그런데 아무리 실력이 좋아도 애정이 없는 한 저런 감성은 만들어 내지 못할 텐데, 신기해요. 어렸을 때 버즈는 프라임스쿨을 별로 좋아하지 않았는데. 아니, 좋아하지 않은 게 아니라 거의 자기 적처럼 대했죠."

"그랬냐?"

"네. 저에게 몇 번이나 그랬죠. '니스, 그런 귀족 학교는 정치인들의 계략으로 생긴 거야. 프라임스쿨은 이 세상에서 제거해야 하는 1순위야.'라고."

"별나기도 했구나. 다들 못 가서 안달인 프라임스쿨을 싫어하다니."

"버즈 어머니가 억지로 입학시험을 보게 해서 더 그랬나 봐요. 결국 보란 듯이 시험을 망쳐 버리긴 했지만."

"어렸을 때부터 예술가 기질이 다분했구나. 그런데 그런 사람이 자기 아들은 프라임스쿨에 보내고 다큐멘터리까지 찍어서 헌사하다니, 그거야말로 신기하구나."

"그러게요. 안 본 새 관점이 바뀌었나 봐요. 뭐, 특별한 일도 아니에요. 아이의 눈으로 볼 때 기존의 제도는 다 억압적으로 보이지만, 나이를 먹고 나서 세상을 보면 그런 제도가 만들어진 상황을 이해하고 받아들이게 되니까요."

"그런데 이해만 한 사람이 만든 것치고는 네 말대로 작품에서 굉장한 애정이 느껴지더구나. 나같이 늙은 사람도 다시 어려져서 프라임스쿨 교복을 입고 학교에 한번 다녀 보고 싶은 생각이 들 정도니."

니스는 아버지 말에 큰 소리로 웃었다.

"정말 그러셨어요?"

아버지는 어깨를 으쓱하며 "그래, 그렇더구나. 넌 그런 생각이 안 들던?" 하고 되물었다. 어린 시절을 돌아보게 하는 질문에 니스는 서서히 웃음이 줄어들었다.

"……전혀요. 어떻게 살다 보니 지금 프라임스쿨 위원장

자리를 맡고 있지만, 저한테 프라임스쿨은 늘 저 너머에 있는 곳이에요. 제가 거길 다닌다는 건 상상도 할 수 없어요."

"그건 네가 어렸을 때 도통 공부엔 관심 없던 아이여서 그런 거다. 너도 부모 등쌀에 밀려서 억지로라도 시험을 봤으면 훨씬 더 현실적으로 느꼈겠지. 1지구 남자애들 중에 프라임스쿨 입학시험을 치지 않은 아이는 아마 너밖에 없을 거다. 내가 그때 관심을 기울였어야 했는데 일 때문에 집에 붙어 있는 날이 없었으니. 네 엄마도 그런 쪽으론 전혀 욕심이 없는 사람이었고. 물론 크게 후회하지는 않는단다. 지금은 프라임스쿨 졸업생들보다 더 훌륭한 사람이 됐는데 뭐가 아쉽겠냐."

니스는 아버지의 말뜻을 알아듣긴 했지만 그래서 더 아버지와 자신이 각기 다른 방향에 난 창으로 과거를 들여다보고 있다는 사실을 알게 되었다.

"아버지 말씀도 일리는 있어요. 하지만 프라임스쿨이 저 너머에 있는 학교로 여겨지는 건 제가 접해 볼 기회가 없었기 때문은 아니에요."

"그럼 뭣 때문이냐?"

니스는 잠시 입을 다물었다. 어디서부터 이야기가 시작돼 이런 대답을 할 상황에 놓인 건지 알 수 없었다. 왜 아버지 말에 굳이 반박을 한 걸까. 꼭 자기 손으로 직접 풀을 엮어 덫을 만들어 놓고 자신이 걸려 넘어지는 우스운 꼴을 자처하는 것처럼. 아버지가 "뭣 때문이냐니까?"라고 거듭 물

었다. 니스는 머릿속의 생각을 중단하고 숨을 쉬듯 자연스
럽게 입 안에 머금고 있는 말을 뱉었다. 풀로 만든 덫에 걸려
넘어져 봤자 풀밭이었다. 더 이상 상처 입을 일은 없었다.

"제이 때문이죠. 제이가 합격해 놓고도 가지 않았잖아요.
지내다 보면 아직까지도 프라임스쿨에 안 간 걸 후회하지
않느냐고 물어 오는 사람들이 더러 있는데, 그때마다 웃어
넘기긴 해도 속으로 그런 생각이 들어요. 제이도 안 간 학교
를 감히 내가? 제이는 수재 중에서도 수재였으니까요."

"그래, 나도 아직까지 기억하고 있단다. 네가 그 일을 가
지고 어지간히 제이 녀석을 치켜세웠지 않냐. 그런데 그 어
려운 시험을 쳐 놓고 안 간 이유가 뭐라던?"

"제이는 애초부터 갈 생각이 없었어요. 시험에 시험으로
응수한 것뿐이었죠."

"그게 무슨 말이냐? 갈 생각도 없는 학교 시험은 왜 쳐?"

"자기 능력을 시험하기 위한 수단에 불과했다는 거예요.
시험에 합격한 것으로 자기 능력이 검증됐으니 프라임스쿨
은 더 이상 의미가 없어진 거죠."

"어린 녀석이 참 꼬이기도 했구나."

니스는 아버지의 말을 수정해 주었다.

"어린 녀석이 참…… 위대했던 거죠."

제이의 위대함, 그것은 부인할 수 없는 절대적 진실이면
서 동시에 두 개의 얼굴을 가진 이중적인 진실이었다. 니스
는 종종 제이가 손가락으로 자기가 가야 할 곳을 가리켜 주

면서 한편으로는 그 손으로 자신의 목을 죄고 있다고 느꼈다. 제이에게 쫓기듯 달려온 덕분에 지금의 사회적 지위를 얻게 되었지만 돌아서면 제이 때문에 지금까지 이뤄 낸 모든 것들에서 허망함과 불안함을 느꼈다. 제이에 대해 이야기하는 것은 인생에서 만난 가장 훌륭한 사람에 대해 추억하는 것이면서 동시에 인생에서 맞닥뜨린 가장 악마 같은 사람을 떠올리는 것이었다. 니스는 30년간 늘 이 부분에서 고민했다. 자신에게 고통을 주는 줄도 모르고 고통을 주었던 제이를 악마라고 한다면, 친구를 악마라 생각하고 죽인 자신은 얼마나 더 지독한 악마인 걸까…….

그때 갑자기 다원이 자리에서 벌떡 일어나더니 화장실이 있는 복도 끝으로 빠르게 뛰어갔다. 그 모습에 잠자코 앉아 있던 벤까지 다원이 장난감 부메랑이라도 되는 것처럼 요란스럽게 뒤를 쫓았다. 아버지가 웃으며 "우리 성우님이 많이 참으셨구나."라고 농담을 했다. 니스도 아버지를 따라서 웃었다. 감상에 빠져서 화장실을 가는 것도 잊어버리다니. 다큐멘터리 안에선 프라임스쿨을 대표하는 역할을 훌륭히 해냈지만, 집에선 영락없는 아이였다.

마리가 "좋은 피아노곡이 있는데 들어 보시겠어요?" 하며 오디오를 틀어 놓고 식당으로 들어가 식탁을 정리했다. 니스는 아버지와의 대화를 잠시 중단한 채 눈을 감고 음악에 귀를 기울였다. 좋은 저녁이었다. 앞으로는 모든 면에서 조금 수월해질 것 같은 예감이 들었다. 식을 줄 모르던 아버지를 향한 분노나 가슴 졸였던 다원과의 불화, 늘 공허함만 주었던 공무원으로서의 삶이 오늘을 기점으로 모두 극복될 수 있을 것 같았다.

그때 아버지가 난데없이 "재혼은 안 할 거냐?"라고 물었다. 생각할 가치도 없는 질문에 니스는 눈을 감은 채로 "안 할 거예요."라고 대답했다. 아버지는 공직자에게 아내의 존재가 얼마나 중요한지 설명하며 다원도 충분히 받아들일 수 있는 나이라는 이유를 곁들여 "인생에서 가능성을 미리 차단하는 게 가장 어리석은 일이다."라고 충고했다.

"생각지도 않은 일이 일어날 수 있는 거란다. 프라임 출신도 아닌 네가 지금 프라임 학생들을 지도하고 있듯이."

니스는 음악에 집중하고 싶었지만 재혼 이야기가 대통령 운운하는 헛된 꿈처럼 이후로도 계속 반복될까 봐 이번 기회에 확실히 못 박아 둘 겸 눈을 뜨고 말했다.

"한 번이면 족해요. 결혼도 아이도…… 친구도. 한 번으로도 충분히 의미를 알 수 있잖아요."

"무슨 소리 하는 거냐. 결혼은 아니라고 해도 아이나 친구는 많을수록 좋은 거지. 네 어머니가 몸만 건강했어도 너한테 형제가 다섯쯤은 있었을 거다."

니스는 이 이상 대화가 진행되는 걸 원치 않아 자리도 피할 겸 다원이 화장실에 너무 오래 있는 것 같다는 생각이 들어 "다원은 뭐 하는 거지."라고 혼잣말을 하며 거실을 가로질러 갔다. 복도 끝에 다다르니 화장실 문 앞에 앉아 있던 벤이 일어나 크게 짖었다. 니스는 "조용." 하고 벤을 진정시킨 뒤 화장실 문을 두드렸다. 그러나 아무 기척도 들리지 않았다. 니스는 "다윈?" 하고 부르며 조심스레 문을 열었다. 그 틈을 타 벤이 재빠르게 안으로 들어갔다. 니스는 벤의 기세에 밀려 넘어질 것처럼 몸이 휘청댔다. 니스는 "벤!" 하고 주의를 주며 고개를 들었는데 그 순간 정말 몸이 무너져 내리는 느낌이 들었다. 다윈이 바닥에 쓰러져 있었다.

"다윈!"

니스는 다윈의 얼굴을 핥아 대는 벤을 급히 밀쳐 낸 뒤 다윈을 끌어안았다. 다윈의 얼굴이 창백하게 말라 있었다. 니스는 다윈의 뺨을 두드렸다. 쓰러진 환자 몸에 함부로 손을 대면 위험하다는 구조 상식을 따를 여유가 없었다. 정신을 잃은 아들을 두고 멀찌감치 떨어져 있을 수 있는 부모는 이 세상에 없었다. 어떻게든 자기 손으로 지금 당장 핏기 없는 아들의 얼굴에 생명을 불어넣어 주어야 했다. 비명 소리를 들은 아버지와 마리가 황급히 뛰어왔다.

니스는 뒤도 돌아보지 않은 채 아무에게나 외쳤다.

"얼른 구급차를 불러요, 어서!"

그 순간, 감겨 있던 다윈의 눈꺼풀이 천천히 움직이더니 그 사이에서 갈색 눈동자가 드러났다. 니스는 그제야 자신의 목을 조여 오던 손길이 서서히 풀리는 느낌이 들었다.

니스는 떨리는 목소리로 물었다.

"다윈, 정신이 드니?"

다원은 아직 초점이 완전히 돌아오지 않은 눈동자로 주변을 천천히 둘러보더니 작은 신음 소리를 내며 몸을 일으켜 앉았다. 니스는 다원의 머리를 받쳐 주며 "어떻게 된 거야?"라고 물었다.

다원이 자기도 잘 모르겠다는 어리둥절한 얼굴로 말했다. "갑자기 토할 것 같은 기분이 들어서 화장실에 왔는데……머리가 너무 어지러워서…….."

마리가 수건에 물을 적셔 입 주위를 닦아 주며 "포도주 때문이구나."라고 했다. 다원이 머리를 끄덕거렸다. 니스는 다원의 잔에 직접 포도주를 따라 준 자신을 탓했다. 왜 술을 주었던 걸까. 다원은 아직 아이인데…….

새로 쌓은 탑

          하룻밤 새 수백 번의 잠을 잤다. 하나의 꿈이 수백 조각으로 나뉘어서 깨우고 재우기를 반복했다. 꿈과 현실이 화석층처럼 반복돼 쌓이는 동안 알 수 없는 미궁으로 점점 빠져드는 기분이었다. 할아버지와 아버지의 부축을 받고 방으로 올라왔을 때 침대 머리맡에서 두 사람이 나누는 얘기 소리가 들렸다.

    "병원에 가 봐야 하는 건 아닐까요?"

    "좀 지켜보자. 괜찮을 거다. 너도 이 나이 때 곧잘 토하며 쓰러지지 않았냐. 널 닮은 모양이야."

    다원은 아버지가 바로 곁에서 자신의 얼굴을 살펴보는 것을 느꼈지만, 자는 시늉을 하면서 아버지를 속였다. 그런데 아버지가 자신의 앞머리를 이마로 쓸어 올리는 순간 짧

198

은 꿈을 꾸었다. 자신이 무척 위엄 있게 생긴 말의 털을 빗어 주면서 "이제 곧 도살하러 갈 거니까 몸을 정돈해야 해."라고 얘기하고 있는 꿈이었다. 훌륭한 눈을 가진 말은 꼼짝도 않고 서 있었다. 다윈은 놀라서 잠에서 깼다. 그러나 눈은 감긴 그대로였다.

할아버지의 목소리가 바로 위에서 들려왔다.

"깊게 잠든 것 같은데 그러다 깨겠다. 그만 나가자."

문 닫히는 소리가 난 뒤 다시 꿈을 꾸었다. 이번엔 한 마리가 아니라 수십 마리의 말들에게 자신이 둘러싸여 있었다. 아버지도 함께였다. 아버지가 솔을 들고 말 털 빗는 방법을 보여 주면서 "말은 고귀한 동물이니까 아껴 주어야 한다." 말하고 있었다. "어떤 점에서요?"라고 물으니 "말은 DNA가 중요한 동물이거든. 인간처럼 조상과 후손을 엄격하게 따지지."라고 했다. 다윈은 훌륭한 유전자가 영원히 보존되길 바라며 아버지를 따라 윤기가 날 때까지 말 털을 열심히 빗어 주었다. 털들의 움직임이 잔잔히 흐르는 물결처럼 느껴졌다. 다윈은 그 부드러운 감촉을 느끼며 눈을 떴다.

그런데 그 순간, 분명 눈을 떴는데 또 다른 자신이 바로 앞에서 말의 털을 빗어 주며 "이제 곧 도살하러 갈 거니까 몸을 정돈해야 해."라고 꿈속에서 한 얘기를 반복하고 있었다. 다윈은 그 속삭임을 들은 말의 훌륭한 눈동자를 보았다. 말도 자신의 눈동자를 본 것 같았다. 곧 침대 위로 붉은 피가 번져 흘러내렸다. 다윈은 화장실로 뛰어 들어갔다. 변기통에 머리를 박고 속에 있는 것을 모두 게워 냈다. 마지막 신음 소리까지 뱉어 내자, 온몸에 힘이 빠졌다. 다원은 그대로 바닥에 쓰러지고 말았다.

그러나 몸과 달리 정신은 그 어느 때보다 올곧이 서 있었다.

모든 게 합리적으로 정리됐다고 생각했다. 일관되게 한쪽 편을 유지했던 법학 시험 답안지처럼 서론과 본론, 결론을 완벽하게 이끌어 냈다. 아버지는 사람을 죽였다. 그러나 사람을 죽인 데 대한 벌을 받지 않았다. 그러므로 이제 그 벌을 받아야 한다. 세 문장 어디에도 수정할 부분은 없었다. 남은 건 공소사실을 읽어 내려간 뒤, 아버지로부터 확인을 받아 내는 것뿐이었다. 만약 아버지가 "무슨 말도 안 되는 소리를 하는 거니. 내가 제이를 죽였다니, 증거는? 증거는?" 하며 혐의를 부정한다면?

그러나 다원은 친구를 살해한 아버지만큼이나 진실을 담고 있는 판결문에 항의하는 아버지를 상상할 수 없었다. 그런 일은 결코 일어나지 않을 것이다. 아버지는 이미 거울 앞에서 수백 번 자백했다. 온 세상이 듣길 바라는 것처럼 외쳤다.

"살인자, 살인자, 니스 영 년 살인자야."

하지만 절대 상상할 수 없었던 일이 한 번 벌어졌다면 같은 일이 또 다시 일어날 가능성도 인정하는 게 옳을 것이다. 다원은 만약 아버지가 자신의 마지막 신뢰를 저버리고 죄

를 부인한다면 아버지에게 영원한 작별을 고하리라 결심
했다. 그것은 세상에서 쌓은 명성을 잃는 것 못지않게 아버
지에게 큰 벌이 될 것이다. 다원은 아버지가 자신을 잃게 될
선택을 하지 않길 바랐다. 자신 역시 아버지를 잃지 않길 바
랐다.

"시작하는구나."

할아버지가 어깨에 팔을 두르며 텔레비전으로 관심을 돌
렸을 때 아무도 보지 못하는 마음속에서는 그렇게 한 층 한
층 재판의 과정이 될 탑이 쌓여 가고 있었다. 다큐멘터리가
방송되는 한 시간은 오직 자신만이 아는 마지막 유예 시간
이었다. 할아버지와 아버지의 고통을 한 시간 줄여 주기 위
해 자신이 홀로 한 시간 더 고통을 짊어지기로 한 것이다. 고
통 외에 다른 의미는 아무것도 없었다. 그저 재판장 밖에서
대기하는, 지루하면서도 초조한 지체일 뿐이었다. 진실로
그렇게 믿었다. 프라임스쿨 하늘에서 자기 목소리가 들려
오기 전까지는.

다큐멘터리가 끝난 순간, 다원은 몸을 곧추 세우고 있기
가 힘들었다. 온몸에서 진동이 느껴졌다. 포도주 탓이 아니
었다. 발바닥에서부터 정수리까지 일렬로 굳건히 쌓여 있
던 이성, 논리, 법규, 양심의 축이 휘청대고 있었다. 자신의
세계가 무너지고 있었다.

할아버지, 아버지, 마리 아주머니의 입에서 최고의 감탄
이 쏟아져 나오고 있었지만, 어느 것 하나 귓속을 파고들지

못했다. 어떤 훌륭한 단어 하나 뇌와 심장에 닿지 못했다. 그들의 말은 멀리서 들려오는 소문, 짧은 축포, 꽃을 맴도는 곤충의 날갯짓 소리에 지나지 않았다.

세 사람은 아무것도 모르고 있었다. 아무것도 모른 채 입으로 경탄만 하고 있었다. 자신들의 눈으로 본 것이 세계의 전부인 양 착각하며 잘못된 얘기를 퍼뜨리고 있었다. 어쩔 수 없었다. 그들은 그저 외부인일 뿐이니까. 영원히 관람객일 뿐이니까. 핵에 도달하지 못한 실패자들일 뿐이니까.

바깥의 찬사가 아무리 대단할지언정 그건 아름다운 꽃을 보고 아름답다고 말하는 것에 불과했다. 그들은 결코 꽃잎 한 장을 틔우기 위한 꽃의 노력을 알 수 없었다. 그 결 사이사이마다 깃든 생명력을 느낄 수 없었다. 절대 꽃을 이해할 수 없었다. 절대 꽃이 될 수 없었다.

무한정으로 펼쳐졌던 세상이 화장실 천장만 한 크기로 점점 줄어들었다. 다윈은 몸을 일으켜 세면대 앞으로 가 찬물로 얼굴을 깨끗이 씻어 냈다. 피부에 닿는 감각이 무언가를 일깨워 주는 것 같았다.

다윈은 고개를 들어 거울 속 자신과 대면했다. 프라임스쿨의 하늘과 운동장, 회랑, 기숙사, 대강당을 들여다보았던 카메라가 이 순간 거울이 되어 자신의 눈과 코와 입과 귀와 목을 세심히 비추었다. 그러자 곧 세면대에 기대어 굽히고 있던 허리가 서서히 펴지면서 자기도 모르게 두 발로 똑바로 서게 되었다.

다윈은 프라임스쿨과 다윈 영이라는 두 개의 다른 개체가 정교하게 합일되어 가는 것을 느꼈다. 존재 양식이 완전히 다른 두 개체가 완전하고 완벽하게 하나로 일치돼 가고 있었다. 다윈은 그 결합의 의미를 하나하나 해석했다.

카메라가 바라본 하늘은 자신이 바라본 이상이었다. 카메라가 걸은 도서관 회랑은 자신이 디디고 선 세계였다. 카메라가 직접 달리지 못한 운동장은 자신이 앞으로 정복해야 할 남은 땅이었다. 문이 닫힌 학년말 고사장은 자신의 내면이었고, 등의 빛을 소비한 것은 자신의 지혜였고, 마지막까지 대강당의 불을 밝힌 것은 자신의 의지였다. 프라임스쿨 속으로 이끄는 한 마디 한 마디가 자신의 숨결이었다. 다윈 영이 프라임스쿨이었다. 프라임스쿨이 다윈 영이었다.

……자신이 자신에게서 떠난다는 것이 가능할까?

아직 답을 내리지 못했는데 거울 속의 사람이 먼저 고개를 젓고 있었다. 다윈은 뒤따라 고개를 저었다. 그가 옳았다. 결코 프라임스쿨을 떠날 수 없었다. 프라임스쿨을 떠나서는 다윈 영이 아니었다.

"어린 녀석이 참…… 위대했던 거죠."

아버지의 목소리가 들린 순간, 다윈은 지난 30년간 아버지가 완전히 잘못된 생각에 사로잡혀 있었다는 것을 알게 되었다. 아버지는 틀렸다. 그건 위대한 게 아니었다. 위대함에 근접하지도 못했다. 입학시험은 프라임스쿨의 가장 쉬운 관문일 뿐이었다. 프라임스쿨의 진수는 그 문을 들어선

다음에 펼쳐졌다. 낙오에 대한 불안감을 이기는 정신적 수
련, 선택받은 사람이 아닐지도 모른다는 고독감, 이상에 닿
기 위한 초인적인 노력. 그 모든 고통의 시간을 겪어 내야지
만 진짜 위대하다는 칭송을 받을 수 있는 것이었다.

제이 아저씨, 아버지를 잘도 속이셨군요. 아저씨야말로
겁쟁이였는데…….

다원은 제이 아저씨의 추도식 사진 앞에 꽃을 바치며 그
렇게 말하는 목소리를 들었다. 그 순간, 속이 뒤집혀 화장실
로 뛰어올 수밖에 없었다.

다원은 계속 거울을 응시했다.

프라임스쿨에 머무는 것. 그건 지금껏 준비한 공소장을
폐기하고 자신의 신념과 정의를 배반할 때만 가능한 일이
다. 아버지의 죄를 묻는 대신 그 죄를 묻은 땅 위에 아버지와
함께 서 있을 때만 가능한 일이다.

……그럴 수 있을까?

사방이 고요했다. 수척해진 나뭇가지가 바람에 흔들려
유리창을 두드리는 소리가 들렸다. 잠시 뒤, 다원은 끝까지
파헤쳤다고 생각했던 자신의 머릿속에서 이제껏 한 번도
들어 본 적 없는 새로운 목소리가 들리는 것을 느꼈다.

……아버지가 정말 죄인일까?

살면서 한 번이라도 아버지가 부정한 일을 저지르는 것
을 본 적이 있었나. 아버지가 옳지 않은 말을 하는 것을 들은
적이 있었나. 아버지가 사회정의에 역행하는 것을 경험한

적이 있었나. 아니, 아버지는 늘 정의 그 자체였다. 이 세상 누구도, 최초의 헌법을 쓴 학자들도 아버지보다 정의로울 수는 없을 것이다. 그렇다면……. 다원은 거울 앞으로 한 발 짝 가까이 다가갔다.

……그렇다면 제이 아저씨를 죽인 것도 아버지가 세운 정의를 실현하기 위한 게 아니었을까.

다시 구토가 나오려고 했다. 끔찍했다. 역겨운 생각이었 다. 그러나 다원은 입을 틀어막고 속에서 밀쳐 오르는 것을 끝까지 참아 냈다. 이 죄의식에 굴복해 계속 쓰러지기만 할 수는 없었다. 아버지를 자수시켜야 한다는 해결책을 찾음 으로써 구토를 이겨 냈던 지난번처럼 이번에도 계속 생각 을 진전시켜 구토를 극복해야 했다.

그날 밤 내가 무엇을 들었지? "니스 영, 넌 살인자야."라 는 자백? 그런데 그날 밤 아버지가 온전한 정신이었나. 합 리적인 사고를 할 수 있는 상태였나. 아니, 아버지는 몸을 가누지도 못할 만큼 술에 취해 있었다. 거울 속에 보이는 자 신을 향해 타인인 양 말을 걸고 고함을 지를 만큼 착란을 일 으키고 있었다. 어느 재판관이 술 취한 심신미약자의 자백 을 증거로 인정한단 말이지?

다원은 거기서 한 단계 더 나아갔다.

설령 아버지가 살인자라는 것이 진실이라 해도 그게 내 가 알아야 하는 진실일까. 내가 책임을 져야 하는 진실일까. 그 살인은 내가 이 세상에 존재하지 않았을 때 일어난 일이

다. 자기가 존재하지 않았을 때 일어난 살인이란, 문명 이전
에 일어난 살인이나 마찬가지다. 공룡이 지구를 점령하고
있었을 때 일어난 살인과 다를 것이 없다. 살인이 가장 흔한
생존 방식 중 하나였던 시대에 일어난, 평상의 행위에 불과
한 것이다. 누구도 기원을 끝까지 밝혀 가며 살 수는 없다.
조상을 거슬러 올라가 보면 살인하지 않은 조상을 가진 핏
줄이 과연 단 하나라도 있을까?

다윈은 아테네 학당에 새로운 기둥을 쌓아 가고 있었다.

어떻게 내 손으로 아버지를 몰락시킬 생각을 했던 걸까.
어떻게 아버지가 쌓은 것들을 폐허로 만들 생각을 했던 걸
까. 어떻게 아버지가 나에게 준 절대적인 사랑을 배신으로
갚을 생각을 했던 걸까. 다윈은 이제야 비로소 아버지의 죄
를 밝히려던 자신의 결정이 결코 사랑에 기반한 것이 아니
었음을 깨달았다. 그것은 냉혹한 재판관이 되어야 한다는
강박관념에서 비롯한 오만이었다. 아버지의 죄를 이용해
자신의 순결성을 드러내려는 얄팍한 이기심이었다. 법학
시험에서 만점을 받기 위한 어리석은 술수였을 뿐이다.

다윈은 그동안 자신이 꿈꾸어 온 재판장의 허구성을 실
감했다. 판사와 검사와 배심원과 방청객이 모두 철인으로
이루어져 있는 재판장은 꿈속에서도 존재할 수 없는 비현
실적인 공간이었다. 죄를 시인하는 것에서부터 형이 집행
되기까지의 과정이 오직 차가운 이성에 의해서만 진행될
것이라고 믿는 것은 순진하다 못해 백치 같은 어리석음이

었다.

아버지가 받을 현실의 재판은 배심원들과 방청객이 함께
아버지에 대한 가십거리를 수군거리고 문교부 차관의 몰락
을 즐거워하는 재판관이 망치를 두드리는 재판이 될 것이
다. 살인죄에 선고된 형량을 채우는 것만으로 재판이 끝나
리라는 법도 없었다. 정체를 숨기고 30년간 추도식에 참여
했다는 사실은 믿음을 배신당한 사람들로 하여금 다시 한
번 여론 재판을 열게 할 테니. 그에 더해 만약 루미의 추측이
모두 사실이어서 12월의 폭동과 관련된 집안 내력까지 밝
혀진다면 육체에 더해 영혼까지 추방당하게 될 것이다.

소유하고 있는 것들의 무게와 서 있는 곳의 높이를 곱해
산출한 추락의 압력은 얼마일까. 추락하는 동안 보게 될 풍
경은 어떤 것들일까. 정원의 호두나무가 뿌리째 뽑혀 잘려
나가고, 문 앞에 돌팔매질 순서를 기다리는 사람들이 줄을
지어 서 있고, 가까운 하늘 위에서 독수리가 발톱을 세우고
있는 그런 모습일까.

다원은 실소를 터뜨렸다. 한순간이라도 자기 손으로 그
재판장에 아버지를 세울 생각을 했다는 것이 믿기지가 않
았다. 잠시 뒤 헛웃음이 멈추고 나자, 이번엔 온몸이 떨려
왔다. 겨우내 아버지를 사회적으로 파산시킬 고발장을 자
기 손으로 직접 쓰고, 프라임스쿨을 영원히 떠날 각오를 했
다는 것이 마치 모르는 적이 저질러 놓은 사고들 같았다.

다원은 거울 속에서 듣고 있을지도 모르는 그 적에게 물

었다.

왜 검사가 되려 했지? 왜 아버지를 변호해야 한다는 생각은 하지 못했지? 아버지의 죄를 밝히는 고발장은 잘도 썼으면서 아버지를 위한 변론은 왜 한 번도 준비하려 하지 않은 거지? 인간으로서 가장 용서받기 어려운 죄를 지었다 하더라도 네가 최후까지 변론해 주어야 할 사람은 이 세상에 너를 태어나게 하고 너에게 절대적인 사랑을 준 아버지인데…….

다윈은 그만 화장실에서 나왔다.

창 너머 나무들이 바람에 흔들리고 있었다. 잘 정리되어 있는 나뭇가지가 문득 잊고 있던 한 장면을 불러들였다. 여름에는 가지치기를 하고 겨울에는 나무 밑동을 짚으로 정성스레 싸 주던 정원사에 대한 기억이었다. 다윈은 자신과 아무 관련도 없어 보였던 그 일화를 이제는 자신의 삶 속에서 해석할 수 있었다. 아버지를 재판장에 세우고 자신은 프라임스쿨을 떠나겠다는 것은 그 이름 없는 정원사가 되어 평생을 살겠다는 의미였다. 무릎을 가리는 긴 법복을 입고 새 법전에 들어갈 단어를 세심하게 조율하는 일 대신 후줄근한 옷을 입고 사다리에 올라가 가위로 나뭇가지를 자르는 일을 선택하겠다는 것이었다. 자신의 존재, 목적, 이상을 고작 남의 집 정원에 있는 나무 한 그루를 다듬는 데 바치겠다는 것이었다.

바깥 풍경과 중첩된 희미한 그림자가 창문에 바짝 얼굴을 들이밀며 물었다.

다원 영, 정말 그런 삶을 살 수 있어?

뒷걸음질로 창가에서 물러난 다원은 그림자의 질문이 다시 들리기 전에 얼른 침대로 들어갔다. 온몸이 떨렸지만 두 입술만은 무언가를 지키듯 단단히 붙어 있었다.

성탄절 밤이 깊어 가고 있었다. 다원은 이불에 몸을 휘감고 꼼짝없이 누워 미묘하게 변하는 창밖 어둠을 지켜보았다. 움직이지 못하게 묶어 둔 몸과 달리 생각은 끝말잇기를 하듯 쉬지 않고 이어졌다.

밤이 없었다면 죄도 없었을까. 죄가 없었다면 아기 예수가 태어난 오늘 밤도 없었을까. 성탄절 밤이 없었다면 죄의식으로 잠을 이루지 못하는 수많은 다른 밤들도 없었을까. 그랬다면 인간은 좀 더 자유로워질 수 있었을까.

다원은 아버지의 자백을 들은 그 밤을 후회하고 또 후회했다. 그 밤만 없었더라면 아버지의 죄를 몰랐을 텐데. 그 밤만 없었더라면 오늘 밤 같은 고통을 겪지 않아도 됐을 텐데. 그 밤만 없었더라면 아버지는 예전과 같은 아버지였을 텐데. 다원은 몽롱한 의식 속에서 계속 되뇌었다.

그 밤만 없었더라면…… 죄도 없는 것인데.

다원은 그 순간, 다시 꿈인지 자신의 생각인지 모를 환영을 보았다. 폭우가 쏟아지는 가운데 낯선 목소리의 누군가가 안으로 들어가게 해 달라며 문을 두드려 대고 있었다. 다원은 잠깐 문밖의 소리에 흥미를 느꼈지만, 그가 구사하는 언어가 너무 험악해서 문을 열어 주는 대신 걸쇠를 잠그고 계단을 뛰어 방으로 들어가 버렸다. 문을 울리는 난폭한 목소리는 떠날 줄 모르고 계속 행패를 부렸다. 다윈은 귀를 막은 채 두려움에 떨었다. 그를 막아 내기란 불가능할 것 같았다. 금방이라도 문을 부수고 안으로 들이닥칠 것 같았다. 그러나 차츰 날이 밝아 오자 정체불명의 목소리가 점점 힘을 잃어 가는 게 느껴졌다. 다윈은 조금만 더 견뎌 보기로 했다.

마침내 동이 트고 비도 그쳤다. 불청객은 빛에 굴복하듯 들어오려던 것을 포기하고 어딘가로 떠나 버렸다. 집은 순식간에 고요해졌다. 두려움은 안도감으로 바뀌었다. 애초에 비 오던 날 밤 자체가 없었던 것 같았다.

다윈은 평온함 속에서 잠이 들었다.

그날의 재구성

　　　　　　　　얼핏 문이 열리는 소리가 들렸다. 조
심스럽게 걸어오는 발걸음이 아버지인 것 같았다. 창가에
서 빛이 들어오는 게 느껴졌다. 어느새 아침이 된 모양이었
다. 끝나지 않을 것 같았던 지난밤이 끝난 것에 다원은 묘한
승리감이 들었다. 겹겹이 쌓인 그 모든 번뇌를 다 풀어 낸 상
으로 성탄절 다음 날 아침을 맞게 된 것 같았다.

　침대 가까이로 걸어오는 아버지의 인기척이 느껴졌지만
일부러 눈을 뜨지 않았다. 이대로 자는 척을 하고 있으면 아
버지는 얼굴을 한 번 들여다본 뒤 금방 나갈 것이다. 그러면
최소한 몇 시간은 불편한 대면을 하지 않아도 된다. 그런데
그렇게 안도하는 순간 다원은 그 위장이 자신의 최종 선택
에 위배되는 것임을 깨달았다.

어젯밤의 판결은 아버지가 이뤄 놓은 세계를 자신이 그대로 승계하기로 했다는 것을 의미한다. 흠결이 있는 세계라 할지라도 그것이 보장하는 안정과 미래를 받아들이기로 선택했다는 뜻이다. 그런데 이렇게 또 아버지를 의도적으로 외면한다면 그 세계는 결코 완전한 정당성을 얻을 수 없다. 하룻밤 새 바뀐 마음처럼 얼마 못 가 다시 금이 가고 무너져 내릴 것이다. 다시 예전처럼 도망치고 싶은 폐허가 될 것이다.

이 세계의 유지와 번영을 위해선 아버지의 죄를 묻지 않는 것으로는 부족했다. 이해하는 것으로도 부족했다. 변호인이 돼 주는 것도 부족했다.

사랑해야 했다. 아버지를 진실되게 사랑해야 했다. 그리고 그 사랑할 대상인 아버지는 예전의 어떤 죄도 짓지 않은 순결무구한 아버지가 아니라 친구를 살해했는지도 모르는, 아니 확실하게 친구를 살해한 죄인인 지금의 아버지였다.

침대를 살펴보던 아버지가 나가려고 하는 순간, 다원은 잠에서 막 깬 듯한 기척을 내며 "아버지." 하고 불렀다. 아버지가 반가운 얼굴로 발걸음을 돌려 다시 돌아왔다.

"일어났구나. 몸은 좀 괜찮아졌니?"

아버지와 대면해도 아무 거부 반응이 일어나지 않았다. 몸은 머리보다 더 빠르게 새로운 환경에 적응을 시작한 모양이었다. 다원은 아버지가 정장 차림을 하고 있는 모습을 보고 물었다.

"오늘도 출근하시는 거예요?"

아버지는 미안하다는 듯 말했다.

"가 봐야지. 1년 내내 서랍에서 잠자고 있던 서류들이 남은 며칠간 한꺼번에 나와 줄을 서서 기다리니까."

"연말인데 아직도 그렇게 바쁘세요?"

"공직 일이란 게 원래 그렇단다. 새해가 되기 전에 새해를 맞이해도 된다는 통과 도장을 받아야 하지."

아버지는 자신이 내뱉는 언어 사이사이마다 제이 아저씨의 그림자가 깃들어 있다는 것을 알기는 하는 걸까?

다원은 의도적으로 물었다.

"1년의 마지막 날 저울 위에 올라가기 위해 줄을 서는 사람들처럼요?"

"그런 셈이 되나…….."

아버지는 그렇게 말하면서 은근히 다른 쪽으로 눈길을 비꼈다. 상처받은 얼굴이었다. 예전엔 눈치채지 못했지만 이제 와 보니 아버지는 본인의 입으로는 곧잘 제이 아저씨의 이야기를 꺼내 그를 칭찬하고 추억하면서도 다른 사람 입에서 먼저 제이 아저씨 이야기가 나오면 주눅 들고 예민해졌다. 다원은 더는 아버지의 그런 얼굴을 보고 싶지 않았다. 심판이 끝난 이상, 저울에 올라갈 일을 걱정하며 초조해할 이유가 없었다. 다원은 다시 한 번 "아버지." 하고 불렀다.

"드릴 말씀이 있어요."

아버지가 침대 한쪽에 앉으며 물었다.

"무슨 말인데?"

"저 내년부터는 제이 아저씨 추도식에 안 갈래요."

아버지는 아무 생각 없이 걷다 갑작스럽게 무언가에 부딪힌 것처럼 당황스러운 표정을 지었다.

"갑자기 왜 그런 말을 하니?"

"그냥 새해라는 말을 들으니까 생각나서요. 새해부터는 정말 하고 싶고 필요한 일만 하고 싶어요. 4학년이 되면 공부도 더 어려워질 테니까."

"이제껏 가기 싫은데 나 때문에 억지로 갔던 거니?"

"아니에요. 지금도 싫어서 그러는 건 아니에요. 그냥 저한텐 아무 의미가 없는 일인 것 같아서요. 제이 아저씨는 우리 친척도 아니고 개인적으로 저와 특별한 관계를 맺은 사람도 아니잖아요."

아버지는 아무 말이 없었다. 아마 자신의 결정을 단번에 지지할 수도, 설득해 마음을 바꿔 놓을 수도 없어 갈등하고 있는 중일 것이다. 그러나 아버지가 방향을 조금만 돌리기만 하면 그 양단의 선택에서 자유로워질 수 있는 세 번째 길이 있었다. 다원은 그 사실을 아버지에게 상기시켰다.

"아버지도 내년부턴 안 가시는 게 어때요?"

아버지는 무거운 표정으로 계속 침묵만 지켰다.

다원은 할 수 없이 아버지의 반응을 이끌어 낼 만한 강한 자극을 주었다.

"30년이면 충분하잖아요. 엄마 기일도 10주년으로 그만 뒀으니까."

예상대로 아버지가 입을 열었다.

"기념일을 치르는 거만 안 할 뿐이지 늘 엄마를 생각하고 있단다."

"알아요. 우리가 함께 결정한 거잖아요. 전 그냥 제이 아저씨한테도 그렇게 했으면 좋겠다는 거예요. 마음속으로만 생각하는."

아버지가 손을 뻗었다. 다원은 자기 앞머리를 쓸어 올리는 아버지의 손길을 가만히 받아들였다.

"불공평하다고 느꼈니?"

"어쩌면요."

아버지가 고개를 끄덕이며 말했다.

"그래, 무슨 말인지 알겠다. 한번 생각해 보마. 어쨌건 너에게 그런 생각이 들게 한 건 미안하구나. 그런데 절대 엄마를 제이 아저씨보다 소홀하게 여겨서 그런 건 아니었단다. 어렸을 때부터 하던 일이라 중단해야 한다는 생각도 없이 그냥 한 해 한 해가 흘렀던 거지. 30년……. 그래, 긴 시간이긴 하구나. 나도 이렇게 오랫동안 이어질지는 몰랐단다."

다원은 아버지를 끌어안았다. 품안에서 옅은 향수 냄새가 났다. 익숙한 아버지의 냄새였고, 기억에 없는 엄마의 냄새였다. 다원은 자신의 존재가 프라임스쿨과 합일됐을 때처럼 아버지와도 합일되는 것을 느꼈다. 아버지가 다시 머

리를 쓰다듬으며 "오랜만이구나, 이렇게 안기는 건." 하고
말했다. 아버지의 손길이 평화로움을 주었다. 모든 풍랑이
멈추었다. 배는 더 이상 전복되지 않을 것이다.

아버지는 더 누워 있으라고 말렸지만 다원은 고집을 부려
1층까지 아버지를 배웅 나갔다. 자신이 할 수 있는 모든 방
법으로 아버지에게 사랑을 주고 싶었다. 아무 갈등 없이 아
버지를 사랑할 수 있음을 스스로에게 증명하고 싶었다.

문을 열자 세찬 바람이 들이닥쳤다. 순간적으로 어젯밤
집에 들여보내 주지 않은 것에 낯선 목소리가 터뜨리고 가
는 마지막 앙갚음으로 느껴졌다. 다원은 헝클어진 머리를
가볍게 매만졌다. 집을 지켜 낸 주인으로서 이 정도 분풀이
쯤은 얼마든지 받아 줄 수 있었다. 인사를 한 뒤 문을 닫으려
는데 아버지가 잊은 것이 있다는 듯 돌아서서 말했다.

"참, 어젯밤 늦게 버즈에게서 전화가 왔단다. 다큐멘터리
를 본 네 감상을 듣고 싶다는데 전화를 바꿔 줄 수가 있어야
지. 덕분에 재능 많은 아들을 뒀다며 대신 내가 칭찬을 받았
단다. 그런데 레오는 크리스마스도 가족과 안 보내고 혼자
여행을 가 버렸다고 하던데? 넌 아니라고 했지만 아무래도
레오는 내년에도 중점적인 관심이 필요할 것 같다. 아무튼
이따가 버즈한테 감사 인사도 할 겸 전화 드리렴. 네가 아픈
바람에 얘기할 기회가 없었는데 정말 대단한 작품이었잖
니. 오늘은 출근해서 할 이야기가 많아 즐겁겠어. 자, 바람
이 차니까 어서 들어가라."

방으로 올라온 다윈은 무심코 뒷목에 손을 갖다 댔다. 어딘가 문이 열려 찬바람이 들어오는지 뒷목에 서늘한 기운이 감돌았다. 그러나 방 어디에도 열려 있는 틈은 없었다. 깨끗이 떠난 줄 알았던 낯선 목소리가 방 어딘가에 숨어 계속 호흡하고 있는 걸까? 뒷목의 서늘한 기운이 신경 줄기를 타고 다른 곳으로 퍼져 나가기 시작했다. 곧 세포 알갱이가 터지는 듯한 전율이 온몸을 휘감았다.

……풍랑은 멈춘 게 아니었나. 나는 포악한 바다의 신처럼 혼자 격분해 해일을 일으켰다가 다시 혼자 남모르게 세계를 잠재우지 않았었나.

다윈은 묘한 불안에 휩싸여 방 안을 서성였다. 발밑이 계속 진동하고 귓가에선 무언가가 몰려오는 소리가 울렸다.

다윈은 턱에 손을 괴었다. 일단 간밤의 풍랑에 조각난 머릿속 부유물들부터 정리해야 했다. 이것들만 제대로 자리를 찾는다면 이 여진 같은 불안의 정체가 무엇인지 알아낼 수 있을 것이다.

다윈은 눈을 감았다. 어디서부터 조각들을 맞춰 나가야 할까? 곧 난파된 배의 중심으로 추정되는 잔해가 눈에 들어왔다. 지난밤 다시 재발한 구토와 아버지에게 되돌아가기 위한 자기변호의 힘에 밀려 수평선 너머로 떠내려갔던 조각. 다윈은 그 조각을 생각의 판 한가운데에 끼워 넣었다. 그러자 당위적인 힘에 끌리듯 나머지 부분들이 스스로 제

자리를 찾아 몰려들었다.

루미가 찾고 있는 카세트, 그것이 여진의 진원지였다. 다원은 감고 있던 눈을 뜨고 곳곳에 갈라진 틈이 있는 그곳의 상황을 유심히 관찰해 보았다.

루미는 다른 몇몇 테이프에 외부 소음이 녹음된 사실을 근거로 제이 아저씨가 살해당한 날 새벽의 정황이 카세트에 녹음돼 있을지도 모른다는 희망을 갖고 있다. 그리고 그 카세트는 현재 레오의 손에 있다. 루미는 레오에게 어디까지 이야기한 걸까. 그 카세트에 자기 삼촌을 죽인 범인에 대한 단서가 녹음된 테이프가 들어 있을지도 모른다는 이야기를 했을까. 다원은 레오와 했던 전화 통화 내용을 떠올려 보았다. 그러나 그때 레오는 세세한 정황을 아는 것 같지는 않았다. '나도 자세한 얘기는 모르는데'라고 말한 것으로 미루어, 단순히 루미가 자기 삼촌의 추억이 깃든 물건을 찾는다고 여기는 정도였다.

다원은 생각을 하다 말고 고개를 저었다. 고작 전화로 전해들은 한두 마디를 떠올리며 펼치고 있는 자신의 추정 전개 방식이 마음에 들지 않았다. 이렇게 두서없이 떠들 게 아니라 알고 있는 정보를 최대한 이용해 각각의 가능성을 분리해서 생각해 봐야 했다. 다원은 자신이 서 있는 바닥에 분석의 전개 방향이 도출되고 있기라도 한 것처럼 방 안을 일직선으로 따라 걸으며 계속 생각을 이어 나갔다.

루미의 희망은 이전 날짜들의 방송이 녹음된 테이프들이

있는 것으로 미루어 그날도 역시 제이 헌터가 미드나이트 뮤직을 녹음했을 것이라는 추정에 바탕하고 있다. 지난번에 루미는 제이 아저씨가 5월에 방송 녹음을 시작해서 7월 초까지 서른여 개의 테이프를 녹음했다고 했다. 미드나이트가 월요일부터 금요일까지 하는 방송이었으니 평균 주중에 세 번 정도 녹음한 것이다. 뒤집어보면 녹음을 하지 않은 날도 이틀이나 된다. 그러니 아무리 그 이전 날짜들의 방송이 녹음된 테이프가 있다 하더라도 그날은 녹음을 하지 않았을 가능성 또한 있는 것이다. 과연 어느 쪽이 사실일까?

엇비슷한 크기의 조각을 양 손에 올려놓은 다원은 쉽게 답을 얻을 수 있었던 기회를 놓친 것을 후회했다. 레오에게 전화가 왔을 때 카세트를 열어 보았는지, 열어 보았다면 그 안에 테이프가 들어 있는지 물었어야 했다. 물론 의미 없는 후회였다. 그때는 자기 의지로 아버지의 죄를 밝히겠다는 각오의 정점에 오른 상태였고, 레오가 카세트를 찾은 것 역시 자신과 뜻을 같이한 외부의 힘으로 느꼈으니. 다원은 후회에서 빠져나와 추론의 힘을 이용해 그 두 조각의 본질을 분석했다.

'미드나이트 뮤직'은 자정에서 새벽 두 시까지 하는 방송이었고, 제이 헌터의 살해 추정 시간은 새벽 한 시쯤이라고 했다. 다원은 그 시간들에 근거해 지금이 30년 전 7월 9일에서 10일로 바뀌기 바로 직전이고 자신이 제이 헌터의 방에 서 있다고 상상해 보았다. 지금 루미의 추정이 눈앞에서 그대로 벌어지고 있는 것이다.

밤 열두 시가 되자 제이 헌터는 카세트로 미드나이트 녹음을 시작한다. 그리고 얼마 뒤 그의 방에 후드를 입은 괴한이 들어온다……. 다윈은 순간 피식 웃고 말았다. '괴한'이라는 단어를 쓴 스스로가 우스웠다. 그러나 곧 냉소를 거두고 다시 추론으로 돌아왔다. 지금 현재 이 방에는 세 존재가 있다. 아버지, 제이 헌터, 음악 방송이 녹음되고 있는 카세트. 한 시쯤 아버지는 제이 헌터를 살해하고 집을 떠난다. 셋이 있던 방에는 카세트 혼자만 남게 된다.

이 경우 건전지가 닳을 때까지 카세트에서는 계속 라디오 방송이 흘러나왔을 것이다. 그랬다면 당연히 다음 날 아침 제이 헌터 가족이 카세트의 존재를 감지했을 것이고, 현장에 온 경찰 역시 살해 사건의 정황을 판단할 증거물로 카세트를 확보해 열어 본 뒤 녹음테이프를 들어 봤을 것이다.

그러나 카세트는 그 사건에 아무 영향도 끼치지 못한 채 루미 할머니를 통해 다시 버즈 아저씨에게 돌아갔다. 그랬다는 건 그날 아침 카세트의 존재감이 제로였다는, 즉 라디오가 꺼져 있었다는 뜻이다. 죽은 사람이 되살아나 라디오를 끄지 않은 이상 아무도 없는 방 안에서 카세트가 꺼졌을 리 없다. 그때 하필 건전지가 다 닳아 카세트가 꺼졌다는 가정은 우연의 힘에 지나치게 큰 힘을 실어 주는 것이다. 결국 그날 아침 카세트가 꺼져 있었다는 것은 제이 아저씨가 애초에 라디오 방송을 녹음하지 않았다는 얘기이다. 확률 게 임의 승부가 가려졌다.

객관적이고 이성적으로 그날을 재구성한 결과, 다윈은 자신의 두려움이 현실이 될 가능성은 제로에 가깝다는 결론에 도달했다. 1심이 끝났다. 안도의 숨이 나왔다. 1지구에서 1심 판결은 최종 판결이었다.

그런데 방 안을 서성이는 발걸음은 멈추지 않고 계속 어딘가로 향했다. 머리와 달리 몸은 본능적으로 여기가 종착지가 아님을 알고 있는 것 같았다. 그럼 다음으로 가야 할 곳은 어디일까.

곧 두 번째 재판장이 꾸려졌다.

다윈은 그곳에 루미의 희망이 앉을 수 있도록 의자 하나를 내 주었다. 즉 제이 헌터가 녹음을 했지만 그날 아침 카세트가 꺼져 있었을 가능성을 가정해 보는 것이다. 그랬다는 건 제이 헌터가 평상시와 달리 그날은 녹음을 일찍 끝내고 라디오를 껐다는 뜻이다. 두 시에 끝나는 방송을 제이 헌터는 왜 그날 새벽에만 일찍 껐던 걸까?

추정할 수 있는 가장 일반적인 경우는 피곤하고 졸려서 라디오 녹음을 평소보다 일찍 끝내고 잠자리에 들었다는 것이다. 이랬다면 카세트에 녹음테이프가 들어 있더라도 전혀 문제될 게 없다. 카세트가 꺼진 뒤 일어난 살해 시점 상 테이프에 범인의 정체에 관한 단서가 녹음되었을 수가 없으니.

2심이 끝났다. 제로에 더 가까워졌다. 그러나 아직도 제로는 아니었다. 단심제를 포기하고 2심을 허용한 이상 최종 3심까지 치러야 했다. 그러기 위해선 제이 아저씨가 녹음을 중단하고 라디오를 끈 이유가 앞의 일반적인 경우 때문이 아니라 그렇게 할 특별한 필요를 느껴서라고 가정해야 한다. 루미의 희망이 앉아 있는 의자를 더 넓고 편안한 것으로 바꿔 주는 것이다.

어떤 경우라야 제이 헌터는 녹음을 중단하고 라디오를 끌 필요성을 느꼈을까?

다원은 눈을 감고 라디오 음악이 흐르고 있는 방 안을 상상해 보았다. 그건 라디오를 녹음하고 있는 행위가 무엇인가를 방해한 상황 때문일 것이다. 라디오가 일으킬 수 있는 방해, 그건 당연히 소리와 연관된 것이다. 즉 제이 헌터는 라디오 소리가 방 안에 흐르는 것이 자신에게 방해된다고 판단해 녹음을 중단하고 라디오를 끈 것이다. 라디오 소리보다 집중해야 할 다른 소리가 생긴 것이다.

그러나 이것과 관련해 생각해 보아야 할 사항이 하나 더 있다. 다른 소리를 더 잘 듣기 위해서라면 음량을 조금 줄이거나 완전히 소거하는 것으로도 충분했을 텐데 제이 헌터는 아예 거기서 녹음을 중단하고 라디오를 껐다는 사실이다. 어떤 소리였기에 그런 결정을 내린 걸까? 그리고 그 시기는 언제였을까?

다원은 부유하는 조각들을 그러모아 퍼즐을 맞추어 나갔다. 이미 없어져 버린 조각들이 너무 많은, 아무리 공을 들여도 완전하게 조각을 맞출 수 없는 퍼즐이지만 각각의 위치만 정확하게 잡아 준다면 전체적으로 어떤 그림인지는 충분히 유추할 수 있을 것이다.

다원은 다시 한 번 7월 10일로 돌아가 보았다.

제이 헌터가 카세트를 껐을 시점은 녹음을 시작한 자정 후부터 살해당하기 직전인 새벽 한 시 전까지이다. 그리고 녹음테이프를 이용해 범인을 찾길 기대하는 루미의 희망이 이루어지려면 그 녹음 시작과 마침 시점이 다시 범인이 등장한 이후와 제이 헌터가 생명의 위협을 느끼기 전, 아직 행동에 여유가 있을 때로 좁혀진다. 살해당하는 순간 다시는 듣지 못하게 될 녹음테이프 따위에 신경을 쓰며 카세트 버튼을 누른다는 것은 비합리적이므로.

이 시간 동안 제이 헌터 방에서 무슨 일이 있었는지 알 수 있는 단서는 방에서 말소리를 들었다는 조이 아저씨의 증언이 유일하다. 그러나 아저씨는 나중에 아무 소리도 듣지 못했다고 증언을 번복했다. 루미는 자기 아빠가 거짓말을 하는 것이라 했지만, 그건 분명히 자기 아빠에게 불만이 많은 루미의 지나친 억측일 것이다. 열 살짜리 아이가 자기 형의 죽음을 둘러싸고 거짓말을 한다는 건 인간의 상식 선에서 너무 벗어난 일이니.

조이 아저씨의 진술이 사실이라고 믿을 만한 강력한 근거는 또 있다. 바로 그날 아버지가 입은 후드. 아버지는 신분을 숨기려는 분명한 목적을 가지고 후드를 입었다. 우발

적 행위가 아니라 집에서부터 준비해 온 계획적 행위였던 것이다. 그런데 그 목적을 위배해 아버지가 제이 아저씨와 평상시처럼 대화를 주고받고 제이 아저씨가 그런 아버지를 평상시처럼 대했다는 것은 지나치게 불합리하다.

게다가 여기서 말소리의 유무는 불확실하지만 비명 소리의 부재는 확실하다. 그날 새벽, 그 집에서 비명 소리를 들은 사람은 아무도 없다고 했다.

그건 아버지가 단 한 치도, 단 한 순간도 밀리지 않고 제이 아저씨를 완벽하게 제압했다는 방증이다. 만약 조금이라도 틈을 보였다간 제이 아저씨가 곧바로 비명을 지르며 저항했을 테니. 후드로 신분을 위장한 것에서 볼 수 있듯이 아버지는 제이 아저씨를 살해하기 위해 처음부터 끝까지 치밀하게 행동한 것이다.

그 조각을 끼우고 나자 조금 전의 협소하지만 그래도 존재는 했던 '아버지의 정체가 카세트에 녹음되었을 수도 있는 가능성'이 완전히 사라졌다. 후드를 입고 등장한 이후부터 어쩌면 숨이 끊어지기 직전에서야 아버지를 알아본 제이 아저씨가 아버지의 정체를 드러낼 만한 한 마디를 간신히 내뱉었을지도 모를 순간까지 아버지는 제이 아저씨에게 내내 위협적인 존재였다. 목숨의 위협을 받는 중에 한 인간이 고작 라디오 녹음 따위에 신경 썼을 리 없다. 그러한 행동은 인간의 본능이 말살될 때나 가능하다. 아버지, 아니 후드를 입은 괴한이 자기 방에 들어온 이후 제이 헌터는 카세트에 손을 댈 시간과 여유가 전혀 없었던 것이다.

다윈은 마지막 남은 조각을 제자리에 끼워 넣고 그 그림을 해석했다.

제이 아저씨가 녹음을 중단하고 카세트를 껐어도 그 시점은 범인의 정체가 드러나는 결정적인 순간이 아니라 밖에서 수상한 발소리나 문소리를 들었을 때였을 것이다. 음악 소리를 잠시 줄여 귀를 기울이는 것으로도 충분했겠지만 제이 아저씨는 루미나 아버지가 알고 있는 것과 달리 사실은 겁쟁이여서 아예 카세트를 끄고 침대로 뛰어 들어가 이불을 뒤집어 쓴 것이다. 그러다 곧 잠이 들었고, 덕분에 아버지는 침묵 속에서 제이 아저씨를 살해할 수 있었다.

그런데 그 순간 땅이 갈라지듯 얼굴이 일그러졌다. 퍼즐 맞추기가 끝난 그림 속에 너무 많은 오류가 있었다. 마치 여름 숲을 그린 그림 속 나뭇가지에 나비 번데기가 매달려 있는 것과 같았다. 다윈은 자신의 논리가 만들어 낸 실수를 하나하나 잡아냈다.

지난번 추도식에서 루미는 제이 아저씨가 바닥에 쓰러져 숨진 채 발견되었다고 했다. 침대가 아니었다. 침대에서 잠을 자던 사람이 바닥에서 발견됐다는 건 저항이 있었다는 의미인데 그랬다면 당연히 비명 소리도 터졌어야 했다. 또 시간 정황상 제이 헌터가 들은 수상한 소리 직후 아버지는 바로 방에 들어왔어야 한다. 그런데 그 짧은 사이에 제이 헌터가 순식간에 잠이 들었을 리가 없다. 무엇보다도 정말로 겁을 먹었다면 침대로 숨는 대신 당연히 아래층으로 뛰어 내려갔을 것이다. 물리적인 시간상으로도, 인간의 심리와 행위상으로도 전부 틀린 추정이었다.

그런데 전부 틀린 추정이라는 판단이 내려지는 순간 다윈은 절망 대신 온몸에서 환희가 솟는 것을 느꼈다.

이 오류는 자신의 논리력의 결함에서 오는 게 아니었다. 자신의 오류가 아니었다. 상황의 오류였다. 사실이 아닌 피고의 주장을 완전히 믿고 변호해 준 마지막 순간 그 전적인 믿음 때문에 역설적으로 그 주장이 사실이 아님을 깨닫게 된 것과 마찬가지였다. 겁쟁이였다는 식의 구체적 사실까지 곁들이는 바람에 하마터면 속아 넘어 갈 뻔했지만 현장 조사를 실시하는 순간 피고의 진술이 모두 거짓임이 드러난 것이다. 모든 게 억지스럽고 너무나 부자연스러웠다. 행동 하나하나와 그 행동의 결과들이 다 어긋나 있었다. 이 세계를 처음부터 다시 창조해 내지 않는 한 사실이 아닌 과거를 완벽하게 사실로 꾸밀 수는 없다. 제이 헌터가 어떤 필요에 의해 카세트를 껐다는 가정은 애초에 틀린, 존재하지 않는 세계였다. 그 허구의 세계에서 계속 탑을 쌓다 보니 이렇게 마지막 순간 모두 무너져 내린 것이다.

다윈은 루미의 희망에 내주었던 의자를 거두고 자기가 의자에 앉았다. 이제 그만 최종 판결을 내릴 순간이었다.

카세트 안에는 녹음테이프가 들어 있지 않다. 만에 하나 테이프가 있다 해도 살해 시점과 많이 떨어진 방송 첫 부분의 음악만 녹음돼 있다. 불가능한 경지로 너그러워져 아버지와 연관 있는 외부 소음이 녹음됐다 가정하더라도 시시한 문소리 정도일 뿐 범인을 특정 지을 수 있을 만한 단서는 없다.

제로. 드디어 제로였다.

카세트가 가진 본연의 목적도 아닌 단순한 결함이 30년간 묻혀 있던 비밀의 한순간을 포착했다고 가정하는 것은 이성적인 논리가 아무 근본도 없는 우연 앞에 무릎 꿇어야 한다는 것과 다름없었다. 카세트를 확보해 범인의 정체를 밝히겠다는 루미의 희망은 주사위를 세 번 던져 세 번 모두 같은 수가 나올 확률만큼이나 가능성 없는 얘기인 것이다. 그것도 몇 면체로 이루어져 있는지 셀 수도 없는, 원형에 가까운 주사위를. 다원은 그 가능성을 다른 이야기로 풀어 생각해 보았다.

여기 감옥이 하나 있다. 이 감옥에 난 유일한 창문은 30년에 한 번, 아주 짧은 순간 동안만 열리도록 설계돼 있다. 그런데 그 찰나의 순간, 새 한 마리가 창 안으로 날아 들어온다. 새는 입에 물고 온 나뭇가지 하나를 땅에 떨어뜨린다. 그것을 많고 많은 죄수 중 공교롭게도 죄를 짓지 않고 감옥에 들어온 죄수가 주워 무심코 감옥 문 열쇠 구멍에 집어넣어 본다. 신기하게도 둘의 모양이 정확히 일치해 죄수는 탈출에 성공한다.

이런 이야기가 과연 가능할까? 인간의 힘으로는 이런 우연을 조작할 수 없다. 이런 우연들이 겹칠 방법은 신의 의지가 작용할 때뿐이다. 신이 개입해야 한다. 그런데 과연 신이 진실을 밝히기 위해 이런 비효율적인 방법을 이용할까? 아니, 애초에 신이 이 일에 관심이 있기나 할까?

멀리서 봤을 땐 온 육지를 삼킬 것처럼 거대해 보였던 파도지만, 정확한 분석과 계측을 통해 실제로는 발바닥을 간질이는 정도의 얕은 물결로 소멸한다는 것을 밝혀냈다. 앎이 두려움을 몰아냈다. 다원은 창밖에서 떠오르고 있는 태양과 마주했다. 새로운 날이었다. 성탄절 밤보다 더 드높은 찬양을 받아야 하는 것은 해가 뜨는 이 매일매일의 아침이었다.

할아버지는 아홉 시가 넘어서야 일어나 거실로 나왔다. 다원은 기다리고 있다가 "편하게 주무셨어요?" 하고 인사하며 할아버지를 맞이했다. 할아버지는 아픈 손자보다 늦게 일어났다는 사실이 부끄럽다는 듯 겸연쩍은 표정을 지었다.

"손님방인데도 이상하게 내 집보다 잠이 잘 와서 늦잠을 자 버렸구나."

다원은 "할아버지 집이나 마찬가지죠."라고 응대했다. 할아버지가 소파 옆자리에 앉아 얼굴을 마주 보고는 이리저리 살피며 말했다.

"하룻밤 새 이렇게 혈색이 도는 걸 보니, 역시 잠이 보약이구나."

다윈은 마찬가지로 할아버지 얼굴을 살폈다. 제이 아저씨 앨범에서 영원히 사라진 독사진과 마주하고 있다는 생각이 들었다. 뺨에 남은 흉터와 아버지와 닮은 눈. 할아버지 얼굴에는 과거를 보는 길과 미래를 보는 길이 함께 있었다. 그러나 흐려진 한쪽 길은 폐쇄된 것이나 다름없었다. 그 길로는 이제 아무도 걸어가지도, 호기심에 발을 들여놓지도 않을 것이다. 미래로 향하는 길과 시간은 깨우친 자의 것이었다. 다윈은 문득 앞으로 할아버지와 함께할 시간이 많이 남지 않았다는 생각이 들었다. 이대로 소중한 시간을 흘려보내고 싶지 않아 즉흥적으로 제안했다.

"새해가 되면 실버힐을 정리하고 이 집에 와서 같이 사시는 건 어때요?"

할아버지는 깜짝 놀란 표정으로 되물었다.

"이 집에서? 갑자기 왜?"

"할아버지도 혼자 사시고, 제가 학교로 돌아가면 아버지도 혼자인데 계속 이렇게 따로 사시는 건 시간 낭비잖아요. 할아버지가 여기 와 계시니까 부족했던 게 채워지는 기분이에요."

할아버지가 웃으며 어깨를 쓰다듬었다.

"말만 들어도 고맙구나."

"빈말이 아니에요. 진심으로 그랬으면 좋겠어요."

할아버지는 자신 없는 얼굴로 고개를 저었다.

"니스가 내켜하지 않을 거야. 예전에 네 엄마가 떠나고 나서 한 번 말을 꺼내 본 적이 있는데 일언지하에 거절당했거든. 지금으로도 좋은데 괜히 얘기를 꺼내서 분란을 일으키고 싶지는 않구나."

다원은 할아버지를 집으로 초대한 것처럼 이번에도 아버지를 쉽게 설득할 수 있으리라는 자신감이 들었다.

"걱정 마세요. 제가 얘기를 드리면 아버지도 분명 좋다고 하실 거예요."

할아버지는 다시 가망 없는 얘기라며 웃어 넘겼지만, 다원은 새로운 해의 기념이자 곧이어 올 할아버지의 일흔일곱 번째 생신 선물로 이 집을 드리기로 마음속에서 벌써 결정을 내렸다.

할아버지와 함께 아침 식사를 한 뒤, 다원은 버즈 아저씨에게 전화를 걸었다. 버즈 아저씨가 다큐멘터리를 본 감상이 어떠냐고 물어 왔다. 다원은 단순히 '보았다'는 말로는 지난밤 자신이 겪은 체험을 온전히 설명할 수 없을 것 같아 먼저 다른 사람들이 느낀 감상으로 이야기를 돌렸다.

"할아버지와 아버지가 무척 감동받으셨어요."

"왠지 너는 아니었단 말로 들리는구나."

다원은 자신의 결심이 잘못된 판단이었음을 깨닫도록 결정적인 기회를 준 버즈 아저씨에게 그에 합당한 감사를 표하고 싶었다.

"그게 아니라 감동이라는 말은 적당하지 않은 것 같아서요."

"어째서?"

"아저씨가 만든 작품은 다른 사람들에게는 마음만 움직였지만 저에게는 저 자체를 움직이게 했으니까요."

"대단한 감상인데? 그러면 내 작품이 다원 너를 어디로 움직인 건지 물어봐도 될까?"

다원은 주저 없이 대답했다.

"프라임스쿨로요."

"프라임스쿨이라면 제자리걸음을 한 거 아니니?"

"제자리걸음이라기보다는 원래 자리로 돌아온 거죠. 여행을 다녀온 것처럼요."

"여행이라……. 들었던 얘기 중에 가장 마음에 드는 감상이다. 아무래도 다원 네가 내 작품을 가장 잘 이해한 사람 같구나. 역시 해설자로 널 발탁한 건 옳은 선택이었어."

버즈 아저씨는 그러더니 갑자기 한숨을 내쉬며 "같은 프라임 보이끼리 이렇게 격차가 나서야."라면서 레오 이야기를 꺼냈다.

"다른 날도 아닌 크리스마스 날 '여행 가요.'라는 메모 한 장 남겨 놓고 사라져 버렸단다. 어디를 간다, 언제 돌아온다 말 한마디 없이 말이야. 덕분에 걔가 들을 잔소리를 애 엄마한테 내가 다 듣고 있지. 아무튼 무슨 생각을 하고 사는지 알 수 없는 녀석이라니까."

다원은 어제 저녁 레오에게 전화가 왔었다는 것과 레오가 계획하고 있는 일들을 알려 줄까 잠시 고민했지만, 레오가 다큐멘터리를 찍기 위해 8지구에 갔다는 사실이 알려지면 어른들의 걱정만 더 깊어질 것 같아 망설임 끝에 입을 다물었다. 무엇보다도 레오가 비밀로 유지한 일을 허락 없이 마음대로 발설할 수는 없었다. 다윈은 자신의 은인이나 다름없는 아저씨에게 사실대로 이야기해 줄 수 없는 상황에 약간의 죄책감을 느끼며 "너무 걱정 마세요."라고 위로했다.

"레오는 아저씨를 닮았잖아요. 믿고 기다려 주세요. 새해가 되기 전에 분명 무사히 돌아올 거예요."

그것이 레오와의 의리를 지키면서 버즈 아저씨를 위해 줄 수 있는 최대한의 힌트였다.

버즈 아저씨의 방

제라늄 거리에 위치한 피터 마샬의 2층 저택은 환하게 불을 밝히고 있는 은촛대의 초들 중 유일하게 불이 꺼진 불운한 초 같았다. 진짜 양초라면 그 옆의 초에서 온기라도 빌릴 수 있겠지만, 이 낡은 저택은 이웃 창문에서 새어 나오는 따사로운 불빛 때문에 외관에 흐르는 피폐함이 더 불거져 보였다. 기대했던 것과 너무 다른 집의 정경에 루미는 할 말을 잃고 한참 동안 문 앞에 우두커니 서 있기만 했다. 떨어져 나간 지붕 테두리, 깨져 있는 현관 등, 죽은 나무들……. 버즈 미디어 대표의 아버지 집이 이렇게 황폐하다는 것을 누가 믿을까. 녹슨 동판에 새겨진 피터 마샬이라는 이름만 아니면 당연히 집을 잘못 찾아왔다고 생각했을 것이다.

움직이지 말라는 주문에라도 걸린 듯 저택이 풍기는 어두운 기운에 사로잡혀 있던 루미는 잠시 뒤, 이곳을 찾아온 목적이 집 구경은 아니라는 것을 깨닫고 얼른 초인종을 눌렀다. 그러나 소리가 나지 않았다. 다시 한 번 힘을 주어 눌렀지만 그 노력에 반응하는 건 초인종 소리가 아니라 먼지로 새까맣게 변하는 손가락이었다. 이 집과 이 집에 사는 피터 마샬이라는 노인에 대해 단정하기엔 아직 이르지만, 아주 오랫동안 초인종이 울리지 않았던 것만은 분명해 보였다. 단순히 고장 나서든 찾아오는 방문객이 없어서든.

루미는 할 수 없이 초인종을 포기하고 직접 문을 두드렸다. 그러나 한참을 기다려도 인기척은 들리지 않았다. 아무도 없는 걸까. 루미는 창 쪽을 기웃거렸다. 그러나 모든 창문은 커튼이 내려져 있어 안을 들여다볼 수 없는 데다, 생활을 추측해 볼 수 있는 작은 빛조차 새어 나오지 않았다. 집 어디에도 성탄절을 막 치르고 난 뒤의 따뜻한 여운은 깃들어 있지 않았다.

매서운 바람이 불어닥쳤다. 루미는 오늘만큼은 프리메라 교복을 입고 온 것을 후회했다. 레오 할아버지에게 좋은 인상을 주기 위해 일부러 입고 온 것인데, 기온이 영하 10도 아래까지 떨어진 날씨에는 역시 무리였다. 선물로 준비해 온 케이크 상자를 든 손의 감각이 점점 무뎌졌다. 현관 앞을 계속 서성이던 루미는 치마 사이로 불어오는 강풍을 더는 견딜 수 없어 그러면 안 된다고 생각하면서도 문손잡이를 돌려 보았다. 폐쇄된 듯한 겉모습과 달리 뜻밖에도 문은 쉽게 열렸다.

"실례합니다. 아무도 안 계세요?"

안으로 들어서는 순간 지독한 냄새가 코를 찔렀다. 할아버지 집에서 나는 것과는 종류가 다른 악취였다. 마치 집에 술을 가득 부어 놓고 몇십 년간 문을 닫아 놓은 것 같았다. 한 발짝 움직일 때마다 바닥에 깔린 카펫에서부터 벽지, 소파, 눈에 보이지 않는 먼지와 곰팡이들까지 집 안에 있는 모든 것이 술에 발효된 듯한 냄새를 내뿜었다. 이 냄새를 계속 맡느니 차라리 밖에서 살을 에는 칼바람을 맞고 있는 게 더 나을 지경이었지만 루미는 애써 숨을 참아 가며 계속 안으로 들어갔다. 제이 삼촌을 위해서라면 술에 찌든 집의 문뿐만이 아니라 시체가 든 관 뚜껑이라도 열 각오가 돼 있었다.

실내의 불은 모두 꺼져 있었다. 그나마 커튼 사이사이로 들어오는 햇빛이 무심한 길잡이가 돼 준 덕에 발에 걸리는 것을 한쪽으로 밀어 내며 천천히 걸음을 옮길 수 있었다. 루미는 문득 레오가 지금 자신의 모습을 본다면 얼마나 화를 낼까 하는 생각이 들었다. 자기 허락 없이는 절대 할아버지를 찾아가선 안 된다고 꽤 심각한 어조로 얘기해서 알겠다고 대답했는데, 약속을 어기고 집에 들어온 것을 알면 쉽게 용서해 주지 않을지도 몰랐다. 그러나 따지고 보면 레오는 용서를 하고 말 자격이 없었다. 할아버지 집에 가서 카세트를 찾아보겠다고 분명히 약속했으면서도 지금껏 아무 연락도 하지 않은 채, 심지어 말없이 여행까지 떠나 버린 건 자기니까. 레오 엄마한테 레오가 행선지도 알리지 않고 여행을 떠났다는 이야기를 들었을 때 느낀 배신감이란……. 버즈 아저씨가 그랬던 것처럼 레오 역시 애초부터 약속을 지킬 생각 같은 건 조금도 없었던 것이다. 무책임한 면에선 정말 똑같이 닮은 부자였다. 루미는 전화를 끊으며 더는 마샬 가문 남자들에게 도움을 기대하지 않겠다고 다짐했다. 다른 사람의 도움을 기다리고 있을 시간에 이제껏 그래 왔던 것처럼 직접 행동하는 게 훨씬 효율적이었다.

1층 거실 안쪽에 가까워졌을 즈음, 열린 방문 틈으로 어떤 소리가 새어 나왔다. 루미는 조심스레 안을 들여다보았다. 한 노인이 어두침침한 방 안에서 1인용 소파에 비스듬히 앉아 텔레비전을 보고 있었다. 주위로는 술병이 가득 쌓여 있었다. 루미는 노인을 조금 더 자세히 살펴보려고 문을 안쪽으로 더 밀었다. 그 순간 문 앞에 쌓여 있던 술병이 넘어지며 요란한 소리가 나고 말았다.

노인이 문 쪽으로 고개를 돌리며 물었다.

"버즈냐?"

놀라서 뒷걸음치던 루미는 '버즈'라는 말을 듣고 걸음을 돌려 다시 문 가까이로 걸어갔다. 노인은 말을 처음 배우는 것 같은 어눌한 말투로 다시 한 번 "버즈냐?"라고 물었다. 피터 마샬의 집에 들어와 있으면서도 노인의 정체에 의구심을 가졌던 루미는 그 짧은 한마디에 확신을 얻어 방 안으로 들어갔다.

루미는 자기가 쓰러뜨린 술병을 세워 놓으며 말했다.

"아니요, 전 버즈 아저씨가 아니라 레오 친구 루미 헌터라고 해요. 할아버지는 레오 할아버지 피터 마샬 씨가 맞죠?"

노인은 아무 말 없이 들고 있던 술병을 들이켰다. 루미는 용기 내 조금 더 가까이 다가가며 자신이 '손님'이라는 사실을 드러내기 위해 케이크 상자를 올려놓을 만한 곳을 찾았다. 그러나 탁자 위는 술병으로 가득 차 마땅한 자리가 없었다. 케이크를 놓기 위해 술병들을 마음대로 치운다면 노인의 사생활을 지나치게 침범하는 일이 될 것 같았다. 루미는 할 수 없이 상자를 바닥에 내려놓으며 노인에게 집에 찾아온 목적을 밝혔다.

"전 버즈 아저씨와도 잘 아는 사이예요. 실은 아저씨 부탁으로 아저씨 옛날 물건을 찾으려고 왔어요. 집을 좀 둘러봐도 될까요?"

노인은 아무 반응 없이 텔레비전만 뚫어져라 쳐다보고 있었다. 1지구의 대표 종합 방송국인 채널 원의 프로그램이었다. 그러나 눈꺼풀에 반이나 가려진 노인의 눈은 진지한 흥미를 갖고 본다기보다는 앞에 보이는 것을 관성적으로 응시할 뿐인 것 같았다. 아마도 하루 종일 채널 원에 번호를 고정시켜 놓은 채 무슨 프로그램이 나오든지 상관 않고 보는 모양이었다. 지금은 곱슬머리가 특징인 루피라는 꼬마 탐정이 나오는 만화영화가 방영되고 있었다. 곱슬머리 속을 손으로 뒤적이면 망원경에서부터 비행기 표까지 탐정 일을 하는 데 필요한 모든 장비가 튀어나왔다. 루미는 "저도 좋아하는 프로그램이에요."라고 노인에게 말을 걸었다. 반은 사실이고 반은 거짓이었다. 만화영화를 좋아했던 건 사실이지만 어디까지나 어렸을 때 이야기였다. 제이 삼촌을 알게 된 이후로는 현실 세계가 훨씬 더 흥미로웠으니까.

노인은 아무 대꾸도 없었다. 루미는 다시 한 번 "할아버지랑 전 공통점이 있네요."라고 말을 걸었지만, 노인은 울리지 않는 자기 집 초인종처럼 묵묵부답이었다. 아무래도 눈에 초점이 맞지 않는 노인과 제대로 된 대화를 이어 나가는 건 불가능할 것 같았다. 루미는 "그럼 잠깐만 집을 둘러볼게요."라고 말하며 술병들을 헤치고 밖으로 걸음을 옮겼다. 비록 적극적인 허락은 아니지만 침묵으로써 최소한의 암묵적 동의는 얻었으니 무단 침입은 아니었다.

방을 나온 루미는 유령들의 놀이터 같은 거실을 막연히 맴돌다가 지난번 버즈 아저씨가 했던 말을 떠올렸다.

"열어 볼 생각 같은 건 하지도 않고 그냥 그대로 방 어딘가에 넣어 두어 버렸거든."

그렇다면 이 집에서 카세트가 있을 가장 유력한 장소는 버즈 아저씨 방이었다. 루미는 1층에 다른 침실이 없는 것을 확인한 뒤 계단을 올라갔다.

2층으로 올라오자 복도 끝에 문이 열려 있는 방이 가장 먼저 눈에 들어왔다. 가까운 계단 입구 쪽에 다른 방이 있었지만 직감으로 저곳이 버즈 아저씨의 방이라는 걸 알 수 있었다. 열 걸음 정도 되는 짧은 거리를 이동하는 동안 시간이 1년, 3년, 5년, 10년씩 뒤로 밀려가는 기분이었다. 군데군데 금이 간 마룻바닥에서 피어오르는 자욱한 먼지가 시간 이동의 촉매제로 작용하는 것 같았다.

걸음을 모두 옮겨 드디어 방의 전경과 마주한 순간, 루미는 시간의 역행을 단순한 기분이 아닌 실제 현상으로 받아들이게 되었다. 제이 삼촌 방 못지않게 버즈 아저씨 방도 예전 그대로 보존돼 있었다. 책상, 침대, 옷장, 벽에 걸린 거울……. 물론 전혀 관리를 하지 않은 탓에 방 전체에 회색 필터를 끼운 것 같은 뿌연 먼지가 쌓여 있고, 그래서 보존이라는 말보다는 방치라는 말이 더 적당할 것 같다는 인상은 큰 차이였지만.

루미는 천천히 방을 둘러보았다. 아무리 미워하는 사람이라도 그의 어린 시절과 마주한다면 마음에 동요가 일어날 수밖에 없는 걸까. 방에 들어서기 바로 직전까지만 해도 "내가 살아서 그 집에 갈 일은 없을 테니 다시는 그런 부탁을 하지 말거라." 소리 친 버즈 아저씨에게 화가 나 있었는데, 책장 한 칸을 빼곡하게 차지한 백과사전과 책상 여기저기에 붙어 있는 스티커들, 지금은 절대 입지 않을 촌스러운 재킷을 구경하는 동안 미움은 문밖으로 조용히 물러나고 또래 친구를 향한 호기심이 솟아났다. 이 방에 있는 것은 갑자기 이유를 알 수 없는 분노를 드러낸 중년 남자가 아니라 10대 소년 버즈 마샬이었다. 제이 삼촌 방에 있는 영혼이 그렇듯이.

방을 다 둘러본 루미는 수납공간이 있는 곳을 중심으로 카세트를 찾아 나갔다. 먼지를 방부제 삼아 보존된 방을 보니 더 강한 확신이 들었다. 반드시 찾을 수 있을 것이다.

시간이 얼마나 흘렀을까. 방 안이 점점 어두워지더니 사물들의 형체가 불분명해 보이기 시작했다. 스위치를 켰지만 불은 들어오지 않았다. 루미는 창을 가리고 있는 커튼을 걷어 젖혔다. 벌써 해가 지고 있었다. 이 집에 들어온 지 못해도 두 시간은 흐른 것이다. 햇빛의 도움을 기대할 수도 없는 방 안의 어둠에 무력감이 든 루미는 지쳐서 침대 끝에 걸터앉았다. 그 작은 충격에도 잿더미에 바람이 불어닥친 것 같은 먼지가 사방으로 피어올랐다.

단 두 시간 사이에 빛이 어둠으로 변했듯, 확신도 너무 쉽게 의심과 제자리를 바꾸었다. 온 방을 샅샅이 뒤져 봤지만 카세트는 끝내 찾지 못했다. 루미는 먼지가 뒤섞인 무거운 한숨을 내쉬었다. 카세트가 이곳에 없다는 건 방 어딘가에 넣어 놓고 다시 꺼내지 않았다는 버즈 아저씨의 기억이 잘 못됐다는 뜻이었다.

아저씨 기억에 오류가 있다는 건 간신히 사물들을 분별할 수 있도록 해 주는 이 미약한 빛마저 사라져 버릴 수 있다

는 것을 의미했다. 이 빛까지 잃게 되면 암흑 속에서 발을 더
듬어 길을 찾는 수밖에는 없다. 잘못된 길로 들어선대도 끝
까지 가서 막힌 벽을 더듬어 보기 전까지는 절대 잘못된 길
인지 알 수 없는…….

　세월에 삭은 매트리스 스프링 때문에 침대가 밑으로 점
점 꺼지고 있었다. 루미는 그만 자리에서 일어났다. 계속 이
곳에 앉아 있다간 부정적인 생각이 만들어 내는 늪에서 헤
어 나오지 못할 것 같았다.

　빛도 잘 들어오지 않고 더 뒤적여 볼 만한 곳도 남아 있지
않은 이 방에서 계속 카세트를 찾는 것은 시간 낭비였다. 오
늘은 이쯤에서 그만두고 집에서 다시 생각을 정리해 보는
게 나았다. 이 방에 없다고 해서 카세트의 존재가 완전히 사
라진 것은 아니다. 어쩌면 이사를 하면서 다른 곳으로 옮겨
놓았는데 버즈 아저씨가 기억을 못 하는 것일 수도 있다. 그
런 세세한 부분들을 하나씩 확인해 나간다면 발밑에 다시
작은 불빛이 생겨날 것이다. 물론 그 불빛을 만드는 데 절대
적인 도움을 주어야 할 버즈 아저씨가 전혀 협조적이지 않
다는 건 또 다른 난관이 될 테지만.

　루미는 먼지투성이가 된 교복을 털며 방을 나왔다. 피곤
에 실망까지 더해져서인지 들어올 때와는 다르게 자꾸만
고개가 밑으로 숙여졌다. 그렇게 조금은 주눅 든 자세로 한
걸음 내디디려는데 구두가 마룻바닥에 닿기 직전 자기도
모르게 걸음이 멈추어졌다. 마치 밑에 밟아서는 안 될 게 있

어 누군가 급히 길을 막아선 것 같았다. 루미는 한 발로 어정 쩡하게 서서 복도를 내려다보았다. 등 뒤의 창에서 들어오는 가느다란 햇빛이 복도 바닥에 희미한 빛 웅덩이를 만들고 있었다. 발을 막아서는 힘을 느껴서인지 그 미약한 빛 덩어리 역시 무언가 봐 주길 바라는 게 있어 어둠에 밀려나기 전 마지막 사력을 다해 복도를 비추는 태양의 의지로 여겨졌다. 루미는 허공에 뜬 한쪽 다리를 천천히 내린 뒤 서 있는 곳에서 조금 물러나 주변 복도를 살펴보았다. 왜 들어올 때는 보지 못했을까…….

먼지가 눈처럼 쌓인 복도 바닥 위로 자기 구두 발자국이 아닌 다른 사람의 발자국이 버즈 아저씨 방으로 들어갔다 나온 흔적이 있었다. 오래돼 봤자 이삼 일도 안 됐을, 최근에 난 운동화 모양의 발자국이었다. 루미는 그 정체불명의 발자국 옆에 자기 구둣발을 대 보았다. 사이즈를 확인하는 순간 시들어 가던 온몸의 감각이 일시에 되살아났다.

1층으로 내려온 루미는 다시 노인의 방을 찾았다. 텔레비전에선 만화영화가 끝나고 자연 생태계 프로그램이 방영되고 있었다. 여전히 채널 원 방송이었다. 짐작대로 매일 저 한 채널에만 고정해 놓는 것이라면 노인은 크리스마스 밤에 방영된 프라임스쿨 다큐멘터리도 보았을 것이다. 자기 아들이 제작한 방송을 이 폐허 속에서 혼자 지켜본 감상이 어땠을까…….

루미는 곧 그 물음이 노인에겐 과분하다는 것을 깨달았

다. 감상을 묻기 전에 먼저 자기 아들의 작품이란 걸 알아봤는지를 물어야 할 테니. 루미는 이제야 버즈 아저씨가 그렇게 갑작스럽게 화를 낸 이유와, 살아서 이 집에 다시 올 일은 절대 없을 것이라고 했던 말의 의미를 어느 정도 이해할 수 있을 것 같았다. 자기 인생에 독이 되는 사람은 설령 그게 아버지라 해도 과감히 끊어 내야 한다던 의견과 더불어.

루미는 노인 곁으로 가까이 다가갔다. 조심한다고 했는데도 발길에 차인 술병이 또 한쪽으로 데구르르 굴러갔다.

그 소리를 들었는지 노인이 처음과 똑같이 고개를 돌리고 물었다.

"버즈냐?"

루미는 되물었다.

"버즈 아저씨가 여기 왔었나요?"

노인은 술을 들이켜며 엉뚱한 대답을 했다.

"버즈는 학교에 갔지."

루미는 자기 할아버지가 그렇듯 이 노인의 기억도 많은 부분 파괴되었음을 눈치챘다.

"할아버지, 며칠 전에 누가 집에 왔었죠? 그게 버즈 아저씨였어요?"

무표정으로 일관하던 노인이 술병을 높이 쳐들며 느닷없이 큰 웃음을 터뜨렸다.

"버즈는 꼬맹이인데 왜 자꾸 아저씨라고 하니?"

그 순간 손을 든 쪽의 소매가 젖혀지면서 노인의 왼손에 채워져 있는 가죽 시계가 언뜻 보였다. 루미는 노인 곁으로 다가가서 시계를 자세히 살펴보았다. 시계 한가운데 그려진 대문자 P를 중심으로 세 개의 침이 돌아가고 있는, 낯익은 시계였다. 발자국을 발견했을 때처럼 다시 가슴이 요동치기 시작했다. 루미는 노인의 팔목을 조심스레 잡고 시계의 측면을 살펴보았다. 금속 테두리에 레오 마샬 이름이 음각으로 새겨져 있었다.

"집에 온 사람이 버즈 아저씨…… 아니, 버즈가 아니라 레오였군요. 이 시계는 레오가 준 거죠, 그렇죠?"

노인이 시계를 내려다보며 말했다.

"성탄절 선물이지. 버즈는 착한 아이란다."

"그러니까 시계를 준 사람이 아저씨 버즈가 아니라 꼬맹이 버즈였다는 말씀이시죠?"

노인은 시계를 쓰다듬으면서 "그래, 버즈는 꼬맹이지." 라며 미소 지었다. 노인과 정상적인 대화를 주고받는 것이 불가능하다는 것을 알면서도, 루미는 노인이 미소를 지으며 말한 그 순간만큼은 다른 누구와보다도 진실된 마음을 나눈 듯한 기분이 들었다.

루미는 피터 마샬 저택의 문을 닫고 밖으로 나왔다. 가혹하지만 신선하게 느껴지는 겨울바람처럼 마음속에서도 이중의 감정이 부딪치고 있었다. 훌륭한 아들을 두고도 텔레비전에서 나오는 불빛을 세상의 유일한 빛으로 의지하며 사는 1지구 노인에 대한 동정심과, 자신과의 약속을 지킨 레오를 향한 기대감. 그러나 길을 계속 걷는 동안 노인의 안타까운 모습은 바람에 날아가고 오로지 레오가 온 머릿속을 차지했다.

레오가 버즈 아저씨 방에 들어간 흔적이 있다는 것은 레오가 카세트를 찾으려 했고, 실제로 찾았을 수도 있다는 것을 의미했다. 드디어 제이 삼촌이 이 실재의 세계로 넘어온 것이다. 물론 그 희망 어린 추측 뒤로는 비관적인 질문이 기다리고 있었다. 카세트를 찾았다면 왜 자기에게 바로 주지 않고 여행을 떠났느냐는. 어쩌면 레오도 결국 카세트를 찾지 못해서 그대로 여행을 가 버린 것일 수도 있다.

그러나 그 추측 역시 다른 의문을 이끌어 내긴 마찬가지였다. 만약 그렇다면 전화라도 해서 알려 주지 않았을까? 카세트 문제를 마무리하고 자기 할아버지 집에 가는 것을 막기 위해서라도. 자신에게 결과 보고를 하지 않을 것이라면 애초에 카세트를 찾으러 방에 들어갈 필요가 있었을까…….

끝이 보이지 않는 네온강을 따라 걷는 동안 루미는 머릿속에 꼬리를 물고 이어지는 생각과 추측들을 하나하나 놓아주었다. 곧 복잡했던 머릿속이 강물의 흐름처럼 한 줄기로 단순해졌다. 결국 모든 질문은 레오가 돌아온 뒤에야 답을 얻을 수 있을 것이다. 지금으로선 기다리는 것이 유일한 해법이었다.

루미는 굳게 닫아 버렸던 마음속 문이 다시 조금씩 열리는 것을 느꼈다. 카세트의 행방에 희망을 갖게 된 덕분이기도 하지만, 그것보다도 레오가 자신의 부탁을 들어주려고 노력했다는 사실이 다시 사람에 대한 기대를 갖게 했다.

그러고 나니 레오를 믿지 못해 직접 할아버지 집을 찾아간 것은 경솔한 일이었는지도 모른다는 후회가 들었다. 레오는 저런 할아버지를 보여 주고 싶지 않아서 그렇게 말렸던 것일 텐데. 레오가 돌아오면 할아버지 집에 갔다는 사실은 비밀에 부치는 것이 좋을지도 몰랐다.

루미는 강변 난간에 멈추어 섰다. 땅은 얼어붙고 있는데 푸른 강에선 강렬한 생동감이 느껴졌다. 쉼 없이 움직이는 강물을 바라보며 루미는 이 일을 계기로 그간 끊어졌던 레오와의 관계가 회복될 것 같다는 강한 예감이 들었다. 제이 삼촌 이야기를 받아들여 주지 않는 일로 서로 멀어지기는 했지만 레오가 좋은 아이라는 점은 부정할 수 없었다. 자신과의 약속을 지키고, 손자의 존재를 인지하지도 못하는 할아버지에게 그 소중한 프라임스쿨 시계를 선물해 줄 만큼.

철썩거리는 네온강의 물결이 누군가의 이름을 부르짖고 있는 것 같았다. 루미는 강 너머를 바라보았다. 이 순간만큼은 제이 삼촌의 영혼이 깃든 물건보다도 레오와 만나는 게 더 기다려졌다.

12월 31일

　　　　　새해까지는 이대로 눈 덮인 공원으
로 산책을 가거나 낮잠을 자면서 한가하게 보내도 괜찮았
다. 휴식기에 접어든 자연처럼 사람도 이 기간에는 안간힘
을 쓰기보다 다소 게으름을 부리는 게 좋아 보였다. 쉬지 않
고 학업을 이어 온 프라임스쿨 학생이라면 그런 휴식 시간
이 더 절실할 것이다.

　그러나 성탄절 바로 다음 날 저녁부터 다원은 다시 책상
에 앉아 책을 펼쳤다. 외국어 문법책이었다. 학년말 고사 때
외국어, 특히 동사 변화를 외우는 데 애를 먹은 게 여전히 큰
부족함으로 남아 있었다. 시험 성적은 상위권이었지만 최
고랄 수는 없었다. 전 과목에서 수석을 차지해야 한다는 강
박에 사로잡힌 건 아니었다. 다만 최고가 아니란 건 제대로

알고 있지 못하다는 뜻이고, 제대로 알고 있지 못하다는 것은 다음번에도 똑같은 잘못을 저지를 수 있다는 의미라는, 자기 안의 목소리가 스스로를 이끄는 원동력이 되었다. 이전 해의 부족함을 그대로 둔 채 새해를 맞이하고 싶지는 않았다. 새 학기가 시작되기 전에 불확실하게 알고 있거나 혼동하고 있는 것들을 모두 바로잡고 싶었다. 안에서 이는 그 갈증이 너무 커 때로는 낮잠을 자는 것보다 문법 책을 들여다보는 것이 진정한 휴식으로 여겨질 정도였다.

이 기간의 공부에는 친구들에게 뒤처질지 모른다는 상대적 불안감이나 압박감은 조금도 끼어들 틈이 없었다. 그런 것들은 아예 존재하지 않는 편에 가까웠다. 몇 시간씩 사전을 뒤적여 가며 단어의 어원을 추리하고 있다 보면 한순간 자신이 프라임스쿨의 유일한 학생으로 여겨져 고독해지기까지 했다. 자기가 아니면 이 작업에 책임감을 갖고 나서는 사람은 아무도 없을 것 같았다. 교수님조차 지금은 쉬고 있을 것 같았다. 자기 삶에서 진정으로 이루고 싶은 것을 찾은 사람만이 느낄 수 있는 그 고독감을 즐기며 다윈은 시험을 위해서가 아니라 정말로 '알기 위하여' 단어의 성질과 문장의 구조를 파헤치는 데 몰두했다. 구토나 두통은 완전히 사라졌다. 그 빈 자리에 새로운 진리들을 완벽하게 채워 넣을 수 있다는 자신감이 돋아났다.

공부를 마치고 잠깐 거실로 내려왔는데, 청소를 하고 있던 마리 아주머니가 다가와 "이제 괴로운 시간은 다 지나간 모양이구나."라고 말을 걸었다. 다원은 무슨 뜻으로 하는 말인지 몰라 아주머니를 돌아보았다. 아주머니는 청소 도구를 아예 바닥에 내려놓고는 작정한 듯 이야기했다.

"솔직히 그동안 다원 너 때문에 얼마나 걱정이 많았는지 아니?"

"왜요?"

"왜라니, 정말 몰라서 묻는 거야? 방학 첫날부터 계속 남의 집에 와 있는 것처럼 낯설게 굴고, 할아버지랑 아버지한테까지 이상하게 거리를 뒀으면서. 성탄절에 쓰러졌을 땐 두 분이 걱정하실까 봐 포도주 때문이라고 둘러댔지만, 마음속으론 드디어 올 게 왔나 싶었지. 스트레스를 못 이겨서 무너져 버린 거라고 생각했거든. 애들은 그렇게 한번 쓰러지고 나면 원인도 못 찾고 날마다 열병에 시달리게 되니, 내가 얼마나 마음을 졸였겠니? 이러다 다원 네가 우리한테서 영영 멀어져 버리는 줄 알고."

"……그러셨어요?"

"그랬지. 그런데 다시 이렇게 편안해진 걸 보니, 잠깐 지나가는 폭풍이었던가 보구나. 정말 다행이야. 부디 다음에 올 바람은 쉽게 지나가길 바라마."

다원은 마리 아주머니가 자신을 예민하게 관찰하고 있었던 것에 놀랐지만, 그 태풍의 눈을 보는 데까지는 이르지 못했다고 생각했다. 그동안 불어닥쳤던 바람은 자기 안에서 불어온 것이었다. 그리고 이제 자신은 더 이상 바람을 일으키지 않을 것이다.

12월 31일 아침, 다원은 일찍 일어나 아버지와 함께 아침 식사를 했다. 1년의 마지막 날이라고 생각하니 평범한 식탁도 특별한 의미를 가지고 보게 되었다. 그동안 가졌던 삼백번이 넘는 아침 식사가 모두 오늘의 빵 한쪽과 수프 한 접시로 일원화되어, 이 한 끼가 마치 올해의 유일한 식사이자 최후의 식사인 것처럼 느껴졌다. 경건함이 지나쳐서인지 울적한 기운마저 감돌았다. 다원은 그런 기분을 몰아내려고 자정에 할아버지 집에서 있을 새해 파티 이야기를 꺼냈다. 1지구의 새해 파티는 이웃 손님들까지 불러 크게 치르는 것이 전통이었다.

다원은 아버지에게 물었다.

"아버진 언제쯤 오실 수 있으세요? 이번에도 자정 전에는 못 오시는 거예요?"

연말이면 문교부에선 종무식이라는 이름으로 장관을 포함한 모든 공무원들이 참석하는 격식 있는 파티가 치러졌다. 문교부 출신 전직 대통령이 깜짝 방문하는 경우도 종종 있었다.

"아무래도 그렇겠지? 카운트다운까지는 마치고 와야 하니까. 아무리 서둘러도 새벽 한 시는 넘을 것 같구나."

"그럼 저 혼자 할아버지 집에 가야겠네요."

"가는 시간에 맞춰서 차를 보내 주마."

"아니에요, 택시를 타고 가는 게 편해요. 공부할 게 좀 남아서 몇 시에 갈지 아직 못 정했거든요."

아버지가 수프를 뜨던 숟가락을 내려놓으며 진지한 목소리로 말했다.

"다원, 방학 동안만큼은 무리해서 공부하지 않아도 된단다. 더군다나 오늘은 1년의 마지막 날인데 무슨 공부야."

"걱정하지 마세요, 무리하는 게 아니니까. 정말 하고 싶어서 하는 거예요. 요즘은 정말로 공부하는 게 즐겁거든요."

아버지는 졌다는 듯 웃으며 말했다.

"아무래도 내가 너무 대단한 이름을 지었나 보구나."

다원은 아버지를 배웅하고 난 뒤 바로 방으로 올라가 공부를 시작했다. 아버지에게 말한 그대로 부담 없는 순수한 즐거움이 느껴졌다. 식사는 마지막이라는 감상을 줄지 몰라도 배워야 할 것엔 끝이 없었고 그래서 영원성을 가지고 있는 것 같았다. 유한한 삶 속에서 무엇인가로부터 영원성을 느끼고 그것에 헌신하는 일원이 될 수 있다는 것은 인간으로서 경험할 수 있는 가장 상위 지점의 가치일 것이다.

두 시간쯤 지났을 때 할아버지에게 전화가 걸려 왔다. 파티를 앞둔 만큼 할아버지의 목소리는 무척 들떠 있었다.

"다원, 너에게 미리 알려 줄 게 있어 전화했단다."

할아버지는 오늘 파티에 올 손님 중에 변호사를 많이 배출한 가문의 손녀가 있는데 프리메라 여학교를 다니는 아이라며, 같은 나이니 가까운 친구로 지내는 게 어떻겠느냐고 물었다. 다윈은 크게 내키지 않았지만 할아버지의 기분을 맞춰 주려고 "좋아요, 누구든지 친구가 되면 좋죠."라고 대답했다. 할아버지는 기쁜 목소리로 "그럼 그 애에게도 그렇게 말해 두마. 이따가 보자." 하고는 급히 전화를 끊었다. 아무래도 할아버지들끼리 서로 이야기를 해 둔 모양이었다. 할아버지가 이런 일을 계획한 의도가 무엇인지 대충 짐작은 갔다. 루미를 만나지 않겠다고 하자 루미를 대체할 새여자 친구를 소개해 주려는 것이었다. 굳이 프리메라 여학생인 점까지 맞춰 가면서.

전화를 끊고 나자 다윈은 오히려 루미가 더 그리워졌다. 오늘 파티에 루미가 와 준다면 훨씬 더 즐겁게 보낼 수 있을 것 같았다. 그러나 이제 루미를 생각해선 안 되었다. 성탄절밤의 결정으로 아버지도, 프라임스쿨도, 호두나무 거리의 집도 예전 그대로 유지할 수 있게 됐지만 단 한 사람, 루미 헌터만은 포기해야 했다.

잠시 뒤, 다시 전화벨이 울렸다. 할아버지일 게 분명했다. 아마 그 애 이름을 가르쳐 준다는 것을 깜박하신 거 아닐까. 다윈은 수화기를 들며 "제가 한번 맞혀 볼까요? 혹시 재키나 릴리 아니에요?"라고 먼저 말을 꺼냈다. 그러자 영문을 모르겠다는 듯 "재키랑 릴리가 누구야?"라고 되묻는 목소리가 들려왔다. 레오였다. 다윈은 반가움과 놀라움에 소리쳤다.

"레오, 너 어디 있는 거야?"

"어디긴, 8지구지. 8지구에 간다고 얘기했잖아."

"아저씨가 걱정하고 계셔. 너희 엄마도 마찬가지고. 최소한 언제 돌아온다는 얘긴 하고 갔어야 하는 거 아냐?"

"우리 아버지랑 통화했어?"

"프라임스쿨 다큐멘터리 잘 봤다고 내가 전화드렸어."

"설마 내가 8지구에 갔다는 얘길 한 건 아니겠지?"

"설마."

"역시 너라면 비밀을 지켜 줄 거라고 믿었어."

"괜찮은 거야?"

"괜찮으니까 이렇게 살아서 전화를 하는 거겠지? 물론 지금 공중전화 주위로 내 카메라를 노리고 있는 사람들이 몇 명 되는 것 같긴 하지만, 그 정도 위험은 감수해야지. 명색이 8지구니까 말이야. 어쨌든 촬영을 무사히 마치게 해 준 것만으로도 난 여기 사람들한테 고맙게 생각해."

"그럼 오늘 돌아오는 거야?"

"응, 1년의 마지막 날과 새해 첫날은 집에서 보내야지. 오늘까지 안 돌아가면 우리 엄마는 정말 실종 신고를 하실지도 몰라."

"얼른 와. 지금 출발하면 저녁 전에는 도착할 수 있겠네."

다원은 그러다 파티에 초대하고 싶은 친구가 루미 한 명만이 아니란 것을 깨닫고는 즉흥적으로 물었다.

"아, 레오, 오늘 다른 계획이 없으면 밤에 우리 할아버지 집에서 하는 파티에 오지 않을래? 할아버지들만 있는 게 아니라 우리 나이 또래 애들도 꽤 올 테니까 지루하진 않을 거야. 지난번에 그랬잖아, 우리 할아버지랑 아버지한테 다시 인사를 드릴 기회가 있으면 좋겠다고. 이번 파티를 그 기회로 삼는 게 어때?"

레오는 단번에 "그래, 좋아."라고 답했지만, 곧 다른 생각이 난 듯 아쉬운 목소리로 덧붙였다.

"아, 그런데 어쩌면 엄마가 허락을 안 해 주실지도 모르겠다. 돌아오자마자 바로 파티에 간다고 하면 분명 폭발하실 거야. 너한테 초대를 받았다는 말을 아예 안 믿으실지도 모르고."

다원은 레오가 꼭 파티에 와 주었으면 싶어서 그 자리에서 바로 제안했다.

"그럼 내가 센트럴 역으로 마중 나갈까? 그리고 같이 집으로 허락을 받으러 가면 아주머니 화가 조금은 누그러지실지도 모르잖아, 어때?"

"정말 그래 줄 수 있어?"

"당연하지. 나도 레오 네가 파티에 와 주면 훨씬 재밌을 테니까."

"좋아, 그러면 센트럴 역에서 만나 우리 집으로 간 다음 옷만 갈아입고 바로 너희 할아버지 집으로 가는 거야. 아, 아니, 그 전에 먼저 루미네 집부터 들러야 하는구나."

"······루미네 집은 왜?"

"카세트를 줘야지. 오늘을 넘기면 걔 인내심은 바닥날 거야. 단 하루긴 해도 어쨌든 내일은 새해니까."

거센 파도에 떠밀려 사라졌던 작은 물체가 평화를 되찾은 고요한 바다 한가운데로 다시 밀려 들어왔다. 또 이런 식이었다. 수면이 잠잠해진 뒤 안심할 만하면 다시 나타나서 알 수 없는 파동을 일으키는. 이미 실체를 다 파악했으니 궁금해할 이유는 없지만 다윈은 확인을 위해 물었다.

"저기, 레오…… 그 카세트는…… 어때?"

"다윈, 목소리가 잘 안 들려. 신호가 약해지나 봐. 어떠냐고 물은 거야? 어떤 점이?"

다윈은 자기도 모르게 작아진 목소리를 조금 높여 다시 물었다.

"열어 봤어?"

"당연히 열어 봤지. 뭔지도 모르고 루미 심부름꾼 역할만 할 순 없잖아."

"그럼 혹시 그 안에 테이프가 들어 있어?"

"응, 들어 있어."

다윈은 수화기를 다른 손으로 바꾸어 들었다.

"들어 있다고?"

"그래, 음악까지 흘러나오던걸."

다윈은 수화기를 쥔 손바닥이 손톱에 찔릴 정도로 주먹을 세게 쥐었다.

"음악이…… 녹음돼 있어?"

"그래, 처음부터 아주 잘. 맨 앞으로 되감아 보니까 7월 10일 방송이라는 디제이 멘트까지 나오던걸. 그런데 다원, 7월 10일은 제이 아저씨가 살해된 날이지? 그래서 루미가 이 카세트를 찾고 있었나 봐. 제이 아저씨가 죽은 날 녹음된 테이프가 들어 있으니까 걔한텐 의미가 있겠지."

다원은 차오르는 숨에 밀려나는 말들을 힘겹게 붙들며 물었다.

"그다음은……? 음악 말고 다른 건 녹음된 게 없어?"

"음악 말고 다른 거? 글쎄, 한 10분 정도 나온 다음에 꺼져 버려서 잘 모르겠는데. 30년이나 된 건전지잖아. 크기도 제일 작은 건데 방전되고도 남을 시간이지. 10분이라도 나온 게 기적인 거야. 그런데 다원, 이 테이프에 왜 그렇게 관심이 많아? 너도 루미한테 무슨 얘기를 들은 게 있는 거야? 루미한테 내가 카세트를 찾았다니까 뭐래? 좋아하지?"

다원은 그제야 자기 안에 이는 질문을 종결짓는 일에만 바빠 레오의 부탁을 잊고 있었다는 사실을 깨달았다. 그러나 기억하고 있었더라도 루미에게 전화를 걸어 자기 입으로 제이 아저씨와 그 유품에 관한 이야기를 하지는 않았을 것이다.

"아, 그게 있지…… 사실은 아직 얘기를 못 전해 줬어."

"못 전해 줬다고? 왜?"

"성탄절 밤에 이런저런 일들이 너무 많아서……. 지금까지 깜박 잊고 있었어."

"뭐야, 그럼 루미는 내가 카세트 찾은 걸 여태껏 모르고 있다는 거야? 나한테 완전히 화가 나 있겠는데."

"미안."

"아냐, 됐어. 어쩔 수 없지. 애초에 내가 너무 정신없는 날에 전화를 걸었잖아. 차라리 잘된 건지도 몰라. 아무 기대도 안 하고 있다가 갑자기 받는 게 더 좋을 수도 있으니까. 아무튼 다윈, 동전이 떨어지기 전에 시간을 정하자. 이제 잔돈이 없거든. 난 지금 9지구로 가서 거기서 다섯 시에 출발하는 기차를 탈 거야. 그럼 우린 열 시쯤에 센트럴 역에서 만날까?"

"9지구에 간다고? 거긴 왜?"

"이왕 여기까지 왔는데 어떤 곳인지 안 보고 가면 후회할 것 같아서. 8지구만 찍는다면 아버지 작품이랑 다를 게 없잖아. 뭐라도 하나 새로운 걸 더해야지. 아버지도 9지구까지는 가 본 적이 없으시니까. 다윈, 그럼 열 시에 센트럴 역에서 만나기로 하는 거다?"

그 순간, 생각을 앞지르는 말이 입 밖으로 튀어나왔다.

"아냐, 레오, 나도 9지구로 갈게."

"9지구로 온다고?"

"그래."

"진심이야?"

"진심이야. 어차피 저녁때까지 할 일도 없으니까."

레오가 큰 소리로 웃었다.

"나를 만나러 9지구까지 와 준다니. 다원, 나 왕자님이 오길 기다리는 공주 심정을 알 것 같아. 그래, 그럼 다섯 시에 역에서 만나는 거야. 참, 그런데 다원, 9지구로 올 때 프라임 스쿨 교복 같은……."

전화는 거기서 끊어졌다. 다원은 레오가 하려던 마지막 말이 무엇인지 생각하다가 그만 수화기를 내려놓았다. 구름이 해를 가려서인지 방금 전까지 공부를 하고 있던 방의 분위기가 그사이 미묘하게 달라진 것 같았다. 반쪽짜리 가면 같은 굴곡진 그림자가 방 한쪽을 잠식해 가고 있었다. 빛이 사라지자 책상 위에 펼쳐진 책의 글자들이 미명의 시기에 출현한 기호들처럼 불확실하게 보였다.

한낮에 몰려오는 어둠의 모습을 분석하듯 지켜보고 서 있던 다원은 다시 햇살이 비쳐 오는 것을 느끼고 얼른 정신을 차렸다. 침대 옆에 놓인 시계가 11시 3분을 가리키고 있었다. 열두 시까지 센트럴 역에 가려면 서둘러야 했다. 다원은 외출복으로 갈아입고 지갑을 챙겼다. 대충 준비를 마치고 보니 11시 7분이었다. 다원은 방을 나섰다가 곧 다시 돌아와 시계의 건전지를 뺐다. 가장 작은 크기였다. 어쩌면 필요할지도 몰랐다. 다원은 건전지를 바지 주머니에 집어넣고 방을 나왔다.

외출복을 입고 내려온 것을 보고 마리 아주머니가 "벌써 할아버지 댁에 가는 거니?"라고 물었다. 다원은 솔직하게 9지구로 간다고 말할 수 없어 "먼저 친구를 만나고요."라고 대답했다. 그러자 아주머니가 옷을 살피며 말했다.

"점퍼보다는 코트를 입고 가는 게 어떠니? 그래도 어른들이 많이 오는 파티인데 격식은 조금 차리는 게 좋겠지. 프라임 학생에겐 다들 기대가 크니까."

옷차림에 대한 조언을 받은 다윈은 마리 아주머니의 의도와는 다른 의미로 자신의 옷이 부적절하다는 것을 깨달았다. 아무래도 두 개의 큰 뿔이 가슴에 그려진 브랜드 로고가 7, 8지구를 거쳐 가는 동안 불필요하게 그곳 주민들의 관심을 끌게 될 것 같았다. 천장 등이 깨져 있고 주머니칼을 돌리는 남자가 통로에 서 있던 하위 지구 순환 기차 안이라면 다른 이유 없이 오직 값비싼 점퍼 하나를 뺏기 위한 폭력이 얼마든지 일어날 수 있었다.

다윈은 다시 방으로 올라가 옷장을 열고 적당한 외투를 찾았다. 그러나 옷걸이에 걸린 옷들은 지금 입고 있는 것 같은 브랜드 점퍼이거나 드라이클리닝을 한 코트들뿐이었다. 간신히 구석에서 상대적으로 오래된 반코트를 하나 발견하고 입어 봤지만, 그것 역시 하위 지구 출신으로는 여겨지지 않을 차림이었다. 다윈은 시간이 흐르는 것에 초조해져서 방을 왔다 갔다 했다. 그때 한쪽 벽에 걸려 있는 긴 거울에 자기 모습이 비쳐 보였다. 그 순간, 다윈은 자신에게 필요한 옷을 어디에서 찾을 수 있을지 알 것 같았다.

1층으로 내려왔는데 마리 아주머니는 보이지 않았다. 점심 식사를 준비하지 않아도 되니 방에 가서 잠시 쉬는 모양이었다. 대신 벽난로 앞에 누워 있던 벤이 잠에서 깨어나 곁으로 달려왔다. 다윈은 다리를 붙잡고 늘어지는 벤을 힘들게 떼어 내며 아버지 침실로 들어갔다.

옷장을 여니 겨울옷들이 상점에 전시된 새 상품들처럼 가지런히 정리돼 있었다. 마리 아주머니의 솜씨였다. 아주머니의 손길이 닿는 이런 곳에 후드가 있을 것 같진 않았다. 혹시 아버지가 버린 건 아닐까? 다윈은 그렇게 생각하면서도 방 안 여기저기를 쉬지 않고 계속 뒤졌다. 뒤따라 들어온 벤도 덩달아서 방 안을 정신없이 뛰어다녔다. 벤에게서 떨어져 나온 털들이 코트에 달라붙었다. 다윈은 재채기를 몇 번 하다가 숨이 너무 가빠져 그대로 침대에 걸터앉았다. 어쩌면 방이 아니라 지난번처럼 서재 벽장 뒤에 숨겨져 있는 건 아닐까…….

여러 가능성을 따져 보던 다윈은 갑자기 자신이 하고 있는 일들이 모두 귀찮고 무의미하게 느껴졌다. 후드를 왜 찾고 있는 건지, 애초에 레오에게 왜 9지구에 가겠다고 한 건지, 왜 이렇게 마음이 초조한 건지 알 수가 없었다. 정체 불명의 피곤함에 다윈은 아예 침대에 드러누워 버렸다. 이불에 배어 있는 아버지 냄새가 최상의 안락함과 극도의 불안감이라는 양립할 수 없는 두 감정을 동시에 불러일으켰다.

그때, 발 주변을 왔다 갔다 하던 벤이 신고 있던 슬리퍼 한 짝을 물어 당겨 벗겼다. 다윈은 침대에서 일어나며 "벤!" 하고 외쳤다.

"얼른 다시 가져와."

말을 알아들은 건지 벤이 침대 밑으로 바짝 얼굴을 들이밀었다. 잠시 뒤, 벤이 이빨로 뭔가를 주워 물고 나왔다. 슬리퍼는 아니었다……. 손을 뻗어 벤이 물고 있는 것을 받아든 다원은 벤을 와락 껴안았다.

똑바로 선 인간

            신이 개입했을 가능성은 없다. 카세트에 테이프가 들어 있고 심지어 녹음까지 돼 있다는 사실이 합리적으로 예상한 가능치를 훨씬 넘어서긴 했지만, 거기까지다. 테이프엔 그저 노래 몇 곡만 녹음돼 있는 것이다. 살인의 정황을 드러내는 증거가 담겨 있을 리 없다. 새가 열쇠를 물어다 주었을 리 없다.

    센트럴 역 플랫폼에 선 다원은 마음에 휘몰아치는 의심들을 그렇게 진정시켰다. 멀리서 선로로 들어서는 기차 머리가 꼭 먹이를 향해 달려드는 포식자 같았다.

    승객은 많지 않았다. 특별한 기념일일수록 자신이 속한 곳을 지키려는 것이 상위 지구 사람들의 습성이었다. 옆자리가 빈 덕분에 다원은 누구의 방해도 받지 않고서 생각을 이어 나갈 수 있었다.

그런데 그렇게 확신하면서도 이렇게 후드를 감추어 들고 1년의 마지막 날 9지구로 향하는 이유가 뭘까?

3지구 환승역에서 내릴 때까지만 해도 해결되지 못했던 물음이 트램을 타는 곳으로 가기 위해 미로 같은 계단을 오르내리는 동안 답을 얻었다. 그것은 순전히 자신이 발휘한 이성의 힘을 확인하고 싶은 욕구 때문이었다. 머리로 이루어 낸 3심 판결을 다만 이번엔 상위, 중위, 하위 세 구역을 거치며 몸으로 이룩하려는 것이었다. 더불어 레오를 맞이해서 파티에 데려가고……. 창밖 풍경은 점점 황폐하게 변해 가고 있었지만, 자신의 행동에 대한 정당한 해명과 명분을 얻고 나자 마음이 한결 편안해졌다.

다원은 6지구에 도착해 화장실에서 코트를 후드로 갈아입었다. 아버지의 자백이 깃들어 있는 고통스러운 옷이지만, 곧 하위 지구에 들어서자 비슷한 옷차림을 한 주변 사람들 때문인지 크게 거북하지는 않았다. 그들도 다 아버지에게 물려받은 옷을 입고 있는지도 몰랐다. 후드가 시야를 가리자 다원은 자기 존재가 조금 흐려지는 기분이 들었다. 다른 사람들의 시선을 신경 쓰지 않아도 돼 얼마간은 홀가분하기까지 했다.

8지구에서 9지구로 가는 기차 안은 텅 비어 있었다. 1년의 마지막 밤을 9지구에서 보내고 싶은 사람은 아무도 없는 모양이었다. 얼마 뒤 기차가 터널로 들어섰다. 다원은 무심코 창 쪽으로 고개를 돌렸다가 흠칫 놀랐다. 통로 너머 좌석에 누군가가 앉아 있는 게 창에 비쳐 보였다. 미처 알아채지 못한 다른 승객이 있었던 모양이었다. 경계심에 숨을 죽인 다윈은 그러다 잠시 뒤 다시 한 번 놀랐다. 눈치를 살피며 '후드를 쓴 저 사람은 조금 조심하는 게 좋겠다.'고 생각했는데, 알고 보니 자기 자신이었다.

9지구 플랫폼엔 벌써 어둠이 내려앉고 있었다. 기차 머리에서 빛나야 할 두 개의 전조등마저 기능이 다 된 듯 금방이라도 꺼질 것처럼 어슴푸레했다. 다윈은 레오를 마중하기 위해 기차에서 잠깐 내렸다. 레오의 모습은 아직 보이지 않았다. 어둠 그 자체가 되어 가는 선로 너머 풍경을 바라보고 있던 다윈은 문득 지난여름 9지구 남자가 했던 인사가 떠올랐다. '또 와라.' 인사치레에 불과했던 남자의 그 한마디가 자신을 9지구로 다시 불러들인 주문처럼 느껴졌다.

적막한 플랫폼으로 피어오르는 자기 입김을 지켜보고 있던 다윈은 또 다른 하얀 입김이 기차 꼬리 쪽에서 점점 다가오는 것을 발견하고는 쓰고 있던 후드 모자를 벗고 반갑게 달려갔다. 레오였다. 레오도 곧 알아보고 "다윈!" 하고 외쳤다.

다윈은 레오와 포옹으로 인사를 나누었다. 안전이 보장된 프라임스쿨에서 만났을 때와는 비할 수 없을 정도로 간절한 기쁨이 전해졌다. 포식자들로 들끓는 벌판 위에서 문

명인으로서 서로의 존재를 확인시켜 줄 수 있는 유일한 동족을 만난 것 같았다.

레오가 들뜬 목소리로 말했다.

"다윈 널 만나니까 프라임스쿨에 있는 것 같아."

다윈은 웃으며 고개를 끄덕였다. 그러나 재회의 기쁨에 빠져 있기엔 기차 출발 시간이 촉박했다. 다윈은 남은 인사를 뒤로 미루고 레오를 기차로 이끌었다. 발을 올리자마자 기다렸다는 듯 기차가 움직이기 시작했다.

다윈은 먼저 차창 쪽 좌석에 앉았다. 그런데 짐이 든 배낭과 카메라 가방을 바닥에 내려놓은 뒤 옆좌석에 앉으려던 레오가 갑자기 놀란 얼굴로 외쳤다.

"다윈, 이 후드! 우리가 교환했던 그 후드 아니야? 교장에게 빼앗겼는데 어떻게 네가 입고 있는 거야?"

"아, 그게, 사실은 나중에 교장 선생님이 우리 아버지 편으로 돌려주셨어. 내가 '오래된 것들' 행사 때 내서 문제가 된 것이니까 내 보호자로서 대신 처분해 달라고 하시면서. 그때 버리신 줄 알았는데 오늘 여기에 올 때 입을 만한 옷을 찾다 보니까 아버지 방에 있더라고."

"뭐야, 그랬었어?"

레오는 합리적인 정황에 오히려 김이 샜다는 얼굴로 자리에 앉으며 말을 이었다.

"아까는 전화가 중간에 끊기는 바람에 걱정했거든. 프라임스쿨 교복 얘기까지만 듣고 혹시 네가 교복을 입고 오는 건 아닌가 하고. 난 프라임스쿨 교복 같은 스타일의 옷은 절대 입고 오지 말라는 얘기를 하려고 했던 건데 말이야."

다윈이 웃으며 말했다.

"설마…….9지구에 프라임 교복 같은 걸 입고 올 정도로 둔감하진 않아."

레오는 후드를 물끄러미 바라보더니 말했다.

"생각보단 위화감이 있진 않네. 아니, 꽤 잘 어울려."

다윈은 어깨를 으쓱해 보이며 웃어 넘겼다.

기차 천장에 달린 여덟 개의 등 중 여섯 개는 부서져 있거나 불이 들어오지 않았고, 그나마 불을 밝히고 있는 두 개의 등 역시 갈 때가 한참 지나 바로 아래 좌석조차 선명히 비쳐주지 못했다. 9지구를 장악한 어둠이 기차 속까지 그대로 스며들어 있었다. 그러나 다윈은 조금도 빛이 부족하게 느껴지지 않았다. 7일간의 여정을 이야기하는 레오의 눈동자 속에 어떤 빛보다 눈부신 사자자리의 별자리가 빛나고 있었다.

"8지구 빈민가보다 더 믿기 어려운 건 9지구에 흐르는 적막감이야. 9지구에서 매일 살인과 폭력이 일어난다고 말하는 사람들은 도대체 뭘 보고 그런 말을 하는 거지? 60년 전에 시간이 멈춘 세상에서 살아가고 있는 건가? 뭐, 아무리 설명해도 자기 눈으로 보지 않는 한 절대 믿지 못하겠지. 이제는 9지구가 1지구 못지않게 안전한 곳이 됐다는 걸. 물론 정반대의 의미로. 모든 의욕을 거세당했으니까."

나윈은 말 없는 충실한 관객이 되어 레오의 이야기를 듣고 있었다. 창을 닫는 게 기차의 유일한 난방인 탓에 코트로 무릎을 덮고 두 손을 바지 주머니에 넣고 있었는데 그러다 보니 왼손에 주머니에 든 건전지가 계속 만져졌다. 문득 어린 시절, 주머니 속에 호두를 넣어 가지고 다니며 손바닥 안에서 굴리곤 했던 추억이 떠올랐다. 아버지가 손으로 호두를 굴리면 손의 신경을 자극해 뇌를 활발히 하는 데 도움이 된다고 일러 주었었다.

"그래서 다윈, 난 오늘 어쩌면 루미 말이 맞는지도 모르겠다는 생각이 들었어."

너무 오래 손에 쥐고 있어서인지 건전지 표면으로 땀이 배어나는 게 느껴졌다. 다윈은 레오를 돌아보며 물었다.

"루미의 말? ……어떤?"

"제이 삼촌을 죽인 사람이 9지구 후디가 아닐지도 모른다는 얘기. 예전엔 말도 안 되는 망상이라고 생각했는데 9지구에 사는 사람을 직접 보고 나니까 어딘가 수긍이 가기도 해. 9지구를 벗어날 생각조차 못 하는 그 사람들이 과연 1지구까지 올 수 있었을까 싶어서."

다윈은 작은 목소리로 얼버무리듯 대꾸했다.

"30년 전엔 지금이랑 분위기가 달랐을 테니까……."

레오는 그 말에 더 열성적으로 반응했다.

"분위기로 말하자면 지금보다 그 당시에 1지구로 올라오는 게 더 어렵지 않았을까? 30년 전은 폭도들 색출이 계속 되던 시대잖아. 그 살벌한 분위기를 뚫고 자기 무덤이 될지도 모를 1지구까지 왔다는 건 비현실적이지 않아? 강도 짓은 중위 지구에서도 얼마든지 할 수 있었을 텐데."

"어디에나 일탈을 하는 사람은 있잖아. 제이 아저씨뿐만이 아니라 다른 1지구 주민들도 당한 일이기도 하고."

"뭐, 예외라고 하면 할 말이 없지만. 아무튼 처음으로 루미가 의심 가질 만한 부분이 있다는 건 인정하게 됐어. 카세트를 주면 꽤 기뻐하겠지? 지금까지 제이 아저씨 일에 관해 너무 비꼬기만 한 것 같아서 미안했는데, 이걸로 그동안의 잘못을 조금은 만회할 수 있을 것 같아."

다원은 아무 말 없이 창 쪽으로 시선을 돌렸다. 어둠이 내린 차창 위엔 바깥 풍경 대신 자기 얼굴이 비쳤다. 계속 입을 다물고 있으니 레오가 "다원, 괜찮아? 기분이 안 좋아 보이는데."라며 얼굴을 가까이 내밀었다. 다원은 입가가 경직된 것을 느꼈지만 억지로 미소 지으며 고개를 저었다. 그러자 레오가 조심스러운 목소리로 "혹시 내가 루미랑 연락을 주고받은 것 때문에 그래?"라고 물었다.

"그런 거라면 신경 쓸 필요 없어. 이제 와서 다원 너와 루미 사이에 끼어들 생각은 전혀 없으니까. 이것만 전해 주고 나면 루미랑 더 만날 일은 없을 거야."

다원은 자신의 얼굴을 경직시키는 요인이 무엇인지 알고 있고, 바로 전까지는 레오가 암시하는 그런 감정은 전혀 느끼지 않았음에도, 레오의 해명을 듣는 순간 어쩌면 검은 거울 위의 저 분신은 정말 그런 걱정까지 하고 있었던 건 아닐까 하는 의심이 들었다. 다원은 레오 쪽으로 고개를 돌리며 말했다.

"루미는 무척 감동할 거야. 그렇게 찾던 제이 아저씨 유품을 레오 네가 찾아 줬으니까."

"그래 봤자 잠깐이야. 아마 녹음된 음악을 다 듣고 나면 고마운 마음도 금세 사라질걸. 워낙 감정 전환이 빠른 애니까."

다원은 "그럴지도 모르지."라고 수긍하고는 잠시 뒤 다시 입을 열었다.

"그런데 만에 하나…… 음악 말고 다른 게 녹음돼 있다면 어떨까?"

레오가 고개를 갸웃거리며 물었다.

"음악 말고 다른 거? 어떤 거?"

"예를 들면…… 루미가 가진 의문을 한 번에 풀 수 있을 만한 그런 거."

"루미가 가진 의문을 한 번에 풀 수 있을 만한 게 녹음돼 있다고?"

레오는 순식간에 9지구의 상황을 얘기할 때와 같은 심각한 얼굴로 변했다. 다원은 그런 얼굴을 해야 할 사람은 레오가 아니라 자신이라는 생각이 들었다.

"네 말을 들으니까 사실 마음에 걸리는 게 있긴 해. 루미가 제이 아저씨 것도 아닌 우리 아버지 물건을 찾는 일로 아버지랑 그렇게 말다툼을 한다는 게 좀 이해가 안 됐거든. 2년 간이나 안 보고 지낸 나한테까지 연락을 해 가면서. 그땐 제이 아저씨 얘기를 또 듣는 게 귀찮아서 이유도 안 물어보고 그냥 찾아 주겠다고만 했는데, 그럼 정말 이 카세트를 찾으려 했던 게 단순히 추억이 깃든 물건이라서가 아니라 다른 이유 때문이었던 걸까?"

다원은 아무 말도 하지 않았다. 레오가 뒤로 몸을 젖히며 말을 이었다.

"별거 아니라고 생각했는데 갑자기 되게 궁금해지네. 그러고 보면 제이 아저씨가 죽은 날 녹음된 테이프니까 그것만으로도 관심을 가질 만한 조건이 충분히 되는데, 왜 지난 일주일간 그런 생각을 전혀 못 한 걸까? 내가 너무 내 일에만 빠져 있었나 봐."

레오는 그러면서 배낭을 열더니 카세트를 꺼냈다.

"이렇게 손 안에 들고 있는데도 들을 수가 없다니, 우습네. 이럴 줄 알았으면 8지구에 있었을 때 건전지를 사는 거였는데."

카세트를 앞뒤로 돌려 보며 아쉬워하는 레오 앞으로 다원은 왼손을 펼쳐 보였다. 손바닥 위로 드러난 물건을 본 레오는 단순히 놀란 정도를 넘어 속임수를 부리지 않는 마술이라도 본 것처럼 흥분했다.

"건전지잖아. 어떻게 가지고 있는 거야?"

"네가 건전지가 떨어져서 못 들었다고 하기에 한번 가져와 봤어. 마침 방에 남은 건전지가 있었거든. 오는 동안 음악을 듣고 오면 좋을 것 같기도 했고."

합리적인 정황이 마술의 신비를 벗기자 레오는 "역시 다원 영이야. 늘 한발 앞서간다니까."라고 치켜세우며 건전지를 받아 원래의 것과 바꿔 끼웠다.

테이프는 레오가 듣다가 멈춘 구간부터 재생되었다. 기차 안으로 음악이 흐르자 텅 빈 좌석과 어두침침한 조명, 거친 낙서들이 노래에 알맞은 분위기를 조성하기 위해 일부러 연출한 배경 장치들로 보였다. 다원은 자신이 확인하려는 것이 무엇인지도 잊은 채 음악에 귀를 기울였다. 레오가 혼잣말처럼 작은 목소리로 "좋은데."라고 말했다. 굳이 대답을 기대한 말이 아니란 것은 알았지만, 다원은 고개를 끄덕였다. 정말 좋은 음악이었다. 불안하거나 미심쩍은 분위기는 조금도 느껴지지 않았다.

포크 형태의 음악이 계속 흘러나왔다. 나른한 목소리 때문인지 눈이 조금씩 감기려고 했다. 레오도 그런 것 같았다. 다원은 1년의 마지막 날 자신이 후드를 입고 9지구를 가로지르는 기차 속에 있다는 사실이 현실을 빙자한 꿈처럼 느껴졌다. 그런데 그렇게 생각하자 정말 이 순간이 얼마 후면 깰 꿈과 다를 바 없이 여겨졌다. 기차는 눈앞에서 보고 있어도 도무지 현실로 다가오지 않는 9지구와 후드를 몽롱한 꿈으로 멀리 미뤄 놓고 레오와 함께 할아버지 파티에 참석해 손님들과 새해 카운트다운을 외칠 '진짜 현실'을 향해 나아

가고 있었다. 제로를 외치는 카운트다운 소리 뒤로 시계의 초침이 한 번 움직이는 순간 지난해에 쌓인 죄는 모두 지워지게 될 것이다.

메마른 목소리를 가진 남자 가수의 노래가 끝나고 음악이 조용한 다른 곡으로 바뀌었다. 기차는 막 터널에 진입하려고 했다. 다원은 터널 구간 동안엔 잠깐 잠을 자도 좋을 것 같아 눈을 감았다. 눈을 감으니 기차의 진동이 놀이 기구의 흔들림처럼 느껴져 꼭 문이 닫힌 놀이공원에 레오와 단둘이 몰래 들어와 있는 기분이 들었다. 그러자 실제로도 방학 동안에 레오와 한번 놀이공원으로 놀러 가면 좋겠다는 생각이 들었다. 다원은 레오에게 가능한 날짜가 언제인지를 물어보려고 눈을 뜨려 했다. 그런데 그때, 노래를 부르는 가수의 목소리 사이로 갑자기 다른 사람 목소리가 들려왔다.

– 제이.
– 깜짝이야, 니스. 놀랐잖아. 이 시간에 무슨 일이야? 그 후
   드는 뭐고. 그러고 있으니까 꼭 후디들 같잖아.
– 제이, 할 말이 있어.
– 무슨 할 말?
– 먼저 라디오 좀 꺼 줄래?
– 무슨 말인데?
– 라디오 좀 꺼 봐.
– 왜 그런 무서운 표정을 짓는 거야?

─그 라디오 좀 끄라고!

─왜 그래, 소리를 지르고. 조이가 깨겠어.

─미안, 라디오 좀 꺼 줘.

─하지만 미드나이트 뮤직을 녹음하고 있는 중이란 말이
야.

─그깟것 중단시키면 되잖아.

─흠……. 후드까지 입고 온 걸 보니 아무래도 니스 영이 이
제이 헌터에게 뭔가 중요한 말을 할 것 같네. 알았어, 끌
게, 끈다고. 잠깐만 기다려. 그럼 여기까지만 녹음을 끝
내고.

딸깍.

"다윈."

다윈은 자신의 이름을 부르는 소리를 들었다. 그러나 그
소리가 꿈과 현실 중 어느 쪽에서 들려오는 건지 분간할 수
가 없었다. 다윈은 눈을 뜨지 않았다. 그래도 기차가 계속
터널 속을 지나가고 있다는 것만은 온 감각으로 느껴졌다.
끝나지 않을 것 같은 터널이었다. 계속 눈을 감고 있자 어디
선가 웃음소리가 들려왔다. 키득키득. 심술맞은 어린아이
가 웃는 듯한 소리. ……신이었다. 도무지 신이 있을 것 같
지 않은 이 9지구 터널 안에서 신이 자신을 비웃고 있었다.

"다윈……. 어떻게 된 거야? 이날은 제이 아저씨가 살해
된 날이잖아. 그런데 왜 이런 게 녹음돼 있는 거지? 니스 영

은 위원장님, 다원 너희 아버지잖아."

다원은 이제 눈을 뜨고 고개를 돌려야 한다는 것을 알았다. 외면하지 않고 이 현실 세계와 마주해야 한다는 것을 알았다. 그리고 가장 먼저 무엇을 해야 할지도 알았다.

빌어야 했다. 무릎을 꿇고 두 손을 비비며 신에게 굴복하듯이 레오에게 빌어야 했다. 제발 이 테이프에 대해 루미에게 말하지 말아 달라고, 제발 여기서 함께 이 테이프를 없애자고, 제발 여기서 들은 것을 비밀로 지켜 달라고……. 무릎을 꿇고 그렇게 진심으로 빌면 레오는 부탁을 들어줄 것이다. 친구니까, 가장 믿을 수 있는 친구니까. 세상에 인간이 인간에게 용서받지 못할 죄는 없다고 한 레오니까 분명 부탁을 들어줄 것이다.

다원은 천천히 눈을 떴다. 눈을 너무 오래 감고 있어서인지 기차 속 풍경이 한 바퀴 빙그르르 도는 느낌이었다. 잠시 뒤 균형감이 돌아오자, 아직 모든 상황을 완벽하게 파악하지 못했음에도 모든 진실을 다 알아채 버린 레오의 얼굴이 정면으로 들어왔다.

주위에는 아무도 없었다. 무릎을 꿇고 바닥에 이마를 대는 굴욕적인 모습을 한대도 비웃음을 살 일은 없었다. 앞에서 미약한 빛이 느껴졌다. 끝날 것 같지 않았던 터널이 끝나가려 하고 있었다.

이 터널을 벗어나기 전에 빌어야지. 살려 달라고 빌어야지. 아버지와 나를 살려 달라고 눈물로 빌며 애원해야지.

다윈은 자리에서 일어나 레오를 향해 몸을 돌렸다. 그런데 그때 맞은편 검은 차창 위로 한 인간의 모습이 보였다. 무릎을 꿇지도, 두 손을 비비지도 않는…… 똑바로 선 인간.

다윈 영

프리메라 여학교 교복으로 손을 뻗던 루미는 잠시 머뭇거리다가 옷장 맨 끝에 걸려 있는 검은색 겨울 원피스와 코트로 손을 옮겼다. 다른 사람들의 눈길을 끌 만한 특별한 구석이라고는 한 군데도 없는 평범한 옷이었다. 루미는 살이 드러나지 않는 두꺼운 스타킹과 굽이 낮은 구두를 신었다. 온통 검은색뿐이어서인지 거울에 비쳐 보이는 모습이 꼭 그림자가 수직으로 서 있는 것 같았다. 어디서도 루미 헌터는 보이지 않았다. 그러나 이게 옳았다. 오늘까지 프리메라 교복을 선택한다면 스스로를 용서할 수 없을 것이다.

루미는 1층으로 내려왔다. 아빠 엄마는 벌써 준비를 마치고 거실에서 기다리고 있었다. 계단 마지막 칸에서 아빠가 부축을 하듯 손을 내밀었다. 루미는 아빠의 손을 잡았다. 따뜻했다. 그 순간 이상하게 눈물이 나오려고 했다. 루미는 참지 못하고 울음을 터뜨리며 아빠에게 안겼다. 아빠가 어깨를 감싸 안아 주며 "괜찮아, 당연한 거야."라고 말했다. 루미는 처음으로 자신이 조이 헌터, 아빠한테서 태어난 딸이라는 것을 느꼈다. 누군가의 죽음을 통해 자기 곁에 있는 존재의 소중함을 깨닫는 것은 인간이 몇만 년간 반복해서 저질러 온 실수일 것이다.

레오가 묻힐 곳은 1지구 외곽에 위치한 세인트폴 공동묘지로, 성년이 되지 못하고 단명한 아이들이 잠들어 있는 곳이었다. 루미는 레오의 장례식장으로 가기 전 입구에 잠시 멈추어 서서 묘지 서쪽을 바라보았다. 그곳에 제이 삼촌의 묘도 있었다. 삼촌이 아닌 다른 사람을 추모하기 위해 이곳에 또 왔다는 게 믿기지 않았다. 아빠도 형 생각이 나는지 제이 삼촌 묘지 쪽으로 고개를 돌린 채 말없이 서 있었다. 그러나 곧 개인적인 감상을 누릴 여유도 없이 뒤에서 대규모의 인원이 밀려 들어왔다.

침묵이 익숙한 묘지이지만 오늘만은 예외였다. 루미는 한 걸음 뒤로 물러서서 열을 지어 걸어오는 프라임스쿨 학생들에게 길을 내주었다. 알려진 대로 전교생이 장례식에 참석하는 모양이었다. 물론 진짜로 단 한 명도 빠지지 않고 모두 온 것인지는 알 수 없었다. 그러나 신문 기사에는 분명 그렇게 실렸다. 비통하게 죽은 프라임스쿨 재학생 레오 마샬 군의 장례식에 프라임스쿨 학생 전원이 참석하기로 예정돼 있다고. 기사에는 연말을 맞아 외국에 나가 있다가 비보를 전해 듣고 장례식에 참석하기 위해 급히 귀국했다는 어느 프라임 보이의 우정도 소개돼 있었다.

교복을 완벽하게 갖춰 입고 한곳에 모여 선 프라임 보이들은 단번에 공동묘지의 분위기를 압도했다. 단지 천 명이 넘는 인원 때문이 아니라 그들이 프라임스쿨에서 벗어나 교복을 입고 외부에서 이렇게 단체로 모일 사건이 거의 없기 때문이었다. 루미는 프라임 보이들을 뒤따라 장례식이 열리는 곳으로 걸어갔다. 짧은 생애를 살다 간 아이들의 차가운 비석 사이로 프라임 보이들이 내뿜는 입김이 불길의 연기처럼 피어올랐다.

인파에 가려 잘 보이진 않지만 프라임스쿨 교장이 앞쪽의 작은 연단에 올라서서 식을 진행하고 있었다. 교장은 레오가 얼마나 특별한 학생이었는지에 대해 각자 침묵으로 회상하는 시간을 갖자고 제안했다. 묵념이 끝나자 교장은 품에서 추도문을 꺼내 레오의 진취적이고 호기심 어린 영혼은 프라임스쿨에서 쉽게 잊히지 않을 것이라고 말했다.

루미는 교장이 레오를 묘사할 단어를 찾는 데 애를 먹는 것 같은 느낌이 들었다. 전혀 애정이 묻어나 있지 않았다. '진취적이고 호기심 어린 영혼'이란 문구 밑으로 '무모하고 수치스러운 문제아'라고 썼다가 지운 흔적이 남아 있을 것 같았다. 추측은 틀리지 않았다. 교장이 "왜 9지구에 갔는

지는 이해할 수 없지만"이라고 말하는 순간, 교장의 눈빛에
서린 냉정함이 엿보였다. 프라임스쿨 학생이 9지구에 갔다
는 사실은 죽어서도 용서받을 수 없는 죄인 모양이었다. 아
니면 프라임 보이가 그 범죄자들의 소굴에서 죽었기 때문
에 더 용서받을 수 없는 걸까. 루미는 모두가 레오의 죽음을
이야기하는 이 순간에도 레오의 죽음을 믿을 수가 없었다.

레오는 하위 지구를 순환하는 기차 화장실 안에서 누군
가에게 목이 졸려 죽은 채로 발견되었다. 사체가 발견된 날
은 1월 5일이지만 정확한 사망 시점은 지금까지도 불분명하
다. 1월 2일이나 3일 사이로 추정하고 있을 뿐이다. 하위 지
구 기차 화장실은 하위 지구 사람들도 가기 꺼리는 곳이기
때문에 그나마 발견된 것만으로도 다행이라고 했다. 운이
없었더라면 날씨가 따뜻해지는 봄까지 화장실에 그대로 방
치돼 있을지도 몰랐다. 그랬다간 레오의 신원을 확인하기도
어렵게 됐을 것이다. 날마다 살인 사건이 일어나는 하위 지
구에서 부패한 시체 따위가 큰 관심을 끌 일도 없었을 테니.

매일매일 발생하는 살인 사건 피해자 중 한 명이 프라임
스쿨 학생이라는 것이 밝혀진 뒤에는 범인을 찾기 위한 대
대적인 수사가 진행되었다. 그러나 이렇다 할 만한 증거는
발견되지 않았다. 최초의 발견자인 8지구 주민은 사건에 도
움이 될 만한 단서를 제공해 주기보다는 자신이 억울한 누
명을 뒤집어쓰지 않는 데에 더 힘을 쏟았다. 프라임스쿨 학
생이든 아니든 남자아이 한 명이 살해된 일로 경찰에 시달리

는 걸 귀찮아하는 기색이 신문 인터뷰에서 그대로 느껴졌다. 경찰은 중간 수사 발표를 했다. 범인은 하위 지구 주민이며, 체격이 좋은 16세 남자를 단숨에 제압해 목 졸라 살해한 점으로 미루어 굉장한 체력을 보유한 남자일 것이며, 목에 가해진 압력으로 추측컨대 왼손잡이일 가능성이 높다고 했다.

레오를 살해한 이유에 대해서는 카메라를 포함한 레오의 소지품들을 빼앗기 위해서라고 했다. 경찰은 레오가 8지구와 9지구를 촬영하고 돌아다니는 동안 주민 대다수가 카메라에 대한 욕심을 공격적으로 드러냈다고 전했다. 경찰은 중고 카메라 거래처를 샅샅이 조사해 반드시 범인을 추적하겠다며 강한 수사 의지를 드러냈지만, 하위 지구 암시장으로 흘러간 이상 카메라를 찾는 일이 불가능하다는 것은 모두 알고 있었다. 범인을 잡지 못했다고 경찰을 비난하는 사람은 없었다. 은연중에 프라임 보이가 하위 지구, 그것도 9지구까지 가서 값비싼 카메라를 들고 다닌 것부터가 잘못이라는 여론이 형성되었다. 아버지 버즈 마샬을 그릇된 방식으로 본받았다는 비난과 함께.

루미는 레오가 죽은 뒤 지금까지 일어난 모든 일들이 먼 나라에서 들려오는 나쁜 소문으로만 여겨졌다. 아무것도 실제 같지가 않았다. 레오는 아직 여행 중인데 다들 뭔가 오해하고 잘못된 이야기를 퍼뜨리고 있는 것 같았다. 그러나 레오는 정말로 저 앞 관 속에 누워 있었다.

교장이 내려간 뒤 이어서 니스 아저씨가 연단 위로 올라오는 게 보였다. 아저씨 얼굴은 무척 수척해져 있었다.

"프라임스쿨 위원장으로서 레오 마샬 같은 훌륭한 학생을 잃은 것은 크나큰 슬픔이자 비극이라고 말해야 할 것입니다."

아저씨는 잠시 침묵했다가 유가족 편에 서 있는 버즈 아저씨 부부를 돌아보며 말했다.

"그러나 한 학생의 부모이자 아들을 잃은 아버지의 친구로서는 감히 어떤 말을 할 수 있을지 막막하기만 합니다. 슬픔과 비극이라는 단어조차 웃음과 기쁨이라는 단어와 별반 다르지 않게 느껴집니다. 오늘 저는 이 세상에 존재하는 모든 애도와 위로의 말이 얼마나 무기력한지를 느낍니다……. 한 아이를 잃는다는 것은 한 언어를 잃는 것과 같은 절망입니다."

신문 기사와 별반 다를 것 없이 느껴졌던 교장의 것과 비교하면 니스 아저씨의 추도사는 마을 멀리까지 퍼지는 종소리 같았다. 추도문 그 자체로 보이는 니스 아저씨의 수심 어린 얼굴에서 루미는 아저씨가 얼마나 인간을 사랑하는 분인지를 다시 실감했다. 매년 제이 삼촌의 사진 앞에 꽃을 바칠 때도 아저씨는 이런 얼굴이었다. 니스 아저씨라면 제이 삼촌에게 했던 것처럼 레오의 30주년 추도식까지 잊지 않고 꽃을 보내 줄 것 같았다.

이어서 버즈 아저씨가 연단에 올랐다. 버즈 아저씨는 체

넘한 듯 오히려 니스 아저씨보다 담담한 얼굴로 "레오가 떠나는 길을 지켜봐 주신 모든 분들께 감사드립니다."라고 인사말을 전했다. 그러고는 니스 아저씨를 돌아보며 "힘들지만 이 시간을 함께해 준 오랜 친구 덕분에 슬픔을 이겨 내고 있습니다."라고 고마움을 표했다. 니스 아저씨가 다시 연단으로 올라와 버즈 아저씨를 껴안았다. 버즈 아저씨는 니스 아저씨 어깨에 손을 올린 채로 프라임스쿨 학생들에게 말했다.

"이 자리를 빌려 레오에게 해 줬어야 할 말을 여러분에게 대신 할까 합니다……. 여러분, 부디 지금 곁에 서 있는 친구를 소중하게 여기기를 바랍니다. 학교를 떠나 어른이 되어 다른 길을 가게 되더라도 언젠가 가장 힘든 시간이 오면 그 친구는 다시 여러분 가장 가까운 곳에 서 있어 줄 것입니다. 여기 내 친구 니스 영처럼."

소년 시절의 향수가 느껴지는 두 사람의 우정에 프라임 보이들은 숙연하게 고개를 끄덕이며 자기 옆에 선 친구와 의미 있는 눈짓을 주고받았다. 그 순간 루미는 이 묘지들 사이에서 홀로 존재하는 것 같은 공허함을 느꼈다. 지금 자신 곁에 서 있는 친구는 한 명도 없었다.

예식이 끝나고 조문객들이 각자 가지고 온 꽃을 레오의 관 위로 던졌다. 얼마 안 돼 관은 온통 흰 꽃으로 뒤덮였다. 저 아래 세계에만 벌써 봄이 온 것 같았다. 루미는 프라임 보이들 사이에 섞여 준비해 온 꽃을 레오에게 바쳤다. 그리고 레오가 가지라고 주었던 프라임스쿨 강령 책자도 그만 돌려주었다. 더는 그 책자를 읽으며 프라임 보이가 돼 보는 상상을 할 수는 없으니.

꽃이 짧은 포물선을 그리며 다른 꽃들 위로 떨어지는 순간, 참았던 눈물이 다시 흘러내렸다. 도저히 입에서 '안녕'이라는 말이 나오지 않았다. 레오와의 마지막을 너무나 허무하게 끝내 버렸다. 그 전화 통화가 레오와 나누는 마지막 대화가 될 줄 알았다면 그렇게 일방적인 부탁을 하진 않았을 것이다. 그렇게 듣기 싫어했던 제이 삼촌 이야기를 꺼내지도 않았을 것이다. 레오에게 하지 못한 말이 많았다. 고맙다는 말도, 미안하다는 말도 진심을 담아 제대로 한 적이 한 번도 없었다. 지금이라면 그 말들이 닳아 없어질 때까지 할 수 있지만 레오는 두 번 다시 전화를 걸어 오지도, 그 말을 들어 주지도 못한다. 후회로 시작된 눈물이 뺨을 타고 내리는 동안 죄책감으로 무거워져 땅에 떨어졌다. 그때였다. 뒤에서 작게 속삭이는 말소리가 들려왔다.

"그렇게 하위 지구 편을 들더니, 원하던 대로 하위 지구에서 죽었네."

"자기 바디까지 나눠 주면서 말이야."

"카메라를 말하는 거야, 레오를 말하는 거야?"

"동음이의어인 셈이지. 둘 다 바디니까."

온몸이 얼어붙는 느낌에 루미는 뒤를 돌아보았다. 그러나 누구의 입에서 흘러나온 말인지 알 수 없었다. 모두가 자신이 선망하는 프라임스쿨 교복을 입고 있었고, 준비해 온 싱싱한 꽃을 레오의 관 위로 던지고 있었다.

　장례식이 끝나자 조문객들 일부는 떠나고 일부는 유가족 주변으로 몰려들었다. 루미는 버즈 아저씨 부부에게 인사하러 가는 아빠 엄마 뒤에서 한참 떨어져 걸었다. 버즈 아저씨에게 선뜻 다가갈 수가 없었다. 마음만은 가장 먼저 아저씨에게로 가서 레오가 죽기 전 할아버지 집에 갔었고, 할아버지에게 프라임스쿨 시계를 성탄절 선물로 주었다는 이야기를 전하고 싶었다. 레오에게 늘 무뚝뚝했던 아저씨와 레오를 오해하고 있는 많은 사람들에게 레오가 얼마나 착한 애였는지 알려 주고 싶었다. 그러나 그러기 위해선 레오에게 제이 삼촌의 카세트를 찾아 달라고 부탁, 아니 강요했던 사실과 아저씨가 자신은 살아서 절대 갈 일이 없을 거라고 했던 그 집에 가서 아저씨의 아버지를 만난 일들까지 밝혀야 했다. 어쩌면 할아버지가 아저씨와 레오를 혼동하며 아직까지 아저씨를 '꼬맹이 버즈'라고 부르고 있다는 사실까지도…….

　루미는 망설이며 조문객들 사이에 섞여 있다가 그만 발걸음을 돌렸다. 이제 와 그런 일들을 전해 봤자 아저씨에게 상처만 더해 주게 될 것이다. 그 이야기는 더 이상 이 세상에 필요한 이야기가 아니었다.

　입구로 나가는데 열다섯 살에 사망한 미아 폰즈라는 여

자아이의 무덤이 눈에 띄었다. 묘비에는 'a human being, not a ghost'라는 문구와 함께 일기장에서 발췌했다는 표시가 돼 있었다. 일기장에 저런 문구를 썼다는 건 살아 있었을 때 살아 있는 인간이 아닌 유령으로 느낄 때가 있었다는 의미일까. 루미는 묘비 앞에 멈춰 섰다. 마치 자기에게 보라고 누군가 적어 놓고 간 말 같았다. 그 의미를 해석할 수 있을 것 같은 기분이 몰려오자, 루미는 그만 여자아이의 무덤에서 등을 돌렸다. 그 순간 저 멀리 나무 아래 서 있는 다윈이 보였다.

다윈은 잎을 다 잃고 마른 가지만 하늘로 무성하게 뻗치고 있는 나무 아래 서서 두 손을 주머니에 넣은 채 묘지를 둘러보고 있었다. 머리를 움직이는 모습 같은 것은 조금도 눈에 띄지 않는데도 이상하게 무덤들을 둘러보고 있다는 느낌이 들었다. 인간이 흔히 나무는 땅에 다리를 박은 채로도 꽃이 피고 태풍이 몰려오고 새가 죽는, 자연에서 일어나는 모든 일들을 알고 있다고 생각하는 것과 비슷한 느낌이었다. 다윈은 한 그루의 나무 같았다.

루미는 무덤들을 지나 다윈에게로 걸어갔다. 이윽고 다윈도 고개를 돌렸다. 어쩌면 지난번처럼 피하려 할지도 모른다는 생각이 들었는데, 다윈은 조금도 자세를 흐트리지 않고 그대로 나무 밑에 서 있었다. 시선도 한곳에 머물러 있었다. 다윈과 점점 가까워질수록 루미는 이상한 착각이 들었다. 다윈을 발견하고 다윈이 서 있는 곳으로 걸어가고 있는 것은 분명 자신의 의지인데도 어쩐지 다원이 자신을 발견해서 자기 쪽으로 걸어오게 만드는 것 같았다.

다원 앞에 다다른 순간, 루미는 앞으로 한 발 더 내디디려던 걸음을 자기도 모르게 그만 거두었다. 어쩐지 가까이 가기가 두려웠다. 스스로도 이해할 수 없는 감정에 왜 그런 느낌이 드는 건지 자기 안을 유심히 들여다보았다. 그러자 곧 그 감정이 무섭다는 식의 단순한 공포감이 아니라 짧은 시간에 몰라볼 정도로 성장해 버린 한 인간을 향한 일종의 경외감이라는 것을 깨달았다.

다원은 지난번 스튜디오에서 처음 변했다고 느낀 그 모습에서 한 단계 더 변해 있었다. 기후가 다른 곳에서 떨어져 자란 다원의 일란성 쌍둥이 같다고 느꼈던 그때의 변화가 수평적인 변화였다면, 이번의 변화는 그 쌍둥이의 존재조차 자기 안으로 흡수해 어딘가 위로 올라선 것 같은 수직적인 변화였다.

무엇에서 영양분을 얻는지 알 수 없는 마른 겨울나무 한 그루를 등지고 수백 개의 무덤들을 바라보고 서 있는 다원은 종 자체가 달라진 것 같았다. 불과 반년 전 거대 지구본 앞에 서 있었을 때 세상과 평화롭게 조화를 이룬 듯했던 인상은 어디에도 남아 있지 않았다. 지금 다원은 이 세상에 홀로 존재하는…… '단독자' 같았다. 루미는 마음속에 이는 그런 생경한 느낌을 간신히 억누르고 입을 열었다.

"여기서 뭐 해?"

다원은 아무런 감정도 드러나 보이지 않는, 꼭 자기 등 뒤의 나무가 말을 하는 것 같은 얼굴로 "아버지를 기다리고 있어."라고 대답했다. 루미는 다원의 시선이 가리키는 쪽으로 고개를 돌렸다. 멀리 유가족들 사이에서 바쁘게 조문객들을 응대하는 니스 아저씨가 보였다. 제이 삼촌의 추도식에서도 그랬듯이 레오의 장례식에서도 버즈 아저씨보다 니스 아저씨가 더 책임자처럼 보였다.

"아까 아저씨가 한 추도사는 정말 감동적이었어. 아저씨는 상처받은 사람들을 위로하는 데 특별한 능력이 있으신가 봐."

다원은 무표정한 얼굴로 짧게 "그게 아버지 일이니까."라고 대답했다. 다원의 무뚝뚝한 응대에 루미는 조금 전에는 자신을 이쪽으로 끌어당겼던 그 미지의 힘이 이번에는 반대로 자신을 밀어내는 쪽으로 작용하는 것처럼 느껴졌다. 달의 인력에 무기력하게 조종당하는 바닷물이 된 것 같았지만, 루미는 애써 아무렇지 않은 척 물었다.

"넌 어떻게 지냈어? 레오 소식 듣고 많이 놀랐지?"

"놀랐지."

그러나 다원의 얼굴은 입에서 나온 말과 동떨어져 더할 수 없이 평온해 보였다. 루미는 조금 전에 느꼈던 그 두려움을 다시 느끼며 물었다.

"그런데 전혀 놀란 얼굴이 아닌데?"

다원은 알 듯 모를 듯한 표정으로 대답했다.

"놀라긴 했지만 납득은 됐으니까."

이해할 수 없는 말에 루미는 되물었다.

"납득이 됐다니?"

다원은 잠시 침묵하더니 허공으로 시선을 돌리며 말했다.

"레오는 늘 다른 세상을 궁금해했어. 프라임스쿨에 있으면서도 눈은 언제나 바깥세상을 보고 있었지. 마지막으로 봤던 종업식 날에도 나에게 그렇게 말했어. 프라임스쿨을 떠나서 여기서는 볼 수 없는 것들을 보고 싶다고. 그게 레오가 원하는 삶이었어. 죽음은 그 삶의 연장선상에서 일어난 일이야. 삶과 죽음이 결코 분리되지 않았지."

다원의 목소리가 날카로운 겨울바람이 되어 머릿속 깊은 곳을 스쳤다. 다원이 무슨 말을 하는지 알 것 같았다. 루미는 레오의 무덤이 있는 쪽을 바라보며 말했다.

"그래, 만약 레오가 아닌 다원 네가 하위 지구 기차 안에서 그런 죽음을 맞이했다면 난 절대 지금처럼 장례식에 참석하진 못했을 거야. 비록 우리가 9지구에 같이 간 적은 있지만 너 혼자 하위 지구에 간다는 건 도저히 납득이 안 됐을 테니까 분명히 네 의지가 아닌 다른 사람의 의도에 의해 기차를 탔을 거라고 의심했겠지. 경찰 발표도 절대 믿을 수 없었을 거고. 하지만 레오의 사망 소식을 들었을 때, 물론 죽음이라는 사실은 충격적이긴 했지만, 나머지 정황들은 자연스럽게 받아들여졌어……. 맞아, 그러고 보면 나도 입으로는 믿을 수 없다고 말하면서도 사실 머릿속으로는 레오의 죽음을 납득한 건지도 모르겠어. 레오 마샬의 삶에서는 충분히 일어날 수 있는 죽음이었다고."

말을 마치며 다시 눈길을 돌린 순간, 루미는 놀랍게도 다윈의 얼굴에서 미소를 보았다. 한 점의 의심도 없이 분명한 미소였다. 그 미소의 정체가 무엇인지 알 수 없어 루미는 자기도 모르게 뒤로 한 발 물러섰다. 다윈은 이 세상 사람들 사이에서 통용되는 일반적인 법칙을 무시하고 있는 것 같았다. 그러나 흔들림 없는 다윈의 시선을 통해 루미는 곧 그 미소가 자신을 향한 것이라는 걸 알게 되었다. 다윈은 단순히 이 세상의 법칙을 무시하는 게 아니라, 그 법칙을 뛰어넘어 한 단계 높은 곳에 서서 자신을 내려다보고 있었다. 마치 스승이 제자에게 자신의 세계에 다다르기 위한 문제를 던져 놓고 그것을 푸는 과정을 흐뭇하게 지켜보는 것과 비슷했다. 평소대로라면 그 우월성에 뿌리내린 미소에 불쾌감을 느끼는 게 당연했을 것이다. 누군가가 스스로를 자신보다 더 높은 존재로 인식하며 굽어본다는 것은 용납할 수 없는 일이었다. 그런데 이상하게도 다윈의 갈색 눈동자를 계속 마주하고 있으니, 자신이 다윈의 뜻을 옳게 헤아렸고 다윈이 그것을 미소로써 평가해 주었다는 것에 점점 만족감과 자부심이 들기 시작했다. 그 감정이 기쁨이 되려는 찰나, 다윈의 목소리가 들려왔다.

"모두 각자의 죽음이 납득되는 삶을 살아야 해."

순간 루미는 좀 전에 묘비명 앞에서 걸음이 멈춰졌던 것처럼 다시 숨이 멎는 것 같았다. 다원의 목소리엔 아무 힘도 실려 있지 않고 특정한 방향도 정해져 있지 않았는데, 이상하게도 그 말이 자신의 심장을 정확히 겨냥한 강철 화살로 여겨졌다. 화살 머리에 '너는 네 삶도 없지 않느냐.'는 비난의 메시지가 매어져 있는…….

루미는 얼굴이 붉어지는 걸 들키지 않도록 애써 침착한 표정을 지으며 말했다.

"너랑 레오는 정반대의 성향이라고 생각했는데, 지금 보니 레오를 가장 잘 이해한 사람은 다원 너 같아."

"그럴지도. 나를 가장 잘 이해한 사람도 레오였고."

"부러워, 그런 특별한 관계가."

"루미 너도 레오에게 특별한 사람이었어."

"내가? 난 전혀 아니야. 우린 2년간 거의 단절 상태에 있었는걸. 레오가 나를 지겨워했다는 건 나도 알고 있어."

다원은 말없이 자기 머리 위의 나뭇가지를 올려다보았다. 다원의 시선이 닿아서인지 평범하게 뻗은 나뭇가지가 인류의 계보를 형상화한 사슬처럼 여겨졌다.

잠시 뒤, 다원이 눈길을 돌리며 말했다.

"체육대회가 지나고 나서 레오에게 너희 둘의 관계를 물은 적이 있어. 그때 레오는 루미 네가 진성으로 네 삶을 살길 바란다는 얘기를 했어. 그렇게만 되면 너와 다시 친구가 될 수 있을 거라면서……. 그땐 너희 두 사람의 추억을 너무 깊이 파고드는 것 같아 무슨 뜻인지 묻지 않고 그냥 넘겼는데,

이렇게 되고 보니 물어봤어야 했다는 후회가 들어. 레오가
루미 너에게 남기는 유언이 된 셈이니까."

루미는 목 안이 뜨거워지는 것을 느끼며 말했다.

"물어보지 않아도 난 그게 무슨 뜻인지 알고 있어."

다원이 답을 듣고 싶어 하는 눈길로 바라보았다. 깊은 눈
동자 때문인지 답을 구하는 입장인데도 다원은 이미 답을
알고 있는 사람 같았다.

"제이 삼촌에게서 벗어나 내 인생을 찾으라는 거야. 레오
가 늘 나에게 하던 이야기였어. 우리 사이가 틀어진 가장 큰
원인이 되기도 했고. 내가 제이 삼촌의 물건을 찾아 달라고
부탁했을 때도 레오는 그렇게 말했어. 내가 가진 빛을 삼촌
을 위해서가 아니라 나를 비추는 데 쓰라고. 그게 레오와 나
누는 마지막 이야기가 될 줄 알았다면 한 번쯤은 그 애 말에
귀를 기울이고 '그래, 알겠어. 걱정해 줘서 고마워.'라고 했
을 거야."

다원이 말했다.

"레오는 지금도 듣고 있어."

다원의 그 한마디를 듣는 순간 고여 있던 눈물이 흘러내
렸다. 루미는 우는 모습을 보이고 싶지 않아 뒤로 돌아섰다.
다원은 아무 말 없이 그대로 등 뒤에 서 있기만 했다. 그런
태도도 다원의 변한 점이었다. 예전의 다원이라면 어쩔 줄
몰라 하며 어떻게든 눈물을 그치게 하려고 애썼을 것이다.
그런데 지금은 마치 이렇게 우는 게 필요한 일이라는 듯 한

발짝 떨어져 지켜보고만 있었다. 오늘 다원은 소년이 아니라 먼저 어른이 된 남자 같았다. 루미는 돌아선 채 눈물을 흘리며 말했다.

"아무에게도 말은 못했지만 사실 레오가 죽고 나서 많이 후회했어. 어쩌면 내가 지나치게 제이 삼촌 일에 집착했는지도 모른다고. 삼촌 그림자를 좇아 다니는 동안 아빠와의 관계는 최악이 돼 버렸고, 레오에게는 마지막 순간까지 걔가 싫어했던 일을 강요했어. 그리고 난 다원 너까지 잃었어. 유령을 좇느라 내 곁에 있는 사람들을 다 잃어버린 것 같아. 만약 내가 레오처럼 갑자기 죽는다면 내 인생은 뭐가 되는 걸까? 그런 생각을 하니까 너무 무서워. 내가 이미 유령이 돼 있는 것 같아서."

뒤에서 다원의 음성이 들려왔다.

"지금부터 네 인생을 되찾아."

루미는 뒤돌아 다원을 바라보았다. 다원을 마주하는 순간 신기하게도 눈물이 저절로 멎었다. 다원은 정말 다른 존재가 돼 있었다. 자기 뜻에 따라 이 세계에 명령을 내릴 수 있는 절대자 같았다. 루미는 과연 자신이 하려는 말이 그 명령에 대한 복종인 걸까 생각하다가 망설임 끝에 다원에게 물었다.

"그럼 내가 그렇게 할 수 있도록 부탁 하나만 들어줄래?"

공동묘지의 서쪽은 고요했다. 오가는 인적이 드문 탓에

며칠 전에 내렸던 눈이 무덤 위에 아직 그대로 쌓여 있었다. 이른 나이에 죽은 아이들의 무덤이라고 생각해서인지 소복이 쌓인 눈이 아이들에게 가지고 놀라고 하늘이 내려준 특별한 선물 같아 보였다.

루미는 다원이 뒤따라오는 것을 의식하며 걷다가 한 무덤 앞에 이르러 걸음을 멈추었다. 제이 헌터, 삼촌의 묘였다. 펼쳐진 책장을 형상화한 제이 삼촌 묘비에는 성경의 한 구절이 새겨져 있었다.

'내 아버지에게 아들이었으며, 내 어머니 보기에 유약한 외아들이었노라.'

할머니가 고른 문구라고 들었다. 친인척들 몇몇은 그것이 제이 헌터의 삶을 묘사하기에는 너무 소박한 문구라고 지적하기도 했다. 그러나 루미는 지혜로 빛나는 수많은 잠언들 사이에서 선택한 이 평범한 문장이 할머니 할아버지에게 제이 삼촌이 갖는 특별함을 가장 잘 드러내 준다는 데 동의했다. 이 묘비명을 보고 아빠가 느꼈을 소외감은 중요하지 않았다. 어쩔 수 없었다. 불공평하다 해도 죽음이란 원래 그렇게 독점적인 것이다. 아빠뿐만 아니라 할머니, 할아버지, 자기까지도 그 지배 아래 있었다. 그러나 루미는 이제 그만 그 불공평한 죽음의 운영 방식에서 벗어나고 싶었다.

"제이 삼촌, 삼촌이 세상을 떠난 지 벌써 30년이라는 시간이 지났어요. 아들은 아버지가 되고, 아버지는 할아버지가 되는 긴 시간이죠. 하지만 저는 그 시간을 가볍게 웃어 넘겨 버리곤 했어요. 이 세상에 살아 있는 다른 누구보다도 죽은 삼촌이 저와 가장 가까운 가족이고 친구라고 생각하면서요. 가끔은 삼촌과 내가 얇은 벽에 가로막혀 있을 뿐, 동시대를 살고 있는 것 같은 기분이 들기도 했어요. 삼촌……삼촌이 들으면 서운해할지도 모르겠지만, 아빠는 삼촌 얘기 하는 걸 안 좋아해요. 삼촌의 죽음에 대해 말하는 건 더욱더 그렇고요. 저는 그런 아빠를 늘 비겁하다고만 생각했어요. 제가 아빠라면 제 인생을 걸고 삼촌의 죽음에 얽힌 의문을 풀 거라 자신했으니까요. 그런데 레오가 땅에 묻히는 것을 본 오늘, 전 처음으로 아빠를 이해하게 됐어요. 저 역시도 레오를 떠올리면 괴롭고 미안해질 뿐이라서 차라리 그애에 관한 모든 걸 잊어버리고 싶어졌거든요. 오늘에서야 전 진짜 죽음을 알게 된 것 같아요. 삼촌, 저는 지금껏 삼촌의 죽음을 밝히는 일이 우리 가문과 제 삶을 밝히는 일이라고 생각했어요. 그런데 지금은 솔직히 두려워요. 삶이라는 게 바람 속에 흔들리는 촛불 한 자루처럼 한순간에 꺼져 버릴 수도 있다는 걸 알게 됐거든요. 그렇다면 죽음을 기웃거리면서 있을 시간이 없는 거잖아요. 촛불이 켜져 있는 동안엔 최선을 다해 자기가 있는 세계를 비추어야 하는 거잖아요. 혹시 삼촌도 이제는 제 삶으로 돌아갈 때라는 걸 말하고 싶어서 저를 이곳으로 부른 거 아니에요? 그렇죠? 제 말이 맞죠, 삼촌?"

제이 삼촌의 이름을 담은 입김이 입 안에서 빠져나가는

순간, 루미는 몸이 떠오를 듯 가벼워지는 걸 느꼈다. 호흡 속에 깃들어 있던 삼촌의 영혼이 자신이 한 말을 이해하고 스스로 떠난 것 같았다. 한 번도 삼촌의 존재를 짐으로 느껴 본 적이 없었는데도 온몸을 옥죄고 있던 쇠사슬을 끊어 낸 것처럼 자유로운 기분이 들었다. 피부로 스며드는 태양빛과 발밑에서 꿈틀대는 생명력의 촉감이 생생하게 느껴졌다.

루미는 말없이 뒤에서 자신을 지켜봐 준 다윈에게 돌아섰다. 삼촌과 작별하고 나자 다윈 영이라는 존재가 가장 먼저 대면하고 해결해야 하는 이 새로운 현실 세계의 표상으로 여겨졌다.

루미는 다윈에게 물었다.

"이제 우리는 어떻게 되는 걸까? 넌 이제 날 만나지 않을 거지?"

"왜 그렇게 생각해?"

"넌 내가 싫어졌잖아. 내가 이기적이고 고집이 세고 널 위험에 빠뜨렸으니까."

다윈이 웃으며 말했다.

"난 널 좋아해. 루미 넌 내가 이 세상에서 유일하게 좋아하는 여자야."

루미는 당황스러워 시선을 돌렸다. 다윈의 입에서 나왔다는 게 믿기지 않을 만큼 직설적인 고백이었다.

다윈이 한 발짝 다가와 눈을 마주치며 말했다.

"널 싫어한 적은 한 번도 없었어……. 물론 한순간 널 포기해야 한다고 생각했던 건 사실이야. 네 말대로 네가 이기적이고 고집이 세고 날 위험에 빠뜨렸으니까."

"……그 말은 지금은 생각이 바뀌었다는 거야?"

"그래, 겁쟁이 같은 생각이라는 걸 깨달았거든."

다원은 이 세상의 온 대지가 펼쳐져 있는 듯한 짙은 갈색 눈동자로 말했다.

"왜 좋아하는 걸 포기해야 하지? 강해지면 아무것도 포기하지 않아도 되는데."

루미는 아무 말도 나오지 않았다. 마음속에서 다원 영이라는 소년은 늘 어린아이였고 언제까지나 어린아이일 수밖에 없을 것이라고 생각했다. 다원은 너무 순수했고, 지루할 만큼 평등했고, 지나치게 자기 아버지를 사랑했다. 그런 사람은 아무리 나이를 먹어도 영원히 아이인 것이다.

그러나 지금 눈앞에 서 있는 다원은 완전히, 그리고 성공적으로 진화한 '다원 이후의 다원'이었다. 무엇이 다원을 그렇게 이끌었는지는 알 수 없었다. 한 해를 지나온 겨울바람일까, 친구의 느닷없는 죽음일까, 아니면 순전히 자기 안의 부르짖음 때문일까……. 이유가 무엇이든 간에 루미는 이 진화한 다원이 자기 마음을 송두리째 빼앗는 것을 느꼈다. 루미는 자기도 모르게 돌발적으로 다원에게 입을 맞추었다. 다원은 놀라는 기색 없이 늘 있었던 일이라는 듯 키스를 받아들였다. 너무나 자연스러운 다원의 태도에 루미는 다원이 이 키스를 마치 예견하고 있었던 것 같은 느낌마저 들었다.

　인파로 들끓던 묘지는 프라임스쿨 학생들이 떠나고 나자 서서히 평소의 고요를 되찾아 가고 있었다. 루미는 다윈과 손을 잡고 입구로 걸어갔다. 입구 근처에 아빠 엄마와 니스 아저씨가 함께 서 있는 게 보였다. 루미는 자신과 다윈이 손을 잡고 함께 걸어오는 것을 본 아빠와 아저씨의 얼굴에 불편한 기색이 스치는 것을 감지했다. 아마도 친구의 장례를 막 치르고 난 뒤 보일 모습은 아니라고 생각하는 모양이었다. 루미는 불필요한 오해를 사고 싶지 않아 잡고 있는 손을 그만 놓으려고 했는데, 그 순간 다윈이 말없이 더 단단하게 손을 붙들며 자기 쪽으로 끌어당겼다. 루미는 놀랐지만 순순히 다윈의 행동에 따랐다.

　니스 아저씨가 말했다.

　"둘이 같이 있었구나……. 그래, 친구를 잃었으니 서로 위로해 줘야지."

　루미는 역설적이게도 레오의 죽음이라는 극한의 불행을 통해 니스 아저씨에게 다윈과의 관계를 인정받을 수 있는 기회를 얻은 기분이 들었다.

　다윈이 말했다.

　"루미랑 같이 제이 아저씨 묘에 다녀왔어요. 루미가 아저씨에게 할 말이 있다고 해서."

　"그랬구나. 공교롭게도 제이와 레오가 같은 곳에 묻히다니. 아빠한테 들었단다, 어릴 적부터 알고 지낸 친구라며? 루미가 무척 힘들겠구나."

루미는 그렇게 말하는 니스 아저씨의 얼굴에 괴로운 빛이 도는 것을 느꼈다. 죽음이 일반 사람들에게 드리우는 흔한 그림자였다. 루미는 그 그늘이 자기 얼굴에 번지기 전에서 빨리 자신이 얻은 깨달음과 변화한 마음을 모두에게 알리고 싶었다. 자신이 보통 사람들처럼 죽음에 상실감을 느끼며 슬퍼하기만 하는 인간이 아니라, 그 슬픔으로부터 도약할 수 있는 존재라는 것을 보여 주고 싶었다. 자신의 손을 꼭 쥐고 있는 다원의 강인한 손이 그런 마음에 확신을 주었다.

"아니요, 오히려 홀가분해졌어요."

니스 아저씨가 놀란 얼굴로 물었다.

"홀가분해졌다고?"

"네, 물론 아직 슬픔은 크게 남아 있지만 그것과는 별개로 두 사람을 통해 이제는 삼촌을 잊고 제 삶에 충실해야 한다는 것을 깨닫게 되었거든요. 올해부터는 제가 삼촌의 추도식에 안 가더라도 이해해 주세요."

루미는 아빠를 돌아보며 물었다.

"아빠, 아빠도 이해해 주실 거죠?"

아빠 역시 뜻밖이라는 얼굴로 물었다.

"진심이니?"

"당연히 진심이죠. 매년 정성스럽게 추도식을 준비해 주시는 아저씨께는 죄송스럽지만요."

"아니, 나에게 미안해할 것은 없단다. 어디까지나 네 선
택이니까……. 그런데 놀랍구나. 나는 루미 네가 의기소침
해 있을 줄 알았는데 도리어 이렇게 활기가 느껴지니."

루미는 니스 아저씨가 선택한 '활기'라는 단어가 마음에
들었다. 이제부터 새롭게 다시 시작할 자신의 삶에 어울리
는 표현이었다.

"맞아요, 놀라운 일이에요. 죽음이 삶을 더 환하게 비쳐
주는 등대 역할을 한다는 건. 저도 다윈 덕분에 깨닫게 됐어
요."

루미는 다윈을 올려다보았다. 다윈은 눈을 마주치며 말
없이 미소만 지었다.

아빠가 말했다.

"그래, 나쁜 일을 하나 겪고 나면 좋은 일도 하나 오기 마
련이지……."

그러고는 니스 아저씨를 향해 말했다.

"이왕 말이 나왔으니 잘됐어요. 지난번에도 말씀드렸지
만 이제는 제이 형의 추도식을 그만할 때도 됐다고 생각하
고 있었거든요. 아버지도 점점 노쇠해지시고 어머니도 손
님 치르는 일을 힘들어하시고. 이젠 제이 형을 정말 보내 줘
야 할 때인 것 같아요. 30년이나 됐잖아요. 이해해 주실 거
죠?"

니스 아저씨는 아무 대답이 없었다. 30년간 이어 온 일을

이 자리에서 갑자기 결정하기는 어려울 것이다. 어쩌면 추도식을 중단하는 것에 대해 제이 삼촌에게 죄책감을 느끼는지도 몰랐다. 루미는 아저씨의 변함없는 우정이 고마웠다. 그러나 이제는 니스 아저씨도 자신처럼 제이 삼촌을 놓아주어야 했다. 그 작별이 결코 삼촌을 배신하는 일이 아님을 받아들여야 했다. 그리고 그다음의 명제로 나아가야 했다. 주어진 자신의 삶에 충실하는 것이야말로 죽음에 대한 가장 드높은 존중이라는……. 삼촌의 영혼도 자신의 추도식을 5년, 10년 더 이어 가는 것보다 자신의 가장 좋은 친구인 니스 아저씨가 사회의 정점에 올라 자신이 이루지 못한 꿈을 대신 이뤄 주는 것이 진정한 추모라고 생각할 것이다.

바람이 거셌다. 온기 없는 무덤을 지나와서인지 피부에 닿는 느낌이 유독 싸늘했다. 아빠가 "그럼 이제 그만 집으로 돌아가죠."라고 말했다. 니스 아저씨는 추도식을 그만두겠다는 아빠의 제안이 못내 서운한지 삼촌 묘지 쪽을 오래 바라보다가 "그래, 가야지."라며 걸음을 돌렸다.

루미는 다원과 맨 뒤에 나란히 서서 차가 있는 곳으로 걸어갔다. 다원이 "춥지?" 하며 붙잡은 오른손을 자기 코트 주머니에 집어넣었다. 루미는 주위 어른들의 시선에 전혀 개의치 않는 다원이 자랑스러웠다. 모든 선택과 결정을 자기 의지대로 하겠다는 것을 행동으로써 공표하고 있는 것 같았다. 루미는 주머니 속에서 다원의 손을 더 단단히 쥐었다. 그때 손가락 끝에서 무언가가 걸리는 느낌이 들었다. 빳

빳한 종이 같은 것이었다.

"주머니에 든 게 뭐야?"

다원이 "이거?" 하며 종이 두 장을 꺼내 보여 주었다. 루미는 깜짝 놀랐다. 위에 있는 하나가 자기 사진이었다.

"이 사진은 어디서 난 거야?"

"3년 전, 내가 신입생이었을 때 프라임스쿨 체육대회에 온 적 있지? 관중석에서 찍힌 사진이야. 학교 학보에 실린 걸 오려서 가지고 있었어. 종업식 날 책상 정리를 하면서 챙겼는데, 깜박 잊고 지금까지 주머니에 그대로 넣어 뒀더라고."

루미는 다원이 학보에서 자신의 사진을 오려 3년 가까이 간직해 왔다는 사실에 감동했다. 자신이 인지하기 전부터 다원이 자신을 좋아하고 있었다는 사실도 놀라웠지만, 이렇게나 다른 존재로 거듭난 다원에게 자신의 가치만큼은 전혀 변하지 않았다는 사실이 스스로에 대한 자부심을 높여 주었다.

루미는 사진 밑에 있는 또 다른 종이를 보며 물었다.

"그럼 이건? 놀이공원에 가자고?"

다원이 웃으며 놀이공원 입장권을 받아 들었다.

"자세히 봐. 오래전에 유효기간이 지난 거야."

다시 보니 정말 유효기간이 3년 전 여름으로 끝나 있었다. 다원이 말했다.

"이젠 아무 쓸모 없는 거야."

다원은 입장권을 땅에 떨어뜨리더니 짓이기듯 구두로 밟았다. 종이는 물에 젖어 곧 형체를 알아볼 수 없게 찢어졌다. 루미는 놀이공원 입장권에 하는 행동치고는 불필요하게 가혹하다는 생각이 들어 이마를 살짝 찌푸렸다. 불분명하게 녹아 없어지는 유효기간의 숫자들이 왠지 모르게 안타까웠다.

그 순간 다원이 다시 손을 내밀었다. 루미는 다원을 올려다보았다. 다원의 눈동자는 이 세상에 대한 자신감과 자기 자신에 대한 확신으로 빛나고 있었다. 루미는 방금 전까지 하던 생각을 머릿속에서 깨끗이 지웠다. 다원은 의심할 여지 없이 자신이 늘 바라 온 이상적인 남자의 모습이었다.

루미는 주저 없이 다원의 손을 잡고 다원이 이끄는 곳으로 걸어 나갔다.

〈끝〉